周蓓 主編

專題史叢書

高滔 著

河南人民出版社

近代歐洲文藝思潮史綱

本書爲現代作家高滔文學史理論方面的代表作品，主要論述了歐洲15世紀前後商業資本社會時期到19世紀末以新浪漫主義爲代表的文藝思潮及形態，時期定位于歐洲近代

圖書在版編目(CIP)數據

近代歐洲文藝思潮史綱 / 高滔著. 一鄭州 : 河南人民出版社, 2016. 10(2017.7 重印)
(專題史叢書 / 周蓓主編)
ISBN 978 - 7 - 215 - 10490 - 7

Ⅰ. ①近… Ⅱ. ①高… Ⅲ. ①文藝思潮 - 歐洲 - 近代 Ⅳ. ①I500. 94

中國版本圖書館 CIP 數據核字(2016)第 256703 號

河南人民出版社出版發行
(地址:鄭州市經五路 66 號　郵政編碼:450002　電話:65788063)
新華書店經銷　　河南新華印刷集團有限公司印刷
開本 710 毫米×1000 毫米　1/16　印張 24
字數 240 千字
2016 年 10 月第 1 版　　2017 年 7 月第 2 次印刷

定價 : 156.00 圓

出版前言

中國現代學術體系是在晚清西學東漸的大潮中逐步形成的。至民國初建，中央政治權威進一步分散和削弱，加之新文化運動帶給國人思想上的空前解放，新學的啓蒙，新知識分子的産生，民國學術如草長鶯飛，進入一個自由而蓬勃的時代。中國傳統學科乃中國學術之根基與菁華所在，民國學人采用『取今復古，别立新宗』之方法，引入西方的學術觀念，積極改造，使史學、文學等學科向現代學術方向轉型。此外，大力推介西方社會科學的新學科和自然科學，在學習、借鑒乃至移植西方現代學術話語和研究範式的過程中，逐漸建立中國現代學科，使中國的學科門類迅速擴展。一時間，新舊更迭，中西交流，百花齊放，萬壑争流，開創了中國現代學術的源頭。

伴隨知識轉型和研究範式轉换而來的，還有學術著作撰寫方式的創新。中國古代的著作向來以單篇流傳，經後人整理匯編後，方以成册成集的面目出現并持續傳播。直到十九世紀末，東西方的歷史編撰體裁不外乎多卷本的編年體、紀傳體和紀事本末體等，章節體的出現標志着近代西方學術規範的産生和新史學的興起。章節體具有依時間順序，按章節編排；因事立題，分篇綜論；既分門别類，又綜合通貫的特點。以章、節搭建起論述之框架，結構分明，邏輯清晰，較傳統的撰寫體裁容量大、系統性强。它的傳入，使中國現代學術體系從内容到形式被納入了全球化的軌道。民國時期專題史的研究、譯介、編纂、出版恰恰是在這樣的背景下欣欣而發，是學術的實驗場，也是歷史的記録儀。編選『民國專題史』叢書的初衷正是爲了從一個側面展示中國學術從傳統向現代過渡的歷史進程。

專題史是對一個學科歷史的總結，是學科入門的必備和學科研究的基礎，也是對一個時代艱深新鋭問題的解答，是學術研究的高點。民國專題史著作中，既包含通論某一學科全部或一時代（區域、國别）的變化過程的，又囊括對一時代或一問題作特殊研究的，還有少部分是對某一專題的史料進行收集的。原創與翻譯并重，翻譯的底本大多選擇該學科的代表著作或歐美大學普及教本，兼顧權威性和流行性，其中日本學者的論著占據了相當比重。日本與中國同屬東亞儒家文化圈，他們在接納西方學術思想和研究模式時，已作了某種消化與調適，從思維轉換的角度看，更便于中國借鑒和利用，他們的著作因而被時人廣泛引進。

與當代學術研究日趨專業化、專門化、專家化的「窄化」道路迥乎不同的是，中國傳統學術崇尚「學問主通不主專，貴通人不尚專家」的通識型治學門徑，處于過渡轉型期的民國學術在不同程度上保留了這種特徵。民國學術大師諸學科貫通一脉，上千年縱横捭闔之功力自不待冗言，外交家著倫理政治史、文學家著哲學史、化學家著戰争史等亦不乏其人，民國專題史研究呈現出開放、融通、跨界撰述的特點。與此同時必須看到，自晚清以來，中國的命運就在外侮屢犯、内亂頻仍的窘境中跌宕彷徨，民族存亡仿若命懸一綫。這股以創建學科、總結經驗、解决問題爲指歸的專題史出版風潮背後，包裹着民國學人企望以西學爲工具拯民族于衰微的探索精神，及以學術救亡的愛國之心。梁任公曾言：「史學者，學問之最博大而最切要者也，國民之明鏡也，愛國心之源泉也。」這種位卑未敢忘憂國的歷史使命感和國民意識是今人無法漠視和遺忘的。

「民國專題史」叢書收録的範圍包括現代各個學科，不僅限于人文社會科學，學科分類以《民國總書目》的分科爲標準，計有哲學、宗教、社會、政治、法律、軍事、經濟、文化、藝術、教育、語言文字、中國文學、外國文學、中國歷史、西方史、自然科學、醫學、工業、交通共19個學科門類。本叢書分輯整理出版，内不分科，單本發行，方便讀者按需索購。既可作爲大專院校圖書館、學術研究機構館藏之必備資源，也可滿足個人研讀或興趣之收藏。

與目前市場已有的一些專題史叢書相比，「民國專題史」叢書具有規模大、學科全、選本精、原版影印的特點。本叢書選目首重作者的首創、權威和著作影響力，尤其注重選本的稀見性。所謂稀見，即建國後没有再版，且多數圖書館没有收藏，或即便有收藏，也是歸于非公開的珍本之列予以保存，普通讀者難以借閱。部分圖書雖有電子版，但作爲學術研究的經典原著讀本，紙質版本更利于記憶和研究之用。本叢書精揀版本最早、品相最佳的原版圖書作爲底本，因而還具有很高的版本收藏價值。

「民國專題史」的著作是民國學者對于那個時代諸問題之探究，往往有獨到之處，無論其資料、觀點短長得失如何，要之在中國現代學術史的構建與發展進程中，自有其開宗立論之地位。

著者聲明

一、本書的主要論點在於「思潮」的一方面，兼論每一思潮中的少數代表作家，不過是便於讀者檢閱而已，並且所注重的也多半是關於他們的思想，而少關於他們的起居與傳記。讀者在此點如感到不足，可去看文學史。

二、本書所採取的文藝思潮史上的階段，只限於歐洲近代，所以從十五世紀前後的商業資本社會的文藝思潮及形態論到十九世紀末的新浪漫主義的文藝思潮及形態。因爲近代的比古代的還要緊些，所以打算將古代文藝思潮史留待後來再寫。又因爲坊間流行的此類著作，多將現代文藝思潮史附列於書尾，頗不能使讀者滿足；所以本書只講到近代爲止。但是在一年之內，如果時間允許，將有一篇現代文藝思潮的專論向讀者供獻。

三、本書的立場，大體是反對觀念論的藝術論的，並且也是反對泰奴的社會學的藝術論的；除此，也并不追隨着普列汗諾夫，因爲著者覺得他那「五段論」還是不足以解決藝術的。著者只覺得文學不是無所爲的和無所用的，因爲它的落生是受着生產力所決定的經濟關係的決定；並且它還是演變的，所以也不主張從古到今都產生着一樣的文學；它還是永遠「幫忙」的，任何文學都不會「幫閑」，因爲自從有了文學，有了文學家以來，他們便都是爲自己的階級開着懸河的口，或是背叛着自己的階級而展望着新的社會，若是無所爲或無所用，便早都失傳了，還能保留到今日？（假若作家們再不承認，便是自己甘於做傀儡。）

四、本書的各方面，著者雖然力求統一，但力所不及的地方，自然難免有漏洞，關於這點，願誠意接受讀者的批評，使我進益。

五、王西徵，徐侍峯，瞿冰森，袁子英諸位先生曾給我以印刷發行上之種種便利，在此表示感謝。最後謝謝靑年畫家畢桓武給我畫封面，將本書的醜惡掩蓋起來。

高滔　一九三二，十二月。

目次

第一部　商業資本社會的一般思潮與文藝

——近代文藝思潮的萌發——

第一章　十五世紀前後的思想激變

文學史家談到歐洲近代文藝思潮來源的時候，常是徵引十五世紀以降的三種運動——文藝復興，宗敎改革，啓明運動——來做這思潮發動的基石；其實這三種運動既不能彼此分開爾獨立，又不能離開當時社會的客觀條件而自存，所以由十五世紀起到十八世紀初期止，陸續地，奠定了它們的基礎，要在代表社會思潮變動的整個氣氛而已。社會是有機體，所以要動，動則變，人所能見的，多半是屬於突變，不能見的，則多是漸變，漸變是永久推進，突變則是暴發於一時；所以也可以說突變是由漸變積累而成，漸變常是因，突變常是果。三種運動的聯合，可　看做近代思潮開始的一次突變，但是在這以前早已潛伏着漸變的契機了。社會組織是漸漸完成了的，也是漸漸使人感受不滿意了的，使人感受不滿意，即是將要走絕路而崩潰的動機，一旦走到路的盡頭，乃發生劇烈的突變，持着這種觀點來衡量這三種運動，自然有先行考究它們社會客觀條件的必要了。

十五世紀以前的社會如何呢？十五世紀以降的社會變動又走着什麼方向呢？

這三種運動是發生在封建社會的末期，即是自然經濟没落和商業資本經濟開始的時候，不用說，是叛離封建制度的一種表現了。依看物觀的史的解釋，當一時代，或一種社會機構，其下層基礎變動的時候，則其上層的觀念形態亦必變動，這變動不僅上下層地互相影響，即是上層諸形態之間，也是彼此感應着的。

十五世紀以前的社會，是在自然經濟的生產力之下形成一種地主與佃農的生產關係的。這種關係便建立了特殊的社會組織，即是封建制度。生產與分配的關係雖然直接行之於地主與佃農之間，但是地主之上還有大地主，他們又同爲財最富力最强的封建主的家臣，然後再受王的統治。這種自然經濟狹隘生產的結果，雖然大都財產被統治者剝奪去了；然而勞動農民却能衣食自給，避免競爭，無競爭則慾望低微，意志薄弱，意識蒙蔽，知識簡陋，又加內亂的襲擊，疫病的威迫，於是眼光狹小而且孤立無援的人們的目光，便不知不覺的朝向上天去了，希冀着上天的救濟，宗教的氣氛因之而增其濃厚。這種氣氛給與了當時統治階級的莫大便利，而完成了神權政治的中世黑暗時代。

但是黑暗時代雖然繼續着彌漫它的勢力，却抑遏不住社會漸變的推進。中世紀末葉，因爲生產力和生產工具以及交易形式的進化與改變，那商業資本經濟便在自然經濟的母體中孕育成熟了。商業既漸趨發達，貨幣也通行起來。又因爲納稅可以免役的政策頒布，農民也得以贖脫自由，所以一部分農民便得了解放。商業發達，影響到農村經濟而使之破壞，所以失業的農民便有擠向都市的趨勢。但是這時候科學還未發達，都市的工業還没有興起，於是在民生問題上便感受了劇大的痛苦。當時歐洲中部時常發生內戰，失業的農民便去充軍；可是戰後，除了死亡之外，又加上一批新失業的人。同時又發生十字軍東征聖地的事情，也足以使當時社會受有很大的影響。這種戰爭的發起人，名爲聖徒，實在就是當時的商業資本家，想去征奪他們的市場，想去搜括財物，可是幾次出征的結果。都是失敗而歸。這種戰爭雖然對於溝通東西文明有很大的供獻，但是戰罷之後，除了失業人數增加之外，還損失許多生利的份子。於是無業游民如騎士之類漸漸增多，而社會上的生產供不應求，所以陷於窘境。當這個時候，一部分人要求他們生活問題的解決，一部分野心家又要求擴大他們商業資本勢力的領域。於是影響當時新興資產階級的苦悶。當時的統治者當然要保持他們的現存制度，有意識地與無意識地阻碍新興的物質界與精神界的發展；於是在社會基礎與其觀念形態上便起了衝突。

這衝突最先要由精神思想上表現出來，而與社會經濟變動相呼應着的。我們若一反顧到中世紀，則知其思想中必完全是以希伯來思想爲其主潮的；不僅在政治上採取了神權政治，即在學理上也有煩瑣哲學之鐵鍊相結合着，來維護封建社會的生產關係。當時文藝思想自然要受有這樣的影響，而趨於沉悶和屈服，與時代一般的黑暗。及至十四五世紀之間，意大利沿海諸市府，因爲海外通商與科學萌發的原故，首先感到有一種新經濟建設之需要，因之在文藝，宗教，與哲學上，當然也發生一種新的要求。這種新的要求自然是與古舊的希伯來思潮相反，因爲一向寓精神於虛搆世界中的人物，已經開始波起現實的慾求了。他們覺得終身信神是於自己沒有什麼幫助的，所以他們拋去「靈」而要來捉取「肉」。希臘思潮是帶着極濃的肉味的，於是大投當時人心的所好，這被「靈」壓迫數百年的希臘思潮終於復活起來了。但是我們應當注意的，即是異樣的時代無論如何不能有纖毫畢肖的思潮，所以雖然在當時一般學者追慕古希臘的遺型，然而推陳出新，尊崇固然是尊崇，文藝復興以後的學術思想，却另有它自己的時代性，並不是原樣文章，舉例來說，即如悲劇，固然也是宗源希臘；但是莎氏比亞的悲劇，與法國古典主義的悲劇，則與希臘悲劇於旨趣及形式皆有顯著的不同之點。

無論如何，當這三種運動開端的時候，也就是希臘思潮代希伯來思潮而狂張的時候，是研究文學哲學以及各部社會科學的人們都要注意這種事實，因爲這兩種思潮的衝突，影響歷代學術至爲重要，所以著者要在開始研究那所謂近代文藝思潮起原的三種運動之前，先將這兩種思潮的主要不同之點加以說明，似是必要。

兩種思潮發生的時代地域以及經濟背景各有不同，將在古代文藝思潮一書中陳述，現在暫不詳論，而在這不同的環境所產生的異樣思潮中可以顯見其不同之點。簡要的說來，則希臘雖是多神，而它的中心思想却是人，一切現象的發生與變化都要藉着人的觀察與推論去追求，於是注重理性；反之，希伯來思想是出於耶和華信仰的一神教，它的中心思想則是神，所以對於宇宙現象持有一種虔敬態度，鑒於追求不能解破宇宙之謎，則寧可不必追求，所以把非人所及的神力做爲終結，而主張堅信。

關於這兩種思潮的不同，前人已有許多說法，現在爲使讀者明白起見，將一切龐雜的論議，抽其精髓，加上著者的意見，便得到下列三點：

（一）人的中心與神的中心　所謂人的中心，就是說希臘的中心思想是以人爲本位的，就是以生理上，精神上，感情上，都能圓滿發達的人爲中心，我們曉得希臘人在紀元前十世紀以前進入希臘本土以後，舉凡殖民地的征服，商場的開闢，都市國家的建設，文化藝術的發達，都是由於勞苦和奮鬥得來；由堅苦的環境，造成這樣多才多能的民族，自然不知人間還有不可以人力解決的事。雖然他們也有神，可是人至少也有可以及得神的企圖。關於人本位思想的倡導，古希臘中古的七賢人中便有人說過『汝宜自知』，這句話已被後人奉爲金科玉律而大書在神殿中，那意思便是自覺與覺醒的意思，可見這種自由主義的思想，並未向着任何神祇呼求幫助。因此便發生了知識愛慕的精神。希臘人對於任何事物常持着一種觀察識別和整頓的態度，在當時那科學與哲學未見十分發達的時候，自然要發生一些錯誤，所得的結論也未必完全合理；但是他們這種毅力却是很大的長處。他們對於真理的追求既有這樣的熱心，當然要十足的崇拜理性了。這種理性的崇拜到柏拉圖（Plato）與亞利斯多德（Aristotle）的時候而成了一世的權威。記得亞利斯多德說過：若打算將眞理加以相當的裁判，决不是裁判人的事，乃是訴訟人的事。足見當時希臘人是如何猛進的了。要言之，這種適於都市國家的思想，純是以人爲中心的。

但是都市國家破滅以後，昔日的眼光由個人的，國家的，進而成了世界的，而那種遐藉本能與感情的理性判斷，或有不足，或有放逸與墮落的傾向，所以有一種正義的觀念代之興起，即是希伯來思潮。

希伯來思潮是以神爲中心的，箴言中說，『敬畏耶和華即是知識的根本，能明白聖者即是聰明。』一則因爲這種思想適合於封建社會的君主統治，二則因爲矯正希臘思想的越軌狂放，而將一切世界上的疑點，依歸於神的旨意，同時指示出來一條正義的途徑，即是一切裁判取之於神。因此而將希臘的智力和理性，代之以『愚爲信仰之母』。所以當日耳曼民族轉移，封建制度造成之後，歐洲的國家逐漸爲羅馬教會所征服——說是適應更好些——了。但是因爲信仰與倚賴的結果，個人的本能萎縮，知識的追求停滯，人民既成爲不知進取而懶惰的民族，君主與貴族與教皇遂得運用其愚民政策而造成中世紀的黑暗時代了。

（二）利己的和利他的　利己的與利他的兩種特性乃出發於當時的個人主義與世界主義。

古希臘因爲落生在未能開化十足的時代中，受有都市國家的國家觀念的影響，便覺自己是天之驕子，對於異邦人常存一種嚴格的畛域之見，並且缺乏征服世界的慾望，所以其思想的出發點仍是個人的，及至亞利山大東征，都市國家圮壞之後，其思想的中心漸由個人的移爲世界的事實，固極重要，然而這時已受了東方宗教的影響了。況且當希臘都市國家時代，其經濟組織極不自然，很受地域的限制，所以它的個人性也是利己的，如同睚眦之怨必報，個人競爭心特別高張，都足以表現希臘一般思想的利己。

及至希臘覆滅羅馬帝國衰頽的時候，顯見不僅那法律觀念與社會觀念缺乏遠大的宇宙　與人生觀不能統治這龐大國家，就是東西混合的雜色宗教也無有統治的能力。於是便被世界主義的基督思潮（即希伯來思潮）所征服了。這種思潮的中心便是博愛大同，乃是利他的，有犧牲服務的精神；然而它的宇宙觀與人生觀却以神爲歸宿。這種難窮究竟的宗教學說，結果終於受了君主與教皇的利用，而形成教權獨裁，在哲學方面也倡行了煩瑣哲學，於是人生一切問題的歸宿，便由神移到神的偶像—君主與教皇的身上來了。所以此種思潮的本身雖是利他的，世界的，却也遭受了這樣不幸的結果。

（三）本能的與禁慾的　希臘民族侵入希臘本土以後，蹂躪了愛琴文化，擴張殖民地，在在都充分的表現着倚靠人類本能的努力。就是在荷馬（Homer）的經典中所載，雖然有的地方表示需要神祇的助力，然而在字裏行間時時顯露着人力可回天的企圖，這乃是希臘觀念中一貫而下的特點。因爲希臘人一意發展本能，增大慾望，努力求其滿足，所以纔有光輝燦爛的學藝結晶留給後人鑒賞贊歎，同時因爲享樂的慾望增高，自然發生了歐美與淫樂的流弊，不僅不如東方宗教的注重來生，並對於將來社會的建設也付之忽視，然而有其利必有其弊，這種缺陷自然無碍於當時學藝的價値。

爲了使讀者對於希臘人重視本能的觀念澈底明瞭起見，可以用那代表古希臘一代思想的神話來說明。希臘神話無非表現根本人生—食慾性慾—的動機，所以希臘神話除了具有美化生活的目的之外，其中所寫的神祇，其情慾與經歷正和當時的常人一樣。所以希臘神話並非表示希臘的荒淫的多神教，乃是充分的表示希臘的人本位的思想—注重本能。

有鑒於希臘重視人類本能的思想流於淫樂放縱，而使人世中加添誘惑，於是在羅馬衰亡之際，希伯來思想的禁慾主義便被採用了。

當時帝國呈現分裂的形勢，和平時代的幸福一時掃蕩無餘，人民的心理一天天的悲觀下去，人心厭世甚至咒詛世界毁滅，因此這以禁慾苦行的遁世主義爲中心的希伯來思想便流行起來。這種思想自然以基督敎會爲它的大本營，目的便是知識的禁壓和快樂的否定。所以當時的僧正主張：美是陷阱，快樂是魔鬼的誘惑，要得神的救濟必須克勝誘惑。人必須忍苦自修以求來世的幸福，這是兩種思潮大不相同的一點。當時有僧侶因爲克制誘惑，雖然在瑞士山中旅行，連左右的美景都不敢去瞻着，足見當時的希伯來思想的勢力是何等的大了。

因爲矯正縱慾的弊病，對於人間的福利不事追求，於是當代學術都受了禁壓，一切聽憑神的意旨，個人既無自由，也無自覺，遇困難而需要救濟的時候，只好禱之於神，求施天譴而已。

總之，因爲十四五世紀之頃，社會經濟組織起了急劇的變化，以致新興資產階級澎渤了個人競爭的慾求，追求現實，於是這久被人忘懷的現實思想便應運而生了。

中世紀人，與其說他們是生存於現實的世界中，不如說是將靈魂寄住於虛搆幻境中，他們殆是生活於夢幻中而相信夢的空想家，生活在他們的眼前，變成了夢。及至一旦因爲壓迫的刺戟，新生活的激觸，使憧憬的夢境破滅，新興資產階級乃得開其驚歎之眼，來對於新的社會生產，新的社會組織，新的個人企圖，新的社會思想有所努力了。他們熱愛的是現實，他們追求的也是現實，於是在這行將動搖的經濟基礎之上所附麗的各種觀念形態也逐漸現實化了。這種現實的傾向，不僅復興了希臘羅馬的自然美與藝術美以及英雄式的海闊天空的思想；同時在政治，宗教，以及哲學諸方面，也爲這種傾向所渲染了。

文藝復興運動在表面上自然是復興古學的研究與努力，但是其影響實是君權政治，宗教改革，現實哲學的因子。這種運動在文藝方面則由波卡梭寫實的小說代替了但丁神秘的詩歌，在這兩部偉作中，實有深刻劃了時代的意味，這乃是布爾喬亞文化建樹的先聲。因爲教權失墜而發生的宗教改革，對於神的信仰的意義有着新的啟發，因之，神只能治人靈魂，而不能抑限物質上的活動，那堅持的迷信乃得打破。從這裏出發，當時資產階級所倡導的自由競爭，本是受着封建的教權所制限，至此也感到有脫離教皇各自擁戴他們的君主的必要了。路德倡議改叫以後，各國教會與政府不斷的一且是普遍的，發生着嚴重的衝突，而釀成自上而下的宗教改革；從此，資產階級乃得脫離閉關主義的教皇政治，自奉代表他們的利益的君主了。在思想與哲學方面，自從資本主義的科學發達以後，煩瑣哲學的鐵鏈已被擊破，由培根氏的經驗說到洛克氏的唯物論，已是十分的表示着現實主義了。

總之，個人主義，現實主義，對於古典之追求，創作的寫實與合理，迷信的打破與新信仰的建樹，都是商業資本時代的應有而重要的特徵，這是無足駭怪與驚異的。

第二章　文藝復興

一、文藝復興的意義

文藝復興(Renaissance)含有新生(New birth)或再生的意思，也有人稱爲是"The revival of Learning"或"The New learning"。要之便是人類之再甦和自我之發見。無論說法有幾多的不同，而積壓多年的「我」—即是脫離了神權的「人」—確是由這運動中求得其自由的發展了。

當着自然經濟支配着的中世紀，幾百年間，一般人的知識全然禁壓在腐敗教會的神權經典的黑暗統治之下，成爲一種奴隸的狀態。—到了這社會制度不足供應當代社會的精神與物質的要求時，進步的知識階級遂覺悟到在教會經典之外還有比較美妙的世界，於是不能不發生新的探求的慾望了。新的探求並不僅是恢復古代希臘羅馬的文明，乃是藉着親炙古代學藝的遺型，開啟驚歎之眼，而對於新生活有了新的認識。所以當時歐洲學者拚命研究推崇古代文物者也就在此。

有所謂因爲土耳其蕃族攻陷君士坦丁堡(1453)驅逐希臘學者到弗洛倫斯講學的事，而引起文藝復興運動之說。這固是文藝復興運動的原因之一種。但是所謂希臘學藝的復興與個性解放運動的曙光在十世紀以後已徐徐的發動了。日耳曼朝廷因爲和皮山特(Byzant)朝廷通婚的原故，遂使希臘風的文物多少流入中歐；然而這時不過片斷的而已。及至十一世紀末，十字軍發動之後，因爲東西接觸所發生的衝突，經驗，與影響，乃將西方睡眠的個性加以喚醒了。所以個人的自覺廣被刺激的開始，乃在十一世紀末期。此後乃有培根(Roger Bacon)的重視希臘原書，詩聖但丁(Dante)的神曲成爲中古和近代境界中間的標柱，而做爲意大利文藝復興的先驅了。

但是在文藝復興運動的前期，一代思潮的真精神確未能有露骨的表現。因爲近代的科學尚未能展放其光明，所以在與希伯來思想爭抗之中，醞釀着古代異敎思想，這種思想一方面淆惑當時的人心，一方面與敎會所揭示的修道院的理想發生劇烈的爭執，實爲當時一種有力的思潮，即對於文藝復興的主潮也不無影響。

在當時異敎思想展露之下，也流行着許多文學作品，作者多係身在敎會的游學之士，其所作的游浪之歌則是耽於詩酒，詞藻多趨艷麗，已足以代表叛道了。

及至東羅馬滅亡，西方人得以親炙古典，使多年禁閉在黑暗社會中的思想，得了歸宿。幾乎是同時，又有哥侖布氏新大陸的發現，科學與工商業的萌動，乃使人於驚歎之餘將「人類和世界的發現」加在這偉大運動的頭上了。

總之，文藝復興所以含有新生的意義者，乃在於整個社會的去舊與向新，科學昌明與自由競爭都從這裏出發；在精神思想上自然是人生觀的新趨向，即是對於人生有了新的觀察與賞味的方法。所以復興的意義不能看做古代生活自身的突然再生，乃是因爲得見古典的眞實面目，由此接觸它那高遠的眞美善—即是新興階級的嗜好，而得以開闢新生，以適應社會的新變動。

二、文藝復興的諸近因

文藝復興運動所由發生的社會背景已在前章講過，乃是在商業資本時代應運而生的。但是在這種運動落生之時，也是受有幾種近因所促動的，分述如下：

一、君士坦丁堡的陷落　東羅馬帝國的首都君士坦丁堡，乃是承繼希臘的學問的中心所在，一四五三年該地被土耳其蕃族所攻陷，東羅馬帝國於是滅亡。當時住在此地的多數希臘學者，逃亡到意大利的弗洛命斯(Florence)，因爲維持生活的原故，便在該地講授希臘古學，因此意外地造成了復興古典的運動，成爲歷史上的主要事件。

二、地學上的新發現　當時有意大利人焦加(Flavio gioja)發明了羅盤針，增加當時海外探求新陸地的助力。一四八六年葡萄牙人地亞士(Diaz)發現了好望角(Cape of good hope)，一四九二年意大利的航海怪傑哥倫布(Clumbus)發現了美洲新大陸，隨着又有葡萄牙人加瑪(Vasco da Gama)在一四九八年航達印度。於是意大利沿海都市成爲歐洲商業的中心，商業資本一天天發展起來，各地的文明日漸溝通，人們的知識開啟，慾望增高，更加去舊而求新了。

三、紙及印刷術的發明　一千三百多年的時候，意大利人已回造紙；一千四百四十年左右德國已有了印刷所。這兩種發明，裨益文藝復興運動確是不小：因爲若没有紙張且不能印刷，則古學復興或不過是弗洛倫斯的局部問題，決不能飛速的傳遍全歐，促成一代的學風；所以這種發明有功於文藝復興運動確非淺鮮。

四、十字軍東征因而溝通東西文化　前所述及的十字軍的發動，實在可以代表人種的大轉移。這種大規模的征討，約亙兩個世紀，大的十字軍有七次之多，小的則在不可數計之例了。這種運動足使西方黑暗世界與東方開化世界痛切的接觸。於是思想尙在昏睡的西方人便得到覺醒了。結果知識因而起發，都市因而復興，市民則希求思想自由和生活獨立；這種空氣不久便由南歐移往北方了。於是學校與學林都爲之建立改觀，競相研究拉丁古籍，因之進一步便要研究希臘古籍了。

三、文藝復興運動的展開

（一）意大利

在全歐諸國之中，意大利因爲沿海的緣故，所以最先登上了商業資本主義的道路，所以新文藝也便最先在意大利創造出來，而首先發難的是文藝復興。它奠定了小說的樣式與戲劇的根基。即是十四行形式的戀愛詩，也接受了各國的熱烈的模仿。波卡梭的被尊爲小說典型的十日談，並不是因爲內容怎樣好，乃是因爲其「人事意味」的描寫做了後來榜樣的原故。

文藝復興運動雖然是發生於意大利，然而反抗希伯來思想的一種精神却早已發生了。最先爲異教思想，與騎士文學相繼發生，騎士文學後來又轉爲南法蘭西及北意大利的 Tróbador 詩歌，於是文藝的本質便由敎義的堅信轉爲人間的情愛，當時也流行同樣的傳說，法國十二世紀時代的 Aucas-sin and Nicolette 一篇故事，則更充分的代表異敎思想了。凡此都是厭惡中世紀的禁慾生活而渴慕生活解放與知識自由的一種表現。

成爲意大利文藝復興運動的一代先驅，還在那依十字軍影響而出現於意大利都市中的但丁（Dante 1265—1321）。

但丁出身於弗洛侖斯的幷不顯赫的貴族行中，不僅是一個詩人並且通曉一切的學問，曾做過弗洛侖斯市政府的委員。當十三世紀末到十四世紀初的時候，弗洛侖斯的布爾喬亞的勢力已有相當的雄厚，布爾喬亞的文化已經存於知識階級的思想憧憬之中。十三世紀末當地布爾喬亞對於貴族階級有着革命的行爲表現，即是權力的奪取。這次革命的結果，布爾喬亞獲得了勝利，封建主和貴族們除了加入同業公會而消融到布爾喬亞汜中去之外，祇有放棄都市了，因爲都市本來不是封建階級所能享有的東西。

屬於騎士血統的但丁因爲黨爭的緣故而遭了放逐；然而在一二九三年的布爾喬亞革命以後，却不得不加入同業公會，他在當時，生活是很艱窘，地位是很困難。他開始了詩人的活動，最初作新生(La Vita Nouva)和饗宴 (The Banquet)，表露了十三世紀弗洛倫斯詩人們所固有的貴婦人禮讚的抽象性。後來那中世紀哲學藝術的總決算——神曲 (La Divina Commedia) 便出來了。但丁將此篇題爲喜劇者，乃因爲發端是哀切暗淡，而終結則是鎮靜光明的。但丁的詩篇，在外形的意思上講，確是中世的詩篇。但在內容裏却暗示中世之沒落，有着布爾喬亞意識的侵入了。

神曲一詩分爲三部：即地獄 (Inferio)，淨土 (Purgatorio)，與天國 (Paradiso)。三十五歲時迷入罪惡的森林中去了的詩人，聽見青春時代愛人要拯救他的聲音。他忽然和羅馬詩人威幾爾（Virgil），的影子相遇，這幻影便將苦痛的地獄顯示給他看了。依詩人的見解，所謂處罰乃是罪惡的不朽之化形：如不義的人被投入旋風中，則表示他生時的不安心境；自殺的人化身成木，乃表示他生時的心已成痲木的了；叛黨受着冰激的苦，也表示他曾是有冷酷心理的。地獄最下層的寒冰裏，有巨大的惡魔蹲守着，這正如佛教中的鬼門關一樣。但丁終於經着威幾爾的導引，渡脫那黑暗，魔火，沸騰的樹脂與冰凝的恐怖之城，走到了淨土。這裏是那些生前已行改悔了的較爲罪輕的人們，從過去罪孽中洗凈自身。在這裏和他的愛人碧雅姝麗相會，懺悔了已往的罪惡．一同飛到天國去了。總之，他是藉着古詩人的理性的領導，得以洗滌他的罪惡而與他的昔年戀人接近，然後再藉着純潔的信仰享樂於天國之中的。

詩篇中充滿了當時的宗教的道德的，社會的諸象徵，確可算得中世紀時代的文藝。詩人象徵着人類精神，死後的旅行象徵着罪惡的解脫，黑暗恐怖的森林象徵着罪障的人生，威幾爾象徵着理性，碧雅殊麗象徵着信仰。

但是神曲的內容並不僅是幾個象徵而已，其中蘊含着詩人的階級性以及當時階級鬥爭的暗影，換句話說，替他那在掙扎中行將沒落的貴族階級呼出不平，乃是但丁作詩的動機。但丁是屬於騎士血統的，爲了存在的關係又不能不加入同業公會，這是在前文中說過了的。但丁無疑的自是偏袒着貴族階級的。當時弗洛倫斯有兩大黨派在抗爭着：即是代表貴族階級的Ghibellines和代表布爾喬亞汜的Guelphs。前者是以德意志皇帝做靠山，主張在德皇治下建設統一的羅馬帝國，後者則和羅馬法王有着關係，主張意大利的各地獨立存在。但丁在放逐期中是屬於 Ghibellines 的，曾作過論君主制度來擁護自己的立場。他在意識中既是存有這種階級背景，當然也就無形中流入神曲的內容中去了。在詩篇中 Ghibellines 常是住在天國的而布爾喬亞汜則是受着地獄的處罰。因之，但丁的神曲不僅是宗教哲學的和宗教道德的詩篇，同時也是宗教政治的詩篇。中世紀是教權政治的，所以宗教的象徵也就是政治的象徵。人之得救要靠賴理性的紹介，理性的象徵即是威幾爾，他也是保護人類的物質幸福的帝國之象徵。人之能升入天堂是要有純潔的信仰，這信仰的象徵是碧雅殊麗，她也是保護人類精神的幸福之象徵。中世紀的政治是君主與教會聯合的，但丁的見解也是如此的。

無論如何，但丁的詩篇是充滿了禁慾主義的宗教氣雰的，明白的揭示罪與罰的要義。這種藝術是沒落到過去的貴族階級的意識形態的藝術的表現。但丁極力詩贊着騎士階級的祖先，並且痛罵當時布爾喬亞的革命人物：他也浩歎着弗洛侖斯的滅亡的名門貴族，對於冒瀆了貴族的商人加以鞭打。他贊頌着教會的偉大的師父們，誇耀着使徒的姿影；在淨土的最後之歌裏有凱旋的教會的戰事出現唱着天主教的得勝歌。

這樣。使但丁成爲中世紀文藝復活的大師，用力的擁護中世紀的社會組織，還却不足以盡但丁氏的偉大。但丁的詩篇所以被稱爲中世紀與近代間文藝標柱的，乃在於他的作品中的二重性。神曲無論怎樣是在那正在發育着的都市布爾喬亞的科學的文化中被創成了的，所以其中到處浮現着新文化的特徵，表現了個人主義的感情，和對於古代的興味，這是與純中世的氣氛不同之處。至於在形式上，也逐漸的脫離中世的荒唐無稽的夢幻性，趨向於合理組織的詩的素材；並且在通過了夢出現了新詩歌之典型而給與小說萌芽的動機上已見到寫實的創作之苗頭了。

及至十四世紀的時候，意大利的新布喬爾亞文化逐漸發達和確立起來，中世紀的詩歌的型式，自然隨之而消滅。在敘事詩歌的領域中，曾以神曲一類的詩篇做爲本質的型態；但是在商業都市的環境中，這文藝上最要的位置已由夢境的詩讓渡與小說了。中世紀詩歌的主題是宗教，有着極度忘懷現實的唯心的特質；但是到了這時，作家們已成了現實主義者，他們已遠離宗教的中心，注意到現實的瑣事與平常的人物了。

和但丁相對稱的，被認爲後來散文小說之開山大師的波卡梭（Boccacio 1313—1375），便應着這種氣運而出現了。波卡梭是出身於航海的商人，是布爾喬亞汜的代表。當時在意大利已有流行多年的「短小故事」的文體，波氏便仿了這種文體作成一部小說十日談（Decamerova）。這本東西在確立小說型態與寫實技巧上有着極大的成功，在意大利佔有了長久的支配地位。這本書述說一三四八年佛洛倫斯黑死病猖獗，有靑年男女十人（其中少女七人靑年三人）爲了逃避這可怕的生活，而逃到村郊的一所富裕的別莊去居住了。爲了免除寂寞，所以講述故事以消長日。每人每日講一篇故事，一共十天，得一百篇。故事雖然也是假託，然而所寫多是意大利當時的社會生活，平凡瑣事，和十四世紀以前的文學大有不同了。在但丁的詩歌中所描寫的只是聖者，騎士，帝王，法王，都是縹渺而尊嚴的人物；波卡梭則除去有時描寫貴族階級外，則商人，手工人，農人，詩人，都是他的題材，而且這種平凡的人物實較尊嚴的人物爲多。十日談所表現的是布爾喬亞社會，在這些生活影像中憧憬着商業都市，而這新都市人物的行爲已不是受着神意支配的，乃是受着個人心意支配的了。

成爲當時文藝轉變點的神曲與被稱爲「人曲」的十日談當然依着產生的時代而有着顯著的不同，關於此點，俄國文學批評家弗里契(Freche)有着下列的意見。

第一、但丁與波卡梭的階級立場不同，『前者屬於貴族階級，後者則屬於資產階級；神曲是論君主制度的化形，十日談則做爲人類平等的宣言。當一個貴族的父親曉得她——女兒——戀愛個沒有身分的青年而發怒的時候，她便抗辯說，『一切的靈魂，都是由同一的創造主創造出來的』，『都具有同樣的性質』；最初，善良的人便是認爲身分好的人，不過後來萬物平等的自然法則，被出身的不平等所代替罷了。初興的資產階級因爲倡導自由競爭，是不能不主張消滅階級和權利均等機會均等的。

第二、雖然也含有些許對於法王們的政治批判的但丁的神曲，常被人認爲一種贊美教會的哲學家，組織者及聖者的詩歌；在波卡梭的十日談中，則將僧侶及修道士等寫成欺騙者與誑言者了。在十日談內一百篇故事中，修道僧之流是時常演着滑稽的丑角的。

第三、但丁的神曲是送樣禁欲主義的，稱揚精神而將肉體視爲卑下；十日談則與此極端相反，用力頌揚着肉慾與物質而否認了禁慾主義。據波卡梭所表現的意見，以爲那些祇要披上僧衣便覺得成了超人的男女們，乃至是大愚。但丁以爲地上的愛慾乃是罪惡；波卡梭則主張性愛乃是合法的本能，人不是由鐵與石做成的，乃是由於血與肉。

第四、但丁的喜劇，始終在嚴肅的悲痛的調子中繼續着，只有地獄中幾個惡魔的形相是用了滑稽的光照出來的。十日談中却充滿了生活之歡喜，在這裏可以聽得出那在物質的滿足中活着的人們，從黑暗的幻影和痛苦的悔恨中解放出來的人們，對於地獄，浄土，天國一類的故事並不發生興趣，而將希望離開了神繫在自己的能力和冒險心上。人們已不爲精神的高超而鬥爭，却爲着物質享樂而鬥爭了。

弗里契的意見是如此的。本來社會轉變的時候，不僅文學的形式要變，即是主題以及作者的意識全要變的。波卡梭無疑地是商業資本社會的現實主義的寫實作家。

還有以古典的主題古典的神話，生活，道德，戀愛等爲中心，而置詩的作法於希臘羅馬的基礎上的人文主義詩歌的創始者皮他克(Prancesco Petarca 1304-1374)也是值得憶及的。

皮氏本是研究法學的人，初受 Trobador 的影響，乃學製詩歌，同時並且研究古代文學，這實在和不久的文藝復興運動有着關係，古典的古代之復活，在這裏已算透露了氣息。他以贊頌少女勞拉(Loura)的意大利語的戀詩而得名。但是他給與十五六世紀詩人以摹古影響者，乃在他寫過拉丁語的詩篇"Africa"(歌頌羅馬指揮官攻打亞非利加之作)。他苦嗜古典，留心搜集拉丁古學遺著，常在塵埃之中搜集斷簡殘篇，後人稱他爲人文學派的巨子。

這種考古的努力，給與文藝復興以後的古典復活以很大的助力，已如前述。後來的詩人便仿着大寫其拉丁詩歌，如白卡得里(Beccadelli)的愛的故事即是好例。並且當時用意大利語的偉大的詩人們也採用了拉丁語。

自從這班大家出來以後，古學日見吐露光芒；於是蒐集古代典籍而加以鑒賞，打破從來的傳統而開啓創作的事，便成了一代的風尚。但是這些以研究古學而成名的人物，仍是缺乏希臘的根本知識，他們的觀察也僅只限於拉丁古典界，所以這偉大運動的前期，不過是作爲一種導火綫而已。

等到十五世紀前期，意大利沿海諸市府，接受了新的刺戟，於是希臘學藝復興才正式開始了。這時因爲君士坦丁堡的陷落而有希臘學者逃亡到弗洛倫斯講學的事，或爲當地豪族的賓客以及出入羅馬法皇的朝廷的事，於是激起意大利人研究希臘古學的熱望而開創了文藝復興的隆盛局面，於是波及全歐而不可扼止了。

意大利治古學的人，其志在於調和古今的思想，闡發新柏拉圖哲學，認爲真美之愛，同出一源，於是成爲時代之風尚。諸如費西諾（Marsilio Ficino 1433-1499）等均致力於此。當時有普爾西（Luigi Pulci 1431-1487）取材於傳說作了 Morgante Maggiorre ，期中的態度對於教會贊揚和嘲罵兼而有之，當時人心的趨向也是這樣，大概這是因爲在時代急轉的時候，人們的意識與心理變幻不定，常有這種撲朔迷離的表現。這部詩以詼諧著名，成爲後來諸詩之宗。

後來又有 Lodovico Aristo（1474-1533）作 Orlando Furioso 一詩，咏中世紀的騎士，而引希臘神話來做藻飾，十年成書，傳爲名著。

總之，意大利文藝復興極盛時期，雖然少有如但丁，波卡梭之輩的不朽作家，乃因代表這隆盛期的精神即在親炙希臘古典，追求新的生活，多注重研究和批評方面。這種特色即是由那間接的媒介物拉丁語言進而探索希臘的本源，因此意大利的文運才能由淺薄的學風，渡入渾厚的根本知識的源流。所以文藝復興初期的學風是盲從的，模仿的，冒險的；後期則是批評與研究的了。

文藝復興運動既造成了人本位思想以及依此種思想本位來觀察人生和宇宙的結果，便又產生了專以人生與宇宙的自身爲對象而從事研究的傾向。這種純粹以人生與宇宙爲本位而從事探求的精神，可以藉當時幾個著名的藝術家表示出來，也大有注意的必要。

在文藝復興的運動中，依着上述的目標而探求自然的當先推文西（Leonardo da Vinci 1452-

1519）。著文藝復興一書的彼得（Peter）說：『好奇心與美的願望是文西所秉的本質的能力』。又說：『十五世紀的思潮運動有兩意義：一爲復古，一爲返於自然；拉斐爾代表前者，文西代表後者。』觀此可以曉得文西對於自然是怎樣的探索和追求了。那科學與美的熱望，那光榮的夢想，完全集中於文西的天才的好奇的心內。這無非是代表了當時的人對於舊的社會表示厭棄，而對於將來的社會不僅是憧憬乃是實地去探求了。這是代表着資產階級的藝術性的。文西氏乃爲當時最高潮天才之一，對於繪畫，彫刻，建築，音樂，以及其他各種科學無所不精。名作有最後的晚餐（Last Supper），莫那里沙（Mona Lisa），氣魄偉大，含意深永，皆是不朽之作。

文西之後有米其爾·昂傑羅（Michelangelo 1475-1564）以繪畫與彫刻享盛名，著名的彫像爲大維和摩西二作，又作最後審判大壁畫，前後費時七年，人數在一百以上，號稱世界大壁畫。氏性好清淨，生活和隱居之人一樣，這也是以表示他接近自然了。

還有一個代表復古的藝術家，即是拉非爾·散地（Raphael Sanl 1483-1520）。他精於繪畫和彫刻，受文西與米其爾·昂傑羅的影響而集其大成，作品且駕於米其爾·昂傑羅之上。麥多那（Mad-onna）畫像，維妙維肖。他的流派佔歐洲畫壇很久，他的藝術對於自然非常忠實，不落俗套，影響後來很大，因之產生了十九世紀的拉斐爾前派運動。

總之，對於古學嘗味的慾望一起，在各種學藝方面，都響應起來，放射一種新的光輝。由是那長夜眠眠迷夢沉沉的人間的個性，便發現了我的自身，擴大了自己的世界觀。由藝術，學問，思想各方面，領悟了從來未曾見聞的自由清新的境地；於是對於廣大的新人生，加以咀嚼玩味，屏弃了那所謂人生的一部分的中古生活，開始恢復了整個的人生，從而加以新的研究與享樂了。一切的標準都基準於人人的實生活，後人稱爲人生派(Humanist)和人文主義(Humanism)就是對此而發的。

（二） 法蘭西

十五世紀時代法國的文化較當時的意大利還差得很遠；意大利的新文化傳到法國乃在十五世紀末葉。一七九二年時有巴黎大學的設立，到十三世紀的時候大加革新，然其內容也不過是有神學，法學，文學，醫學的分科，古典尙未輸入。當時的文學不過是有些美麗的傳說，講些浪漫的故事；至於所謂希臘羅馬古歌復活者，也還不過是流行的希臘羅馬古代英雄的謳歌。作品中間還夾着詭幻的冒險和不能置信的巨大性，還脫不了詭異的領域，勿須說，這乃是中世紀文學特色。及至十五世紀末葉，法國諸王用兵於意大利，看見他們對於古典的闡發，創造的技術精美，大爲美歎，回國便獎勵文學，於是復古的潮流便到了法國。到了佛朗西斯第一王時，文運越發昌隆，如名文學家拉伯萊斯(Rabelais 1490-1553)獨創散文體例，在十六世紀中放一異彩，即是一例。

拉伯萊斯是法國一代的諷刺小說家。名作有巨人伽爾干都亞破天荒的大記錄四卷。該書描寫欲求解決婚姻問題而遊歷各國的巨人伽爾干都亞和他的兒子本達格留爾（Pantagruel）的破天荒的行動，一面用壯麗的詞藻，將他那諷刺的懷疑心，和奔放的想象力完全表出；一面再把他對於人類的愛和正義熱情以及對於自然科學的贊美發揮得淋漓盡致。總之拉氏的思想在希求科學之自由研究和思想之完全獨立；他所以成爲十六世紀法國文學的重鎮，就在這一點。

拉氏對於中古有不盡的興致及想像，所以多含譏刺和比喻。他嗜愛自然而不加拘束的生活，所守的格言是『爲所欲爲』，所以在運筆中多有不顧及或不講求之處；然而他自由的精神也就表現在這裏了。

充分的表示出來人文主義的精神，我們也可以在蒙泰奴(Montaigne 1533-1592)的言語中見到。蒙氏有懷疑的思想，他常說，『我們到底能够說我們真知道什麽呢？』所以後人稱他爲文藝復興的蘇格拉底。他曾對於學問表示說，我們求學的目的，是在尋出教訓自己和支配自己的知識。換句話說，學問的目的是『尋求如何纔能最善的生和如何纔能最善的死的知識，』應該教養自己的內心，使之豐富而不可僅爲利害的關係及表面的虛飾。又對於教育表示說，教育的目標，應該是造成有能力的完全的人而不是單單養成一個學究。在這裏我們看出蒙氏是以自己爲中心的，雖然依現代眼光看來，似屬不甚契和，但是充分的表現文藝復興期人本思想，則無可疑。蒙氏多半是過着隱居生活，其樂天的思想和拉伯萊斯相同，而更鎮定。

(三) 德意志

德國文明產生在萊因多腦兩河流域間。十五世紀中，因為文藝復興運動興起，許多復古學家多在此地露了頭角，研究希臘拉丁文字。最著名的是愛拉斯莫斯(Erasmus 1466-1536)和宗教改革家馬丁路德(Martine Luther 1483-1576)。愛氏的著作都是拉丁文，如愚公頌(Encomium Morica)乃是一種諷刺當時社會之作，其中用他那獨特的諧謔，犀利的批評，鑽心的諷刺，罵倒當時守舊的學者，冥頑的僧侶，大有功於後來的宗教改革。各國多有譯本，為拉丁文的模範。路德氏雖非人文主義者，而於改革宗教則大有功，十五條反駁書和總教改革宣言，都是一時的名作。

代表這一時代的詩人有沙克斯(Hans Sachs 1494-1576)。他的詩流麗恬靜，同時又能理解時代精神；更致力於戲曲，對於國民戲劇的發達大有供獻。

(四) 英吉利

英國文藝復興氣運的開始和意大利先後相離不遠。十三世紀後半，正當十字軍時代的末期，即有許多復古派大家出現，最著名的當推洛戈，培根(Roger Bacon 1219-1294)。他深通理化數學，發明望遠鏡，一時有魔術博士的稱號，且爲要求根本的知識的批評的研究家。他對於從前學問方法加以非難，反對經院哲學派。在哲學與論理學方面，對於後學者多有供獻，影響近代思想至鉅。（將在「啟蒙運動」中詳述。）

十四世紀英國詩祖喬塞（Chaucer 1340-1400），開始用英語著書，所以也稱爲英語之祖。他在英國文學史上所佔的地位，和世界文學史上荷馬所佔的地位相同。他最大的傑作是康特布理故事(Cauterbury Tales)，此書的結構似是仿着波卡梭的十日談的。

喬氏之後有加克斯東（Gaxton 1422-1491）發明印刷術，一時新學傳播，頗爲隆盛。其後考萊特(Colet 1467-1519)穆爾(More 1478-1565)等大家輩出，研究古典，遂使當時學者發生思古幽情，慕希臘文化，開伊利沙白女王(1558-1603)時代的隆盛之端。烏托邦（Utopia）是穆爾的傑作，與柏拉圖的理想國齊名，中國已有譯本。

一提起伊利沙白王朝，誰都曉得是英國文學的黃金時代。正是文藝復興和古典主義相接替的時候，所以這時代也被稱爲文藝復興的夕陽。這時英國在海上佔了優越的勢力，工商業受了海上自由競爭的影響，開始振興，同時確定了殖民和通商政策的基礎。在這一朝鼎盛時代，文藝也有着隆盛的機運，乃是必然。

當時有名的文學家有西得尼(Sir Philp Sideny 1554—1586)。他乃是王朝重臣，後來死在戰場。身後遺下的著作有豔詩和戲作的小說一卷，內容以戀愛冒險作主題，而帶有濃厚的田園色彩。他又有篇詩的辯護，也是轟動一時的批評文章。其餘的還有斯賓塞(Edmund Spencer)等亦有名。

但是代表了伊利沙白王朝的文運，而且成爲當代光明之星的我們却不能不首推沙氏比亞(William Shakespeare 1564—1616)了。他的確是一個前無古人的作家，且被人推崇爲世界文學史上的最大人物。他的思想是懷疑的，然而惟其懷疑才愈見深透。所以他能洞察人生的極微，又能把它詳盡的表現出來，凡是善惡愚智，一經他的手，無不描寫盡致，因此有『第二造物主』的榮稱。英國人尊貴他較印度殖民的一切財富還要加倍；因爲印度是遲早會失去的寶物，而沙氏比亞則是萬世不滅的財寶了。(這雖然是資本主義社會統治階級的烟幕彈，但他在英國的權威已是顯然可見了。)

沙氏的傳記不甚明白，即是這 William shakeopeare 也是假名，據說他是生於韋爾特塞州(Wiltshire)幼年孤寒，二十二歲時到英京，學做伶人。他雖然也是詩人，却致力於戲曲起初不過是修改古曲，後來便自己創作。他的劇本分喜劇，歷史劇，和悲劇。他的著作年代也可以分做四期：(一)習作時期，(二)歷史喜劇時期，(三)幻滅時期，(四)傳奇時期，這幾種改變，和作者的身世環境都有關係。喜劇大概都在(一)(二)兩期，後期則是傳奇劇，至於他那不朽的大悲劇則盡出於第三期，因爲在這時候正是他觀察深到，經驗錯綜，並且發露他懷疑思想的時候。

他的戲劇著名的當然很多，最重要的則是他的四大悲劇：Hamlet（哈孟雷特）；Othello（歐塞洛）；King Lear,(李亞王)；Macbeth(馬可白絲)。而 Hamlet 因爲深透的描寫那人間復雜的懷疑，充分暴露了貴族生活的苦悶，所以論沙氏作品的人多以這篇爲代表。這篇東西的確是代表了北歐的陰暗深沉的彩色，和南歐的光明輕快的精神不同。(中譯本有田漢的哈孟雷特，中華版。)

哈孟雷特是一個被自己親弟兄因篡奪王位而用毒酒謀殺了的國王的兒子。後來他的父親從那所謂『地獄的深處出來』，囑托他，要他替父報仇。但是他經過了考察之後，證明了僭了王位的叔父便是殺死他父親的仇人；而他却又猶豫不決，思前顧後，不能將信心加於任何的事物上，只是自己躊躇，並且以自責自譴來求自己的 足。後來因爲偶然的機遇成全了他，仇算報了，自己却也死去。這便是全劇中的極簡單的骨幹。其中雖然插入戀愛的事故，然而他的愛不是和常人一樣的真愛，正如他的信不是和常人一樣的真信一樣。所以他對於一切——縱然是愛情也一樣——都持有同樣的懷疑態度。

屠格涅夫說：『他是完全爲自己個人而活着，是一個爲我主義者；但是對「自我」信仰這一件事情，在爲我主義者也是辦不到的。』這種現象不僅是爲哈孟雷特一人所專有，一切爲我主義者結果都要遭遇這種矛盾。然而他的確是苦悶的，因爲在世界上實在找不出一種絕對的信仰，所以他只好『常常回到』『自我』的出發點，因此纔能苦悶，纔能全部的懷疑人生，纔不得不『和他的處境苦鬥。』因此而產生他那冷諷的性情。他的冷諷不僅是對別人，對世界，對一切真理；却也是對他自己。他『最明細的知道自己的缺點。他輕笑這些缺點，他輕笑自己本身，並且同時我們也可以說，他是生存在這種輕笑之上而以輕笑爲自己養料的。』我們可以見出哈孟雷特的人生苦，不僅是表現他的自身，却也，是代表了一般多情多感的青年。不僅在近代，就是在現代，那生存在自笑自嘲的生活之上且依此而苟存的徬徨歧路的青年人正自不少。哈孟雷特雖然覺得人生乏味，却不肯自殺，這乃是一般的懷疑思想中的通常現象，他既能對於「生」懷疑，就不能對於「死」懷疑嗎？

然而哈孟雷特終究是眞理的戰士呵；這並不是出於他的本心，乃是一種當然的結果。屠格涅夫也說過：『但他的懷疑主義却在表示對於僞的絕對不妥協的抵抗，所以他倒變成了一個爲他所不能相信的眞理的最有力的鬥將。』

總之哈孟雷特的精神是陰暗深沉的而非光明輕快的，是粗野的而非紳士的，是懷疑的而非堅信的，從這裏我們不僅了解了作者的生活思想，也了解了當時一代的青年的傾向。

莎氏的詩有如陰鬱的大海，青年人的苦悶將都在這裏滙集；並且使你一經見到便發生一種憂鬱煩悶而不愉快的心理。

有人說莎氏是超時代的，附和的人確是不少。若依他的作風來看，既不同於文藝復興時代的南歐，也不同於古典主義時代的法國，並且他的悲劇的結構，顯然與希臘悲劇及古典劇都有相異，倒似乎是一個無所屬的異樣天才；然而我們要洞悉了當時前後的思想源流以及經驗論與懷疑說的遞變來對照：則莎氏並未能越出時代一步。並且他對於君王貴族的推崇，對於奴役鄉農的鄙薄，曾表現在作品中的事實，也曾被後人攻擊過。這種攻擊自然是犯了不知莎氏之所以爲莎氏的淳淺病，因爲莎氏就是代表貴族階級的；由此也可以見出莎氏的確是代表了時代而未能超越了時代的實證，可惜被一般只知莎氏是超越時代的天才而加以擁護的批評家所忽視了。

四大悲劇之外，還有描寫人間裁判的喜劇威尼斯商人（Merchant of Venice），悲艷之劇羅密歐和朱利葉（Romeo and Juliet），夢幻劇仲夏夜的夢（A Midsummer Night's Dream）及其他。

我們若進一步來探討莎氏劇作中的社會的背景與意義時，則立刻發現所謂這超邁古今的天才，除了給與文人學士以品味的材料之外，其於民生上的供獻，實在是無足重視的。在貴族階級手心中活動的莎氏比亞，其所反映者自不能出於該階級的意識形態之外，怎樣聰明的作家，怎樣罕出的天才，也難逃出這個社會律。

這樣令人——不，世界的——震撼世界的天才，一的讀者或要以爲他的著作一定包含全社會，將一切時代與社會的典型完全指示出來的。其實這是一種錯誤。在莎氏比亞的時代，英國社會在貴族的統馭之下，經濟生活與精神生活都以貴族爲中心，於是詩人和戲劇家也是聽從貴族的號令的。當時舞台上的主角也完全是貴族。哈孟雷特，李亞王，鳩里·凱撒（Julius Cæsar）以及其餘的作品中，無不以宮庭生活爲主的。所以莎氏比亞所描寫的優柔抑鬱（哈孟雷特），名譽心理，（馬可白絲），嫉妒（歐塞洛），戀愛（羅蜜歐和朱麗葉）種種人性，也是屬於宮廷生活的。

作者對於民衆生活不僅是不能深刻的諒解，反而視作『愚妄之羣』，『罪人』，『粗人』。他以爲民衆是沒有高尙的感情，所有的只是愚劣，無常，與憎恨復仇的感情；看他說『一羣狂吠的劣犬，我憎惡它們的氣息如腐臭的沼氣……』便可曉得他的意識中負有何等使命了。在他的理想中，所謂民衆即是被壓迫而信命運的人，這類人什麼人也不恨，享受自己主人的福，安於自己不幸的命運和如願（An You Fike it）中的牧羊人一樣。

對於支配着當代社會的貴族階級的生活與環境，他確是描寫的到家了，市民階級和民衆生活是他所蔑視的。我們的大作家始終未能將那『比頑石更爲愚蠢的民衆』的生活仔細研究一下，他怎能知道呢？他是受着宮庭生活包圍的人。又怎能想到去研究下層羣衆的生活呢？所以稱莎氏爲民衆戲劇家的人固是淺薄；而以不能去做一個民衆戲劇家來責難莎氏的也是昧於時事的。

在貴族生活的描寫上求得不朽，正是莎氏比亞的本色，因爲那時還沒有如現在一般複雜的社會關係與問題去刺動一個詩人咧！在地上的人難測雲端的事情正如在雲端的人難測地上的事情一樣；莎氏比亞雖然受着後人的責難，又有什麽方法呢？

（註：本節引證的屠格涅夫的言論，乃遵達夫君譯文。）

（五）西班牙的文藝復興

在文藝復興的末季，可以代表了西班牙文壇而與北方莎氏比亞互相映照的，只有塞文提斯（Miguel de Cervantes Saavedra 1547-1616）一人，而他的大作堂·克索特（Don Quixote）也和莎氏的哈孟雷特取着相反的態度而曝露了人生。

想到十五六世紀的時期，正當自由競爭的興起，西班牙的確是海外殖民的先驅者，國運集一時之隆盛；以理想來推測，它的文學也必隨着國運的隆盛而稱霸於歐洲了。其實除了一些流行的武俠故事和傳說以及宗教劇之外，簡直是少有可以稱述的；若不是崛起一位生活落拓的大文學家塞文提斯，則這歐洲一角上的文壇一定成爲無聲無臭的了。

爲什麽西班牙竟沒有許多偉大文學家的產生呢？據木村毅的見解則有三種理由：第一，因爲西班牙的國境和方言往往分裂，言語也沒有完全統一，因此要作出鄭重的文學，只有依賴拉丁文，而且用拉丁文的期間過於長久，嚴格的說，最初的西班牙歷史，是十七世紀初期馬利亞納（Juan de Mariana 1536–1623）所作，原文還是拉丁文，後來纔譯成希臘文的。第二，西班牙政府常常壓迫自由思想，這也是妨碍偉大文學發生的主要理由。第三，西班牙文太富於韻律，並且發音也過於優美，因此把西班牙文用來作詩，固屬容易，但是文藝本來要富於高潮的情感，才能有價值。因爲在語言上作詩過於容易，反有不能把應該插入的思想和材料充分精鍊的傾向。觀此，我們可以見得因爲思想的不自由和語言文字的分歧影響於偉大文藝的產生困難，也頗有道理。將這種說法來對照我們中國的昔日文學，也大有吻合之處。

到十七世紀初年偉大的塞文提斯以他的堂·克索特問世（第一部成於一六〇五，第二部成於一六一五〇），於是西班牙的文學便到達了它的極峯。

塞文提斯當然不如莎氏比亞的偉大，這是無須諱言的；但是我們聽屠格涅夫說些什麼吧：

『莎氏比亞和塞文提斯，或者有人要想：在這兩人之間如何能比較呢？莎士比亞—這一個偉大的巨人，這一個半神的天才……是的！我並不視塞文提斯作一個渺小的侏儒來和這一位李亞王（King Lear）的作者的巨人相比，我只把他們完全當做兩個人來看。只教是一個人，就是在半神的偉人之前，也有主張他自己的地位的權利。當然以莎氏比亞的想像的豐富和有力，以他的偉大的詩的光華，以他的全部精神的偉大與深刻，可以把塞文提斯——也不止塞文提斯一人——壓倒得暗澹無光；但是你們在塞文提斯的小說裏，却也看不出嬌揉造作的詼諧，不自然的比喻，和平庸無味的才智來……莎氏比亞隨便從哪里都可以得到他的人物——從天上，從地上——隨便什麼對於他都是有用的，隨便什麼都不能逃過他的透見一切的洞察。他用一種不可抵抗的力量將這些抓括起來，和對着自己的餌食撲擊的鷹鷲的力量一樣。反之塞文提斯則只把讀者很慈和的引到幾個本來是不多的人物的面前去，和父親引他們的孩子們似的；他只將近旁的東西取來作材料；可是這些近旁的東西——在他是知道得很仔細的。……却只從他的靈魂裏，他的那個透明，柔和，富有人生經驗而又不被這些經驗所悲慘化的靈魂裏造出他的華富作品來。……他的詩並不像莎氏比亞的詩，有時候會像陰鬱的大海；他的詩像一條在五花八門的兩岸中間靜靜地流去的深沉的河流。漸漸兒被它所載去，各面爲它的透明的河波所映着，讀者會感到一種真的叙事詩的閑靜平和的喜悅和它同流下去。』——Hamlet and Don Quixote.

在這一段言論中不是分明的說着塞文提斯較莎氏比亞渺小得多麼？雖然如此他還保有自身的頗渺小的價值，屠氏不是也一再聲明過麼？但是我們總觀南歐文學，在文藝復興的期間裏，在但丁之後，得以稱其爲偉大的還有別的人嗎？莎氏的創作力偉大，氣魄的洪深，畢竟是有着偉大的環境薰陶和教育的素養；以塞氏的出身微賤，教育與環境卑劣，而能成一代的大家，的確是不容易呢。

塞氏自幼隨着他的父親，奔波各處，並沒有受過什麽教育。他的學問就是他的經驗。他隨時隨地都好加以觀察，縱是販夫走卒之流，也未嘗輕易放過。他很喜歡戰爭，這也許是受了西班牙崇尙武俠的騎士風的影響。從軍後參加萊畔多(Lepanto)戰役，受了重傷，治好了傷又從事戰爭。其後退伍回來，被海盜刼了去，過那奴隸的生活。及至他後來得以回到祖國時，更和一般退伍兵士同樣嘗受了失業的痛苦。這時他依文爲生，不能成功；後來又做稅吏，且因爲讀職而兩次入獄。塞氏在萬刼之餘，已經到了五十歲，人世的痛苦飽嘗，其中的缺點也透視無餘。於是激勵而成這一部做爲人類共同遺產的大作堂·克索特。

西洋人常將『傑作』用那『次於聖經的讀物』來表示着；堂·克索特也是次於聖經的讀物的一種。文明國家差不多全有一本，我們中國雖然也算做文明國家，然而因爲受了市場的影響，譯者因無保障，所以遲至現在，還未看見這據說是本頭太大的書籍得以迻譯出來。

堂·克索特全篇的簡意乃是描寫西班牙人堂·克索特慕游俠之風，决心去仿效；於是便騎着羸馬，披甲持盾，率領從人 Sancho Penza 巡行鄉村，專打人間不平事。雖然所遭遇的都是失敗，但是他却不覺悟，一直到被牛觸死。其中多滑稽的事情。就是我們現在看到堂·克索特的畫像；他的人物，他的服飾，他的馬，他的一切，沒有一處不可笑。然而在我們的可笑中，却能覺得含有一種可憫的寬宥的容恕。

該書所表現的，完全是攻擊西班牙的資本社會，不僅是攻擊而已，却在種種失敗中還要繼續保持他那不屈不撓的前進的無畏精神。Sancho Panza 乃是當時社會的典型人物，在一切的舉動態度都表露着西班牙社會的風範。全書充分表示出來塞文提斯反對空想的浪漫主義（資產階級的意識形態）的趨向。

關於堂·克索特自身所表現的東西，且看下面屠格涅夫的言論：

『第一是他的信仰，對於有些永久的不可變動的物事的信仰，一要而言之，是對於真理的信仰，這真理是在各個人以外的東西，是不容易顯現出來，而要各個人去奉仕它并爲它犧牲的東西；真理是只能和永久的奉仕與有力的犧牲相接近的。……爲求這理想的實現，他就是任何可能的難行苦節也有所不辭，就是生命也可以犧牲的。……爲己身以外的事情而生活着，爲了他人，爲了同胞，想把「惡」來剷除，他是對人類的大敵的惡勢力在作戰；對那些魔鬼，那些巨大的惡靈，就是對人類的壓制者在作戰。……（諸君請注意，這一位瘋子似的遊行的騎士，却是世界上一位最有道德的人呀！）……

……堂·克索特是，『理想』的忠僕，這理想即是返於農村社會的自然。他是一位大熱情家，所以他也常被這『理想』的光華所照耀輝映而保有着榮光。——Hamlet and Don Quixote。

總之堂·克索特是信眞理，積極的，利他的，而肯毫不猶豫的犧牲一切的人物。

第三章　宗教改革

一、　商業資本主義時代的教會和宗教改革

封建社會因爲奠基於自然經濟的原故，所以宗教在無知識的羣衆—農民—中有無上的威權。封建各小區因爲沒有經濟的聯繫，所以生活於其中的農民的眼光自然狹小，怕鬼疑神，容易陷於迷信。再加上天災人患到處流行，使人失掉幸福和希望。於是宗教家乘機倡天堂和地獄的說法，給與人民以無限的來世希望，這樣宗教便成爲普救衆生的引路明燈，而教會也得以穩固。教會的根基一經穩固，於是武力與教會聯合，保證大地主和封建主的統治，國王與敎皇在共同的利益上合作，這乃是封建社會中一種顯著的事實。

教會到了貨幣經濟發展時代自然要大大的改變。自從生產和勞力能變成貨幣之後，教會便成了財富的貪婪者了，這時候教會因爲貪財的緣故，一點好事也不做，祇是剝削人民來滿足它的慾望。後來因爲科學發展，因爲受了教會的暗黑而不知改進的勢力之掣肘，急思逃避出來，教會的僧侶又都是無能無知，所以大遭人衆的揶揄。於是教會遂失掉它維繫社會的力量，而成爲廢物。當時有流行的歌謠說：

『伊凡耳聾　口啞，眼盲，

只好請他當敎皇。』

足見當時的敎皇是何等的廢物了。又有諺語說：『僧侶袈裟，强盜盔甲。』這是說他們平日行爲橫暴剝削人民脂膏，簡直就是强盜。

這時在教會中分成了兩派：一派是教會中進步的知識分子—布爾喬亞汜—改革派；一派則是舊敎的分子—封建階級—天主派。改革派認爲只是信仰便能得救，便能解救自已；天主派則主張除了信仰之外，還要有善行。所謂善行便是向教會進貢，以積陰德。結果，赦罪劵可以公開拍賣，强盜若是打算自留贓物，可以把一半分給教會，這無非藉着善行之名，來滿足教會的貪念而已。所以，在貨幣流行時期，可以見出僧侶的貪婪到如何程度。因爲貪婪而多財，多財，則僧侶的生活完全被愉樂和奢侈所佔領了。當時流行着一句話說：

『羅馬的京城好似巴比侖的賣淫廟。』將當時僧侶的生活描寫得淋漓盡致。

當時反抗宗敎而希圖加以改革的用意，乃是在於清理教會，打算推翻宗敎權威，將這權威交給那提倡自由競爭的國家政府，在宗敎的壓迫之下解放科學。舊的教會本來不適於新興的商業資本國家，新興國家注重一切的進步，而舊敎會則重保守，所以這時一般人的慾望都是打算將宗敎加以改革，務期達到適合當時人民與野心家的才能得以自由發展的程度爲止。

宗教改革可以分成兩方面來說：一方面是教會和國家的衝突，因爲當時的宗教妨礙了國家的發展。譬如十六世紀英國的王權興起，取消天主教。俄國和北歐其他各國的情形都可以引來作證的。另一方面則是國民和教會的鬥爭，乃是因爲國民不堪教會的壓迫和剝削。這一點可以用德國的破產騎士和農民運動，以及英國的農民運動作證。

總之，在商業資本社會中所盛行的普通宗教改革運動裏面可以劃分成三個階級：(1)農民階級，他們要求解放一切。這種運動起於異教派，其中含有社會烏托邦，共產主義，和推翻國家的各種意思。(2)知識份子，他們是人道主義的，多半是持着消極反抗來從事思想運動。(3)諸侯和大資本階級，他們是嫉妬教會財產希圖沒收和瓜分，所以也來贊助這種運動。

反教大運動之中既有這樣複雜階級的劃分，則他們的心理也必不同。如農民階級所要求的乃是要和污穢的教會作爭鬬，這乃因爲他們幻想將來的大地上有堯舜的天下，想爲自己獲得自由和土地，取消自己的奴隸地位。市民，貴族和諸侯則希望宗教改革後，謀得發展自己的事業，和瓜分教會的財產。

因爲彼此具有着不同的心理，所以結果自不免內部起了分裂。和平改革派幫忙國家取締農民運動，乃是最好的例證。

所以宗教改革的結果祇是爲王權和商業資本家增厚了勢力，農民仍是繼續受着壓迫，這與當時時代的推移和社會演化的需要並無不合的地方。

二、宗教改革運動的前後

(一) 威克利夫(John Wycliff 1320—1384)之說

宗教改革運動的主流雖然發生於一五一七的德國馬丁路德的改教，然而十四世紀初年在北歐的英吉利已有反抗宗教的先聲。當時全歐都隱伏着新文化與新社會的契機，一切都從事準備將人民的思想由中世紀轉移到近代。威克利夫就是倡導這種思想的重要份子。從宗教歷史的觀點看來，他是宗教改革的先鋒，也是各國君主反對羅馬教的世界統治的先導者。從經濟方面說，他仍然生存在中世紀中，他擁護公共生活的經濟，而反對後來佔有權勢的私產制度。

他所主張的問題，可分爲兩方面：

一、把英國從教皇統治之下，脫離獨立，並且集中國家的權力統治。

二、保護鄉村公共生活團體，反抗貴族和教會的貪婪。擁護爲福音而貧乏的主義，擁護教會的無產狀況，主張教會的產業應當由君王，貴族，城市所沒收。

他以爲社會主義的成功，不在於武力的暴動而在於人民道德的提高。凡有私產存在的地方，祇能由道德使之成爲合法。凡是沉溺於幻滅的罪惡情境中人，必沒有財產的權利。從這種主張可以得一種結論：罪惡的地士和敎長不應該有財產權，而强制的把這種財產沒收，乃是一種道德的舉動。由此我們可以見出威氏的社會主義未免流於空想，然而說他是宗敎改革的先覺，則殊不爲過。

（二） 包爾(John Ball)之說和英國農民運動

比較威克利夫之說爲積極的要算是後起的包爾了。他是英國的一個有名的傳敎士，所討論的主題是自由和平等，民主主義和社會主義。他曾回想早期的社會情形而發生了一種疑問：當亞當（Ad-am）耕種，夏娃（Eva）紡織的時候，哪一個纔是上流的地主呢？』這乃是他的平等主義的出發點。

他因爲這種疑問激起了公理正義思想，於是他宣傳自然的狀況和自然律的神學敎條相切合。人類在開始時候都是平等的；道德低下的人們，努力壓制他們的同伴，於是因强弱的分別而發生主奴的關係，這種事情當然是反對上帝的原意。因此他警告當時的英國民衆說，現在正是打破奴隸重軛的時候，假若羣衆能够確實的熱誠的做去，他們現在便可以獲得自由。我們在下面他的一段演說詞裏，更可看出來他的革命思想：

『我的良善人民；除非英倫的一切東西盡歸公有，取消奴隸和主人的分別，我們完全平等的時候，我們英倫的一切東西是不會好的，就在將來也不會好的。爲什麼讓我們服勞役呢？假若我們都是亞當和夏娃的子孫，爲什麼他們能够自己證明他門的主人資格較我們爲多呢？這祗是他們要我們去工作和生產，讓他們去消費！他們的衣服是天鵞絨的，還飾有白鼠毛和獸皮；至於我們呢，則不過穿着粗糙的痲布。他們有酒，有香料，有良好的麵包；而我們祗有裸麥的面包，廢肉，稻草，和清水。他們擁有大好的住所，高樓美厦；而我們所有的則是煩惱和苦作，在田園裏沐雨櫛風。他們要由我們的工作，纔能得有華美供給的手段；而我們則被人稱爲奴隸，若不服從他們的命令，便要受鞭撻之刑了。』我們平心來看，這不是一篇社會主義的宣言嗎？

包爾不是一個和威克利夫一樣的空論家，他乃是一位脚踏實地的革命者。他投身在民衆之中，宣傳自由平等的思想，曾以『異端的演說』的罪名人過獄。終於在一三八一年，英國起了農民運動，包爾即做了這運動中的領袖之一。

這一次農民暴動對於社會的意義比較對於教會的意義更爲重大；不過一則因爲它是失敗了，又因爲路德改敎的成功，所以這次大暴動便少有人們提起了。以前的歷史不是下層階級的歷史，這樣的事件縱是湮沒了，也無足惜。

這次暴動的動機是含有社會主義的意味的。他們要求保護他們的鄉村權利，反抗貴族和僧長，此外農人和手工人還要求他們的工作權應由自己處分，不能受別人強制，諸如用地役制度或皇帝法令，迫令他們服務於封建地主的都要加以反對。

這種運動發展很快，不久農民便佔領了英倫，其中詳細情形不便在這裏辭費，總之是失敗了，他們都被遣散，依然受着壓迫，革命的首領都上了斷頭台，包爾也在內。

這種運動的失敗，乃是一種必然的事，因爲那時的新興勢力，還是商業資本階級，他們是新興社會的權勢者。路德之所以成功，也就是因爲他代表了這一階級，而得到他們的擁護。

（二）　路德的宗教改革

路氏生於平民之家，常以平民之子向人誇耀，並且對於平民有熱烈的同情。他幼年就做了傳道士，後來又做大學教授，平常便主張與上帝親密的惟一方法便是信仰，所以他是改革派的中堅。當時的人本來不滿於教會的無恥的剝削，忽然在一五一七年冬十月有教士在威登堡（Wittenburg）銷贖罪劵，其中所講的話很是不合道理，並且自曝醜惡，於是路德便作贖罪劵論文九十五條，辯論這種事情的不合理，貼在教堂門外，任人辯難。全文的大意是贖罪劵的購買與否本來沒有什麼關係，不如省儉日用到覺好些，信上帝的人，上帝自然庇佑，購贖罪劵是沒有裨益的。一五二〇年又刊行小叢書，其中最要的是致德國貴族的通告，大致說，現在教會的不好，人所共知，希望他自行改革，不當坐以待斃，還是要由各國君王實行改革才好。又說，教士除了應盡職務之外，並不是神聖不可侵犯，應當服從各國政府，又說，教士太多，可以令他們還俗娶妻。意大利的教士多半受德國的供給，應當反對。因此便和教皇大大的發生衝突。

路德雖然說是同情於平民，莫如說是當時的市民（有產者）；他的思想是革命的，却有着德莫克拉西的意味；他的改革政策是取着一種精神的宣傳勸說君主貴族收回王權的，却不取着暴動的方式。然而無論如何，當時一般進步了的百姓確是達到所謂靈的覺醒的一步，即是除了黑暗的教會還有新的生活存在，而教會的存在的確禁錮他們的生活，所以當然要反對當時的教會：一面設法解放他們的靈魂，解放他們的生活。

當時因爲路德的改教倡議，漸漸引起一種擴大的運動來。這種運動乃是由於求解放而發，其中却包括了三種不同的人物。一部分是知識份子要求和羅馬斷絕關係，在王權之下組織新教會。其次農民和騎士也騷擾起來。還有德國的諸侯和大資本家也來助長這種運動希圖漁利。結果這種運動日漸擴大，無法抑止，終於在一五五五年德國政府和人民訂了奧格斯堡（Augsburg）合約；然而不過鞏固了這一部諸侯，貴族和上層階級的尊榮。

無論如何，路德的勇氣是值得佩服的，他那帶有德莫克拉西的思想是值得注意的，一個改革者所有的資格，他完全具有了。

（四）卡爾文（John Calvin 1509—1564）的宿命論

在宗教改革運動中，卡爾文教派盛行在法國和瑞士南部，含有廣大的德莫克拉西的性質。這一派的首領卡爾文是一個沉默嚴肅的淸教運動宣傳家，他的學說顯然代表那和市場發生直接關係的階級的心理，他的宿命論，只有在中小資產階級——指手工人，商人，販子——的意識中才能產生；因爲在市場商業和資本主義的發展的條件之下，他們的地位常是不定的。

卡氏的學說是：人的命運在出世以前已竟決定了。天命是不能改革的。上帝預定的路線，決不是善行和祈禱所能轉移的。人類的一切行止進退早有上天鑒察。人們不能知道死後禍福怎樣，要想來世的生活好些，應當在今生多多耐勞吃苦，虔敬上帝。於是淸心寡慾便成了高尙的德行。而卡氏所居住的日內瓦因此之故竟化爲一座愁城，音樂不奏，筵會不開，一切跳舞和娛樂都一概禁止。有歷史家曾這樣說過：「終身孜孜爲利想做資本家的便是卡爾文教派的信徒。」

有人說，提倡禁慾，確實含有經濟的意義，因爲這種辦法對於原始資本的積纍頗有很多的帮助。這種說法頗有理由，而卡氏又生在商業資本主義社會發達的時期中，難怪他的宗派流行不衰了。但是他的宗教到底是『商人』的宗教，所以持着make money主義的新興國家，更要信奉這種教派了。

卡氏還倡導性惡論，其理論非常强銳，認上帝是一個鐵面無私的裁判者，和萊柏雷斯的論調正相反，同爲當時靈魂論爭的代表者。我們可以說他的學說是和資本主義社會吻合的，看他那迫着人去苦作，禁慾，聚歛，以求來世之說，便足够被資本主義國家用爲麻醉劑而有餘了。

（五）　英國的清敎運動與其文藝

連接着宗敎改革而起的英國清敎運動（Puritan movement）是次於文藝復興而被重視的，就是人類隨着十五十六世紀中的知識的醒覺起而爲道德本性的再甦，換言之，則是資產階級的道德之建立。意大利文藝復興運動影響到英國而造成了伊利沙白王朝的黃金時代，但是據說沒有觸到人們的道德的本性，沒有使當時的人脫出專制君主的專制政治，道德和政治仍陷於黑暗的境域。於是繼着文藝復興的高潮，在英國正確的有了道德的覺醒所謂『那種最偉大的道德與政治的改革在半世紀內的短期中間掃遍了全國』的，便是指着淸敎運動而言；這時資產階級在英國完全佔了勝利。淸教運動的對象有二：第一是個人的正義，第二是政治和信敎的自由，頗含着以道法民以道治國的意味。

從宗敎的觀點看去，所謂淸敎主義（Puritanism）乃是包含信仰的各種式樣而言。這個詞最初是指那些在伊利沙白治下努力於改變英國宗敎的祈禱方式的人們而言；但是自由的理想波起於人心，淸敎運動便擴大而成了全國的運動。淸教的特質乃是禁慾，但是以他的整個運動而論，却實在是不可掩滅的一個偉大的運動。

當時在英國的文藝上也表現着混亂的狀態。因為舊的理想已破壞，中古時代的尚武的風尚，及所謂超肉的靈愛，和羅曼斯（Romance）等也同着國教的理想的變化而變化了。文藝批評失去了一定的標準，詩人也流於形而上的誇張，於是精神的暗澹，罩遍全國。這時的文學和過去的不同之點要有三端：一、伊利沙白時代的文學有一致的精神，這時則各有分派。二、伊利沙白時代的文學是一致的，熱烈的，充滿着青春的希望與活躍之氣，這時則是沮喪悲觀。三、伊利沙白時代的文學是浪漫的，這時則是禁慾的。

此期的代表作家，則為大詩人約翰米爾敦（John Milton 1608—1674）和散文家約翰·班揚（John Banyan 1628—1688），分論如下：

米爾敦

米氏生於倫敦，在劍橋讀書的時候，就藉着寫了 Ode on the Nativity 和 To the Nightingale 等詩歌，而發揮他的詩才。後來到國外去游歷一回，國亂歸來，正趕上長老派（Presbyterian）失勢，清敎徒便代執政權。他曾為文論除暴君的正當，主張將查理第一（Charles I）處死刑，因此被舉為執政官克朗威爾（Crownill）的秘書官。在他的許多論文中，展開了清敎徒的資產階級之對於家族，國家，教會等的見解，而對於清教徒的政策加以辯護。後來王家復位，他便下野家居不問政事，從事著作失樂園（Paradise Lost）。

米氏的思想深沉，詩文結構偉大，筆法精鍊，智力明澈，且充溢虔敬之念。失樂園一書於一六六七年出版，其中敍述人類始祖亞當和夏娃受魔鬼的引誘失掉了天堂的樂園的故事，其中情節雖然是藉着宗教傳說而加以虛構，然而其中所含的禁慾可以得近上帝的意思，有力於清敎宣傳之功不小。至於其中所描寫的夏娃亞當的天眞：上帝的父之愛，和魔鬼的奸狡，都很入微。後來又作復樂園（Paradise Regained），敍基督抵抗魔鬼的誘惑，再立天國，可是內容較失樂園差得多了。總之，這兩篇東西確是清敎主義的最顯明的典型作品，其目的多重於宣傳禁慾。米氏的見解也和清敎徒的資產階級一樣，認爲藝術並不是美學的東西，而是追求道德與宗敎之目的的東西，因之，乃將猶太文學置於希臘詩歌之上了。

班揚

米爾敦是一個最能表達清敎思想的詩人，班揚却是一個最能表達這種思想的散文家。米爾敦是文藝復興的繼承者，乃是當時極有敎養的人，班揚則是一個困苦而無敎養的修補匠的兒子。他沒有從文藝復興運動裏承襲到什麼，只有從宗敎改革的氣運中得了廣大的自由獨立的精神。這兩個人同是代表了十八世紀英國人的生活極則。班揚的成名之作，乃是一本偉大的寓言——天路歷程(The Pilgrim's Progress)

班揚的爲人非常奇怪，我們可以從他的作品裏讀到的，謙卑和誠實顯著的現於他的作品中，他的生活中有兩種力在作用着：一種是由內而發的動的想像，使他在平凡的事件中看出了幻像，寓意，顯示。另一種是由外面得來的，就是時代精神的激動，也便是眼見的各門派的混合，以及混亂的各階級的熱誠。

他幼年生活甚苦，以至不能讀書而不得不跑到他父親的店舖裏去參加工作。於是在火紅的罐中和烟火中他見到地獄與魔鬼的生動的圖畫，這地獄與魔鬼便追逐了他一生。十六歲時，投身行伍生活。當時宗教的激動之情在班揚的靈敏的想像上印了巨大的印象。他即刻跑到教堂去，只不過覺到自己是被流氓的宣敎師包籠在恐怖和痛苦之中。地獄和魔鬼的幻像業集在他的腦海裏。他在懊痛之中，追悔早年的生活之罪惡，於是奮激的，努力從事於聖經的實踐，而在他的靈魂中即刻開始起了改革的動作。他雖然感覺敎會的不當，而努力自己研究聖經；但是因爲他的知識簡陋不能明晰聖道的龐雜，所以時常陷入迷惑之境。後來，終於經過幾次精神的激戰，走入清醒的氣氛，得以大澈大悟：正如他在天路歷程中所寫着的從黑影之谷走出來的行程一樣。於是他說敎了，並且因爲忤犯說教法規而入獄了。在這十二年的監獄生活中，使他能長期研究經學而作成了他那偉大的天路歷程。天路歷程一書，無非是班揚一生經歷的描述，詞句非常樸質，而且滿溢着虔敬之誠，和失樂園同爲清教文學的代表作。

六、巴斯卡爾(Blaise Pascal 1623—1662)

當宗教改革運動澎湃的時候，代表當時的哲學思想和文藝思想最爲顯著，最有苦悶氣氛的，當然要推巴斯卡爾了。他一方面是極優秀的科學者，另一方面又是敬虔的宗教信徒。他的思索有時使他變爲世界科學的指導者，他的熱情闡明了神的眞理，又有時使他成爲宗教論戰的猛將。他所受的教育很完全，所以對於科學頗有根柢。他雖然對於科學研究有這樣的能力與熱心，但是科學終於不能使他滿足。他以爲研究科學不能解決人生的一切，於是他丟開科學，並且歎息的說：一切的現象都不過是過眼的雲煙，把握不定，所以人們認爲永久希望的，只有永久絕望而已。萬物由無中發生，由無中逝滅，誰也難以窮求他的究竟。所以人類費盡畢生的時間精力去研究自然界不是白費嗎？他把世上一切的東西全看成『無有』，什麼都不存在，於是他便悲觀和懷疑了。本間久雄曾引證他的一段話說：

『這樣是我們的眞的狀態。因爲我們對於不論何種事物，是不能明確地知道和不能絕對的知道的原故。我們祇在空曠的地上彷徨，祇能漂泊地從一個目的到其他目的。我們所認爲到達而建設的目的，立刻會得崩潰。我們爲着要尋出一個確實的狀態而焦燥，爲着要探討建設無窮之塔的永久而最後的基礎而煩悶。但是，一旦以爲求得的基礎忽然倒壞，地球在地獄的苦痛中煩悶着。」

——沈端先譯文。

但認爲一切都不能永久存在，都不能解決人生的苦悶，於是他成爲一個懷疑論者。他以爲人間的公理正義都是謊說，人生只有慘苦和悲哀而已。

他曾將這種苦悶向着上帝申訴，並且也主張對於上帝應極端信仰；然而這種信仰有時也不能解救他的苦悶，所以他的精神只好永遠帶有懷疑彩色了。

他曾寫了許多斷片的文章，他死後便被人集成那本隨想錄。這些文章都是勸人服從神意的，文筆極美。

第四章　啟明運動

一、啟明運動的意義

封建社會走入了它的末運，因爲生產力發達而衝破了生產關係的原故，舊有的觀念形態漸行動搖，新興階級的新運動也逐漸得勢了。這種勢力的澎湃的結果，遂造成了偉大的文藝復興運動；又因爲提高君權以輔助自由競爭而適應新興階級心理的動機，便陸續的發生了宗教改革——結果是自上而下改革的成功。但是文藝復興運動雖然喚起人們考古與尊古的精神，卻因爲這種純肉的彩色只能解放當代，而不盡能適應當代的進步要求，所以反而因爲宗教改革運動，使這典麗的文藝復興歸於萎縮。這自然是因爲當時的希臘風，具有俗人的肉感的成分，殊有害於宗教的神聖，遂漸漸的遭遇排斥了。其次，因了文藝復興運動而興起又對於文藝復興有了阻碍的宗教改革運動，一面希求解放當代社會，一面又要衛護教會的尊嚴，其結果仍是不能解決一般人的生活，而不能不流於巴斯卡爾的思想。說得具體些，就是痛感人生的悲慘，一面希求救世主，一面又不僅懷疑人世，並救世主也懷疑起來。這無非表示還不能滿足當代生活的要求而已。

希圖來滿足當時的要求而且完成了當代思想革命運動的便是啟明運動（Enlightenment）。

啟明運動就是當時的知識解放運動。因爲這運動影響近代文藝很大，所以有詳論的必要。這種運動的極峯，乃是由十七世末到十八世紀初的洛克（John Locke 1632—1704）思想完全表露出來，所以後來論啟蒙運動者，都以洛氏來做代表。

但是這種運動也不是一言可以道破的一種較爲簡單的運動，也並不是突然出生了洛克而造成此種運動的。

這種運動雖然到了洛克時代，才表示得到家；但是他的思想也是有所承襲的。洛克的思想，開了近代唯物論的契機，無非是應合時代的需要。因爲由中古轉向近代的樞軸，乃是當時社會的根本變化，即由封建社會轉向商業資本社會，而促成這種轉變，自然有所謂科學發達一事。我們在論到文藝復興的時候，曾經說過十五世紀前後在科學上有許多發明，因爲這些發明的結果，使東西文化得以溝通，促成向新探求的運動。這種事件自然也和影響文藝復興一般的影響了啟明運動。此外也因爲對於天體構造的辯爭，而打破了舊有的天文學系統的事情，也足以使人對於科學的權威以及觀察實驗的推理法發生了新的信仰。

因此，伴隨着宗教改革運動，那積代爲黑暗氣氛所籠罩，爲神教所壟斷的哲學得以脫身獨立，也是事實。於是哲學思想得以發展了。近代哲學開山大師培根所說的『君臨自然』，無非是說要用人的力量替代神的力量去征服自然，就是用實地觀察的方法以人的能力去探測自然，而揭破玄想的宇宙之謎。這種思想依我們看來是接近唯物論的，也是開啟唯物論的。到了以感覺的認識做了思想中心的霍布斯(Thomas Hobbes 1588—1679)，則較完全以物爲主了。在他們認爲科學主要的是具有文化的意義。生長着的社會的要素之力，是在於知識之中，而不在於信仰之中。社會生活的新形態的發展依存於知識，科學及技術之上。至此他們的思想特點不是很明白了嗎？

洛克正是承繼這種思想，而開辟了十八世紀的唯物論。因此十八世紀的思想乃趨向於解決現實問題。於是爲了宗教的自由而祈禱和鬥爭的當代的人，現在却爲了科學的自由，就是爲了要有秩序地解決自然和社會的關係的慾望而開始爭鬥。這種注重觀察和實驗的科學自由的傾向一經暢行，則那神秘而幻想的玄學傾向便受了排斥。於是人們對於一切現象，一味想用自己的經驗來解決，即是要用人類的科學來解決宇宙。

所以啟明運動在表面上看來不過是哲學思想的變動，實際上則與封建社會圮壞的過程上，一切觀念形態的轉變，都有着密接的關係。即以三大運動來論，啟明運動可以補助文藝復興的浮而不實，使之增加和當代精神嚴密契合的傾向；同時繼宗教改革而做成進一步的改善生活的運動。文藝復與使人有新的嗜望；宗教改革使人脫除那嚴厲而禁壓人性的教條；啟明運動則是將那「怎樣纔是新，怎樣纔是適合當代的新」的經路指給近代的人們，又將人性切實地從玄秘的信仰之中拉到知識的範圍以內，將神的觀念完全取消。所以物質文明的發達，實在是和這種運動提携前進的，而近代的資本主義的社會也多半染受這種思潮而迅速的發展了。

二、自然科學的發達

提到自然科學對於啓明運動深有影響的事，我們不能不單獨的論述一下。

在十五世紀文藝復興以來，西班牙的摩爾人已竟研究希臘人的科學，幷且進而研究希臘人由東方所得的天文學和機械學了。他們因爲求計算的容易，又發明了阿拉伯數字；並且確定了代數學的基礎，而於化學的命名方面也有很大的貢獻。嗣後因爲其他的發明，而有航海發現的成功，於是自然科學的領域更加擴大，人們對於科學的趣味也更爲濃厚了。

然而在這時還有一個大的貢獻，就是新天文學的理論的建立。這種革新影響於各種科學以及宇宙觀都很不小。這種新的天文系統推翻了歷代所信服的天文系統，正如同人本位的人生觀推翻了神本位的人生觀一樣。所謂舊的天文系統乃是希臘都市社會破壞以後由東方與宗敎一齊接受過來的天文系統，這種系統講的是世界是一個空球，地球居在中心，四周有固定的星，行星繞球而動，而運行這星系的則是世界之外的神。這種被現代人視爲荒謬的學說，終於因爲神權的統治而維持了一個中世紀，終於在十五世紀時被人打破了。

十五世紀中葉有德國人哥白尼（Copernicus 1475-1543）發明了地動之說，並謂星系的中心乃是太陽，引起一般學者的注意；其後又有德人開普勒（Kepler 1571-1630）又測知了行星的環路是橢圓形而不是球形，意大利的布隆諾（Bruno 1548-1600）斷定了空間與時間的無限，於是整個舊有的天文學說便破壞了。

一六〇九年意大利學者加里利歐（Galileo 1564-1624）又繼續的對於自然界有新的發現，於是便有科學萬能的信仰的趨向了。他以爲科學除了自身以外不倚賴任何權威，一切的推論皆須由觀察和試驗得來，可見這時的自然科學的精神已完全是人本位的了。

當一個社會組織成就或圮壞的時候，不僅是經濟基礎影響於觀念形態，同時各觀念形態也彼此有着互相影響之力的。所以啓明運動雖是說主要的改革在於哲學思想，而同時受着自然科學變化的影響也是很爲重要的。

三、洛克以前的思想界

造成了十八世紀的唯物論的雖然是洛克，但是這種思想的契機確是在文藝復興前期已竟發生了。新時代思想的最初產物，乃發生於中世紀煩瑣哲學的廢墟之上。因爲封建社會漸形圮壞的原故，煩瑣哲學的社會條件，逐漸讓其地位於新的條件，而適應新的條件便產了新的觀念形態。

中世紀的煩瑣哲學因爲認教會教義爲最高標準的緣故，於是哲學便全被神學所併吞了。又因社會採取着封建制度，全然滅却人類的個性，所以煩瑣哲學更得依此而尤加鞏固了。

隨着封建組織的圯壞和新興資產階級的新社會關係的成熟，舊有的觀念形態也被破壞，而新的觀念形態便發展起來。兩個世界間的陰慘鬭爭，是發生於封建組織自身的母胎之內的。中世紀的觀念形態的分裂，就在實在論者（Realist）和唯名論者（Nominalist）關於概念的意義的論爭中出現了。

實在論者以思維和概念是非物體地存在而與感性的事物沒有關係；以及概念是實在的而且先行於事務。實在論者以思維和概念爲出發點，而使物理的實在歸屬於概念的實在。一切實在論者的一般的謬誤，在於他們把客觀的實在性歸屬於僅有主觀的意義的東西。

反抗實在論而出現的唯名論乃是代表着當時進步的因子而表示個性對於破壞個性而且不給它自由的社會組織的反抗。同時它有着復歸於具體的現實的意味。實在論者主要的就在依據柏拉圖的學說；唯名論者是以自己的見地結合於唯物論。唯名論完全和唯物論一致而否定觀念和概念的形而上學的意義，而且主張在自然中只有個個的對象存在。

但是如果以爲唯名論者否定神的存在，大體表明了一些無神的傾向，則是錯誤。而煩瑣哲學的兩種知識傾向的代表者却還都是僧侶。兩派對於教會的教義還都有着調和的意味。唯名論隨着時間的經過，漸成廣大的潮流。而助長這種傾向的就是那破壞着封建的，教會的組織，而打破其個性桎梏的社會生產力的發展。

嗣後，因爲科學發達，於是便有培根在那唯名論與實在論的爭點—方法論之下植了科學的偉大的勝利基礎。要奠定認識一般的原理的基礎，就必須基於自然科學所已達到了的結果，去研究科學的研究方法的根本的前題。最初完成這個課題的便是培根。

培根的思想大有唯物論的傾向，他主張的要點便是『君臨自然』。說哲學必須支配自然以改善社會狀況；文化不是放在一人手裏使他高出別人，是全人類的服務使人超過自然。上古和中古沒有改良社會的觀念，但是培根以爲哲學的價值就是要撤廢人類的不平均的情勢，使社會不要再有滿足了野心與被犧牲的兩個階級。因此便在培根的學說之下發達了功利主義，也就表明了培根的人本思想。

培根認爲新的社會還要受着舊日思想的支配是一種重大的侮辱，所以他在所著的新機械論中說道：『如果在物質世界—陸地，海洋，遊星—無限地被廣大被認識的時候，知識世界（即知識領域）

還依然停留於爲古代所支配的界限內，這是對於人類的侮辱。』他是積極爲新興資產階級爭地位的。

培根又說科學家的方法不應當像蜘蛛一樣，從自己身上抽絲，也不應該像螞蟻一樣，祇知收聚材料，須要密蜂一般的收集，同化，並且變形。哲學就是科學，就是方法，一面以批評的眼光考察過去，一方面預述未來的科學。

因此，他也注重新的知識，他以爲知識是人類「君臨自然」的最高手段，知識就是力，能知能行纔是强者。他對於求知的方法曾發表了這樣的論調，以主持他的經驗之說：『欲得知識，必須對於自然界的現象做一番發見的工夫，這事若非確立一定的科學的研究方法，積了觀察實驗，到底不能得着完全的結果；所以眞正的知識根源還在經驗。』

至此，我們已曉得培根的思想乃是唯物的和經驗的．並且也承認他是首先替近代新興社會解決了陰鬱的煩瑣哲學的第一人。

承繼倍根而起的便是霍布斯。他和倍根一樣的認爲科學的目的，在於諸現象的因果關係的認識之中，又以爲科學的偉大的文化的意義是在於獲得對於自然的支配權之手段。要支配自然力就必須知道：怎樣的結果是做爲某種原因的結果而出現，也就是說依着怎樣的原因纔能引起一定的結果。

因此，由霍氏的立場看來，認識就是甚於物質世界的因果關係的研究。

霍布斯哲學的假設便是機械的世界觀。其原則便是：凡存在的都是體，凡相遇的都是動。體是自然，是論什麽東西都是體，因爲世界就是物質的世界。體是由個人至國家的元始條件；宇宙中的一切現象，又都是體的運動。因此，以物質爲主要的對象的唯物論者霍布斯，便不能不支持着感覺的認識論了。

然而他是不停止於純粹感覺論—不澈底的觀念論—的，因爲他一點也不懷疑外的世界的存在。感覺論是一方訴於外界，即我們的知覺的客觀的基礎，他方訴於主管的體驗——即感覺。而爲其基礎的唯物論則是以客觀的世界爲其出發點而說明我們感官的知覺。這是與停止於感覺的主觀本質的純粹感覺論不同的。霍氏在近代哲學史上成爲感覺論，感覺論的認識論的創造者的一人。但是他理解『澈底——爲哲學者的第一義務』。

因爲有了培根的經驗論的認識論，和霍布斯的感覺論的認識論，纔有後來的洛克哲學。原來哲學和科學的發展也都是和社會全部的發展是一樣的。

四、洛克的思想及其影響

由上述兩大學者的遺產上發展了洛克的哲學。他的知識論實爲十八世紀新思想的第一聲，對於人類的知識，又有了新的理解。感覺論的經驗論至此更强烈的表示着唯物論的傾向，同時觀念輪的危機也是深深的埋伏着。在他的唯物論之下潛伏着觀念論的根苗，所以對於後來的觀念論者和唯物論者各有相當的影響。

他的經驗論　在消極方面他否定先天的觀念和先天的表象，他以爲這都是敎義的欺騙，而證明表象係從外部到達於我們的頭腦裏，次第充滿我們的意識的。表象不是從太古以來就作爲存在於意識內的一種旣成物而屬於我們的東西，而是徐徐的由我們所獲得的東西。在積極方面，他認爲人心就是無垢的版，潔白的紙，而經驗則在其上印下自己的符號。我們的一切觀念，是以經驗爲其根原。經驗可分爲二種：一是爲外的對象的知覺所引起的外的經驗，另一種是以依着這種方法而獲得的表象爲基礎而於意識自身之中發生的內的經驗。依據這經驗論而建設了他的知識論。

他的知識論　洛氏說眞的知識乃是觀念和事物相符合之謂，就是說知識乃來自經驗。他將知識分成三種：直覺的，證明的，或然的。個人對於他自己觀念是直覺上確實知道的。他也有證明的知識——可以用論理或算學的推理。但是他的問題並不在於直覺的與證明的兩種知識。他所注意的問題乃是：我們曉得外界的知識性質是什麼？人如何能知道這外界？個人如何能以其所有的自由，置此外界於支配之下？我們對於外界所能知的衹是或然的，或說是從許多來源的一個推論。這樣的知識不過是意見，足以補足某項知識，而運用於我們日常存在的大範圍中。

他的平等論 洛克以爲一切的個人，原來是以自由平等爲前提，因之而斷定古時的人民，因爲組成自己社會的原故，便把對於自己的一切統治權委於一人了。於是從而宣告說：凡是承受這種委任的人，就應當負有尊重個人自由的義務。假使這一個人的政治措置失當，而破壞他的義務的時候，人民便應當羣起反抗。由此可見洛氏主張人是平等的，所以有貴與賤主與奴的分別，都是因爲後來畸形社會所造成的，這種思想以思想系統說來，係直接發生於盎格魯撒遜的個人主義的平等思想，更進而追究其根源，則又和古希臘的犬儒學派（Cynics）所倡導的社會起原論極爲一致。

洛克的思想和他的經驗論不久便流入十八世紀的法國而成爲盧梭（Rousseau）的民約論，其中他極端的堅持與洛克相同的主張。盧梭原是感傷奔放的天才，他打算將人生還原於原始社會狀態；從而倡導人類的理想，須爲氣質高尙的野人。這種思想和洛克思想合流而入了新大陸醞成美國獨立宣言。

和盧梭同時代的法國思想家服爾德（Voltaire）也是相信洛克學說的經驗論者。他極力排斥法國的超自然的及神秘的哲學，而主張哲學和道德不是啟示和神秘而完全是人類自己的學問。他以爲判斷一切人世界的事物，不必以人民由祖先所承受的傳襲，流行於社會的風習，以及國家建設以來的歷史爲基礎；正如對於自然界一樣，乃在專以純理爲標準。故其結果，遂至以希臘羅馬的高遠的古典爲理想了。

因爲在封建社會與資本社會遞嬗的時候，科學與哲學相並的走着發展進步之路，而演成唯物的理論與自由的思想之結果；至於巴斯卡爾的要求救世主解放和救濟靈魂的宗教思想，自然又要落後一步了。

第二部　古典主義與浪漫主義

——絕對主義　代的文學與新興資產社會的文學——

第一章　古典主義與浪漫主義的比較觀

三百餘年文化的變動，由文藝復興的開始到啓明運動的終結，掀動了對於古典的自由之純理的欲求的激情，在人性方面不斷的接受新的刺激；在哲學上樹立了唯物論，唯理論，與感覺論，在思想上波動了自由，平等，博愛的巨波。這種思想到了十八世紀下半，還被那理想主義的小人生派繼承着，同時德莫克拉西的思想越發激蕩起來。

在文學上那種憧憬希臘文物之風，還是濃厚的孕藏在德國的浪漫主義裏面，即如大詩人瞿提，也是著名的新人生派，並且對於古希臘藝術給與了大的追慕和鑒定。

浪漫主義（Romanticism）便在這種潮流中產生了。他們雖然不是相似文藝復興期的對於古典文藝的崇尚與模仿，然而其反抗封建制度却和中世紀末季反抗教權專制的精神一樣，就是說這種希求個人自由和個性解放，在這裏達到孕熟的第二階段了。論者以為浪漫主義含有中世紀異教思想的意味，也無非表明和文藝復興前後的異教思想的反抗壓抑謀求個性解放有同樣的意思。

(一)布朗尼諦爾(Ferdiuand Brunetiere 1849-1905)之說　布氏爲法國批評家，他在法國文學史提要中說，古典主義有三種特質：第一是社會的；因爲它的任務有着保持，發展，及完成社會組織的意味。既然是社會的，所以第二特質則是一般的，即不是某一作家的個性之表現。即使有了這種表現，也許是對於個性和理想的人間性的關係的表現。第三特性是道德的，因爲古典主義文學的道德性，相對的要素重於絕對的要素。而一方面道德的要素，常是應用於實際生活。所以古典主義文學的道德，實在是良善社會上的有用的道德。

總上所說，則古典主義既爲社會的與一般的，則不重個性的任意發展；是道德的，則不主張逾軌的狂放的作風。

(二)尼茲和達爾干(Nitze and Dargan)之說　這兩個批評家在其共著的法國文學史中將古典主義的特性舉出四點來說明。第一便是理性，因爲理性是當代精神的核心。第二是特殊的藝術教養，因爲當時的文學注重文體，將古代作家當做神聖不可侵犯，所以學習古代作家的文體及模範，成爲一種藝術的教養。第三乃是執行藝術教養的集會場所，在這裏面的人，大家互相整飭容儀和禮貌，沉靜地從事於藝術的教養，因此自然地產生了一種藝術的社會風格。如 Hotel de Rambouillet 一時成爲研究文藝的中心便是。第四便是要求知道本性的熱烈。本性乃是人間性的意味，他們對於自然不是單純地當做眼的對象物而享樂，乃是要當做美的題材而欣賞。就是將美的自然加過人工的自然。

古典主義者將理性和直觀當做人性的本質。實際上，當時的思想家們對此都有所研究，巴斯卡爾將理性叫做幾何學的精神，將直觀叫做優雅的精神。前者是抽象的推理，後者是具體的鑑賞與理解。換句話說便是純粹理性和實踐理性。這時古典主義者，都以爲要有這兩種活動，本性才能完全。

他們說人類幾世紀間的努力蓄積起來，已覺能够意識到人類的自身，自身在宇宙間的地位，自己的機能，及自己在人生中所能做和所不能做的事情。假若以上兩種性質發達，則我們一定能够覺悟到中庸最善，極端最愚，及自己和隣人過着調和的生活，是最爲幸福。這樣：古典主義將理性當做直觀的基礎，所以古典主義所謂的人間性，就是觀念和事實的調和。

古典主義者將特殊的一些人們，當做了既定的模範，從而加以仿效。他們以爲觀念與事實，人類與文體，個性與典型之間，一切均保持着調和。

觀上述的意見，古典主義的出發，由於重視人的本性。而這種本性，已非爲文藝復興期的人本性了。這乃是由社會的觀點出發而將那自我加上了一些文飾的人本性，其意味乃是調和的，中庸的，一言以蔽之，是將原來的自我和現行社會調協了的人本性。說是這種性質有着社會的意味的，自無不可；然而可注意的乃是這本性已不能逃脫當時社會道德習慣而從事進一步的追求了。因爲要使自由的本性成爲中庸和調和的，所以不能用那特殊的敎養和敎養場所來型人以規範了，所以這也是動極生靜的一種表現。

（三）勃特勒爾（Butler）之說　勃特勒爾說，古典主義的作家大半是受路易十四所保護的中流階級以上的文人，讀者的强半也是有閑階級。他們雖則有一兩處，有批評的態度；大體上却都是願意維持從來的社會秩序及道德觀念的人們，不論作家和大衆，都將文學當做社會生活的裝飾。這乃是論作者和讀者的關係與態度。他又說，古典主義的文學，在大體上缺乏新的觀念。由古代文明及基督敎的文明所造成的一般的普通觀念—可以屬於一切時代及國家的普通的諸觀念是古典主義的主題。

這無非是論到古典主義文學正是適合於上流階級的趣味，也因爲極力保持社會的制度的企圖而有了中庸和調和的提倡，這中庸與調和正合了上流階級的口味，所以它的讀者也不見得就能十分的普通了。

至於他論到古典主義長處時，也無非是說它能給人們以審美的快樂，而這種美既非自然，又非平凡，乃是所謂高尙的美，而這種高尙，則又是上流貴族的了。

（四）考克斯（Cox）之說　考克斯在古典的見解一書中說：『古典的精神是對於完全的沒有利害感的探索。這就是明晰，適理，自制，和愛好恆久。所以古典主義所要求的，不是新奇及富有效果的文學，而是優雅高貴的藝術。這不僅求着表現出來個性與情緒，而是要求熟練的情緒和依法制限的個性。他的渴望非偶然而爲本質；非瞬間而爲永久。他愛非個性較個性爲甚；對於時間季節等有秩序的繼續所受的微感，較地震與雷雨一般的暴動更爲有力。』

看他在這裏極力提倡高雅的藝術，所謂高雅即是避免個性的狂放而講求有秩序和整飭的美，這顯然與浪漫主義的熱情激蕩的主張相反。洪濤怒吼和小河低吟正好拿來給這兩種主義做比照。

（五）鮑埃留（Boileau）之說　這以用理性的眼光來觀察人類的本性，而用古時的形式來表現爲主張的古典主義理論大師鮑埃留曾說，『愛理性呵！只有理性纔能使你們的著作得有光榮。』又說，『真理之外沒有美，値得愛好的只有眞理』。又說『不論什麼事物，不經眞理，不能稱美，祇有眞理，纔使人愉悅。』

這種重視理性與真理之說，正與當時的古典主義文學相切合。古典主義的苦悶少而愉快多，號哭少而諷嘲多，全在於個性與典型的平衡，理性與情感的調和。不過情感澎湃，則現特異之色，加以規模與琢磨之後，雖然光鑑可人，然而失之平庸。怒風暴雨，化爲細雨霏霏。古典主義的成就在此，其遭人反對也在此。

二　浪漫主義的一般論

（一）勃特勒爾之說　勃特勒爾說浪漫主義有消極和積極的兩方面，消極的乃是對於擬古主義的意識的反抗，積極的是對於人生的新的觀察，賞味，思想方法的創造。關於消極方面，日本本間久雄氏曾在他的文藝思潮論中推于果(Victor Hugo)爲代表，因而提到于果在克隆威爾劇本的序言中曾論到古典主義的錯誤以及新劇家所應持之態度的問題。于果大致說：

時間與地點的一致，同樣是沒有意味的。無論事件之簡單與複雜，强要納到一定的時間裏面去，不是和那希圖用大小相同的鞋子硬套在大小不同的脚上一樣可笑嗎？好像將一致的時間和地點當做鳥籠上鐵格子一樣的編得均勻，然後依着亞利斯多德的造型，將世上一切事，一切人，非科學地塞了進去，這無異於切碎了人類和事物，改變了歷史的容貌。

新的精神使我們知道了從前所認爲缺點的，現在已不是缺點了，却往往成了善良特性的必然而不可避免的條件。……天才是不能保持平衡的，沒有懸崖，就沒有高山，用高山來填滿了低谷，不過成了荒原而已。

他在這種强烈的反抗情調之下，打破了從來認爲戲劇必具的要件三一律，法國浪漫主義的成功，全在於于果的登高一呼。表示這種反抗的精神，不僅是于果，所有的浪漫主義者都有這種反抗的精神，後來當再詳論。

勃特勒爾對於浪漫主義的積極方面舉出以下六點：一、求完全自由，二、主觀態度，三、憂鬱的，四、熱愛自然，五、驚奇的態度，六、對於中世紀的誘惑的敏感，及繪畫的情景。

這種種積極之點，都是表明着由積壓之下求解放，恰和文藝復興前期的異教思想及騎士文學有一樣風味；那種憂鬱的氣息，也是差不多的。

(二)　尼茲和達爾干之說　尼茲和達爾干對於浪漫主義也發有下列的議論：

浪漫主義的中心思想乃是相信個人力量的偉大。古典主義著重普遍的事物，浪漫主義則看重特殊的事物。既以個人的情緒，天才，情熱爲中心，所以文學的形式多半趨於抒情的。神秘的新鮮意識，恍惚的出沒於個人的靈魂中。於是理想主義，憂鬱的情調，自由主義，中世趣味，便和感情上的自我同時發達而成爲浪漫主義的重要特質了。

據尼氏等解釋說：憂鬱的情調，乃是當理想過分的高遠，或者個性過分的澈底，以致和實際世界懸隔太遠的時候所引起的現象。自由主義，是當時政治上最顯著的特徵，在文學上這種自由思想也和冒險精神相連結，成爲一種對抗古典的題材，文體，及規則的運動。浪漫主義的題材都很遠的取於中世紀或東方各國，文學家歡喜美麗的風景，地方的彩色和繪畫般的事物，這都是自然的結果。因此，浪漫主義將古典主義的藝術概念加以擴大，在愛美之外，更加以愛好怪誕的概念。從前的藝術對象，不過是抽象和普遍，但是到了浪漫主義時代，却變爲崇尚具體，變化，和個性。此時的文學依賴感覺和想像，作爲接近藝術的手段。一方面，言語的範圍也因上述的諸種結果而爲之擴大，文體和詞句都有了增加和複雜的趨勢，一件作品可以同時包括悲劇與喜劇，濃厚的抒情的趣味也滲入戲曲小說之中了。

（三）阿爾勃特(Albert)之說　阿氏在其所著的英國文學史中，將新興的浪漫主義的特色，舉出五點：一、返於自然。——這自然乃是指自然界說，和文西之說相仿。二、關於人類在自然界之位置，引起清新的趣味。——這是宇宙觀的新改變。三、喚起貧窮階級和被虐待階級的同情。——這也含有階級解放的意味。四、反對一切從來文學上的因襲手段。——這是對着古典主義而發。五、在題材上常採取斯各得的最後樂人之歌，古得里治的老水夫之歌，及濟次的婦人之歌的一般素材。

（四）布朗尼諦爾之說　他在法國文學提要中說：浪漫主義是個人主義在文學藝術界的勝利，也就是『自我』的完全而澈底的解放。

這種論調可以包括一切，因爲一切作品的內容和形式的變化，以及作家的思想情感的變化，都是從「自我」的解放與個人主義發達的基礎之上出發的。

（五）薄以森（Boyesen）之說　薄氏說，浪漫主義的一方面是退步的，因爲它要招致過去的綠故；另一方面是進步的，因爲它要破壞過去事物的因襲精神。

這種說法似乎也有點語病，浪漫主義的題材雖然是多取中世的傳說，並不是退到中世紀裏去，它自然有着它自己的新精神。並不僅是把過去的「招致」來而剝去它的『因襲精神』的外套，乃是在憧憬之中，重新創造一種新個人主義的表現。

他又說，浪漫主義的小說所描寫的常是夜景，是月光，是夢境。浪漫詩歌所歌詠的常是沒有明確慾望的，矇矓神秘的，憧憬和感情。

這便是浪漫主義被認爲有神秘色彩的，渴望情調的理由。

以上各家雖然依照不同國家的浪漫運動而下議論，然而都能普遍的適用着。這乃是因爲浪漫主義運動的精神與標的，大體相同之故，並且其運動的普遍性也較古典主義爲大。

三、古典主義與浪漫主義的比較

古典主義與浪漫主義的特點，據前人所論，毀譽兼有。平心思之，各種不同的立論，固然有的可以探索到兩種主義的根柢，但是其皮相的論斷，以及淺浮的褒貶，亦未必不潛伏於字裏行間。關於前人之論，在此自然無暇逐條加以詳細追求；而這兩種主義的真正不同之點，究在何處，亦即其不同的特質究竟從何而發，則是本節所重視之點。

依本質來論，自然是二者各有不同，所以後來的史家與批評家也因爲各人的思想與文藝上的主張的岐異，各據一說，而加褒貶。我們第一要留意的便是某種主義的完成只可限於它的自身與時代，若置於進化之大流中，則絕沒有永久是完全無缺的。這不是異相，乃是進化過程中的定理。因此我們只可批評其優點和劣點，而不能直接斷定某種主義一定是好的或是壞的。我們的立論雖然是現代的眼光，然而不能忘掉某主義的時代價值；拉着現代思想去依附古尸和堅迫古尸復活來適應現代的趣味是一般的無智。

古典主義完全以注重現實爲出發點。因爲當時正是文藝復興的衰落時期，一代的反抗與破壞的氣運已過，在經濟則到了商業資本的末期，無形中有將被工業資本所替代的情形，而免不掉有保守和掙扎的趨勢，在政治則由教權蛻出的君權正在得勢，而希圖穩固它自己的地位，因此社會上的一般現象都走入一種停滯的境域。文藝是社會觀念形態之一，自不能無所表徵於當代社會，這種表徵即是趨向維持社會的存在，所以不能忘却現實了。注重現實，則不容許踰軌越分的放縱，這便是以理智來型範情感的理由。在文藝的形式上，更採取古拉丁的作風與型格，使嗜好文藝的人嘗受同一的教養和訓練。所以此時的「美」在某種意義上是大家所共有的，不是個人的。這種社會生活，需要着這種共同的「美」，人要依照這種「美」的標準完成這種社會生活，這可以認爲古典主義思潮的根祇。

但是這種調和社會使成中庸基調的主義終於要隨着社會制度的欠缺而曝露其缺點了。社會是動的，人情也是動的，而在活潑的感情之上橫加以約束和制限的壓力，自然要遭受非難；一方面到十八世紀末葉，古典主義的隆盛期已伏下了它的衰運。因爲它重視一般的和社會的方面，則容易流於規律和典型，致使在此型制下的感傷熱情澎渤日甚；同時古典主義作家習於拉丁舊套，只保存格式的驅殼，而將古希臘藝術的自由與熱望的精神完全加以壓抑而拋棄，自然要漸遭新興作家的反對了。

順應着時勢的要求，伴隨着產業革命和政治革命，便興起了文學革命，這便浪漫主義運動。這種運動和當時其他的運動——如產業改革運動及法國革命運動——乃是佔在同一立場上來反抗商業資本社會的。所以結果終於造成了工業資本社會的德莫克拉西，在文藝上也造成了寫實主義的全盛，自是後來的事情；然而對於舊有的社會意識與基調的反抗，而造成後來之奇觀的，仍然是浪漫運動成就了次於文藝復興的功績。

浪漫主義既然是發生在與古典主義截然相反的基調上，則它的特質與表現自和古典主義相反。前者由現實出發，自是趨重理智；後者由理想出發，自然要重情感。所以人家以爲情感的奔放爲浪漫主義的唯一特質，自不爲過。我們返觀既往的歷史，時代沒落社會圮壞的時候，常是盛於激情，到了大局已定，從事建設的時候，則反趨於冷靜主智；浪漫主義代表前者，古典主義則代表後者。因爲重情感，所以同時自然發生了主觀傾向，個人主義，以及自由思想等和古典主義完全相反的意味。這種傾向乃基於個人的主觀情感，情感奔放阻燃要發生自由思想，於是新的理想便得以完成了。這種理想主義因爲不能採取現實爲憑依，漸漸流於空虛，與社會的利害不發生關係，並且有時含着與時代進化相背的意味。在浪漫主義自身，其本能本是破壞的，即是對於舊有的形式與精神加以破壞；及至破壞工作過去，建設終是遲緩，現勢仍是不能滿足空想，於是自不得不悲觀而厭世了，理想主義的結局都是含有世界末日人類滅絕的悲哀意味。

浪漫主義文學的題材，多取之於中世紀的故事或傳說，如翟提的浮士德和拜倫的曼弗萊特即是好例，被後世當做中世文學去認識，也是爲了這種原因。但是浪漫主義絕不因爲這種誤認而被趕回中世紀，因爲它自有它的時代。它所以採取異常生活作爲題材，乃是表明它的重視理想，忘懷現實，而有憧憬過去的意味，在一方面也表露着憂鬱和厭世的意味海基。(F. H. Hedge)對於這種特質認爲是「愛好神秘」，倒能彷佛一二，他說『使人們迷路的樹木繁茂的山谷及森林間的曲徑，是浪漫的，一般人所走的公路，是非浪漫的。灣灣曲曲地爲樹葉所遮掩的深流，和廣大直瀉的大河比較起來，是浪漫的。和白日對照的時候，月光是浪漫的。』這無非是說明浪漫主義的喜好出奇制勝，其所表現並不是大衆的生活經歷，乃是個人精神冒險的結果。因爲注重理想和愛好神秘，於是愛美，悲觀，反抗，憂鬱，以及渴望等情趣，便皆從這裏出發。

至於文體方面，則兩種主義所爭的乃是型格問題。古典主義文體專重型格，如三一律即是歷來戲劇的準繩，這種短處，乃在使作者的天才不能任意發展，中國的律詩就是有着這種毛病；然而明確和正規的表現，乃是它的長處，也不可一筆抹殺。浪漫主義與此持着相反的態度，自然是打破型格，使作者的幻想得以自由展放，並且加上濃厚的色彩，誇張的字句，具有魔力的暗喻，於是可以深深打動讀者的心，而使他踱入夢幻之境。

總之，我們應當注意，古典主義雖然有保守的意味，然而並不是古代的文學，乃是十八世紀的新文學；浪漫主義是和古典主義相反的，也並不是返於中世紀，乃是承繼古典主義而起的新文學。古典主義不僅全是模仿，乃是在大體上爲古代型格所約束，它還有它自己的新風格，可以將伊斯其勒斯的悲劇與法國古典劇比較一下就能明白。浪漫主義是破壞的，不錯，它本來可以比作封建社會沒落時代的大暴颳。然而它也不是沒有法則的，它有它的新法則，破壞乃是破壞舊的，而破壞的本身何嘗沒有破壞的法則？

關於古典主義和浪漫主義的特質，證之歷來一切說法，大概已可明白；現在將二者的不同，再作一表來說明，想更能清楚一些吧。

	古典主義	浪漫主義
出發	理智與現實	情感與理想
態度	保守的 客觀的 智巧的	破壞的 主觀的 自然的
題材	現實的 平凡的	空幻的 特異的
情趣	明晰的	神秘的
方法	形式的	內容的
文體	典型的	打破型格的

第二章　古典主義概論

一、古典主義的背景

古典主義算是承繼文藝復興而起的一種文學的形態，它所佔有的時間是從文藝復興終了到法國大革命。在文藝復興的末期，在北歐有莎氏比亞掀起了浪漫的狂飆，南歐有塞文提斯倡導激進的精神；至此因爲社會經濟狀況穩定，社會的秩序已入了軌道，於是那放縱與狂野之氣終於歛息了。這時在宗敎上因爲自上而下的改革成功的結果，使君主得以鞏固他的地位，盤踞在封建的廢墟上，益發圖謀自保了。皇家貴族僧侶和諸侯仍是社會上的權威的統治者，他們君臨一切，奴視一切，承繼着中世紀以來的傳統思想，固執，守舊，重禮教，拘形式。他們想要永遠延續他們那將殘的生命，鞏固那行將顚覆的宮殿，所以在他們的意識中自然不容許新奇的理想與風範的創造了。他們對於社會制度主張極端保守，對於道德和習慣也是力主因襲，至於思想，更是奉行中世紀以來的麻醉劑，而抑制自由的了。這時候，因爲大局暫時穩定的緣故，社會上一般人的生活，大概都趨重於因襲與保守，就是在道德與宗敎上，也要死守着過去的遺型——準則，而不敢稍加改變。社會上呈現着死一般的沉寂，冰一般的冷酷，毫無生氣。社會上一切觀念形態，都是極端保守與傳統，這正合於封建階級的需要，藉此來鎭壓他們的反叛者，以謀得社會協調。

當時文藝思潮因爲這種趨勢，由醉新而流於崇古泥古。君王也假提倡藝術爲名，而使一般文藝流爲智巧，重形式而薄內容，於是發生了古典主義。

總之這種文學，因爲重智巧，整齊，統一和規律，所以抑制情感，而少活潑的生氣。重格樣，形式，和造作，所以內容發表的難免有欠於深刻。重現實，重模仿，致無新理想的產生，新熱情的發現。這正是適應了保守的封建階級的要求。

然而它的統一性，客觀性，明晰性，都是一時的特色；這大概也受有十八世紀的經驗論與唯理論的影響，是不可一筆抹殺的。

二、古典主義的發展

近代文學上的古典主義，發生在十七世紀後半。當時的歐洲文學與其說是以希臘爲標準，勿寧說是以拉丁爲標準，於是發生了這以形式的完美和內容的莊嚴爲目的的古典主義。

這種潮流是以法國爲中心的。其所以如此的原故，雖然是因爲法國人有崇尙論理的整齊，獎勵文體的平明與正確的傾向，而遵羅馬文學爲模範，規定文藝的法則與典型的事；然而路易十四的提倡學術也算是古典主義的一大助力，路易十四是當時文學，藝術，以及政治的中心人物，他的思想趣味，對於當時的文化有重大的影響。他自以當時的文化中心自任，自命爲文學家藝術家的保護人。他對於多數的大小文豪，頒給年俸，使他們和貴族一樣的出入宮廷，同時又開放宮殿，作爲文化和文學的中心集會場所，開了藝術的社會教養之端倪。

路易十四不是文學天才，也不是政治的創造者，不過是他却非常的勤勉，才智秀逸，生活有規律，深得中庸之道，的確是當時的典型人物。當時法國外交家西蒙氏曾贊揚的說，只要有日歷和時錶，在三百里之外，可以曉得他現在做着什麼事情。足見他的生活是如何的系統化了。

原來十六世紀的時候，法國文藝便忠實的模仿古典，就是對於形式和內容的一致特別注意，對於全體的佈置，結構，保持均等齊一；譬如那戲劇有所謂三一律(Three Unities)，凡是不保持時間，地點和事件的均一，就不能成爲戲曲；還有，奇異的事情不能當做文學的主題，或是以田舍的風物爲備件，不能加以描寫，或是章法上不能不整齊均一。到了十七世紀，尊崇古典文學的風氣，益見旺盛，考奈爾(Corneille)，拉辛(Lacine)，莫利哀(Moliere)—出於是古典主義便躋於大成之域了。從此乃生出崇尙古典和法則的傾向。及至十八世紀，學者乃更將古典的本身忘却，而相信十六七世紀的大家乃是古典的化身，凡出於他們所定的法則，形式，和思想以外的，便斥爲異端，於是古典主義使腐敗得僅剩空殼了，而所謂擬古主義，也是以此而得名的。

在德國，祖述法國擬古主義的，有戈特塞得(Gottshed)和尼古拉(Nikolar)，但是沒有什麼多大勢力。從來想咀嚼希臘羅馬文學的滋味，必須首先通過法國。但是德國崛起了兩個眞正古點研究家—文克曼(Winckelmann)和萊星(Lessing)，他們直接研究古代藝術，透澈古代文藝的眞精神，使德國超脫了抽象的形式論，其功自是不小。

萊星是可以叫做德國國民文學的開山祖師的人。他那銳利的觀察，正確的判斷，和公平的態度，實足以完成了一個偉大的批評家。

繼者萊星而起，發揮古典的藝術的內容和精神的，便是大文豪瞿提了。他羨慕古代文藝，把它當做偉大，光明，歡喜，調和，平安，和美的本土，以糾正擬古主義的錯誤，而開了浪漫主義的先聲。

英國自從王政復古(Restoration)以後，伊沙利白時代的浪漫的狂熱已全告枯竭，英國的文藝田地，一返中世時代的衰微。伊利沙白時代的文藝復興的高潮逐漸衰減。因爲法國的古典主義之隆盛，在英國也受了相當的影響，於是也起了注重形式的傾向。古典主義變爲文藝的最高標準，乃是在十七世紀中葉。詩壇上的蒲伯（A. Pope）算是古典主義的巨子。批評家約翰生(B. Johnson)也是當代文藝的權威。同時有湯姆生(J. Thomson)，格雷（T.Gray）等詩人相繼輩出，散文也漸漸隆盛，這時候，文學家大半都是在王侯的保護之下而執筆的。後來有郭德斯密士(O. Goldsmith)在詩，小說，戲曲，散文諸方面都得了成就。

英國的古典主義雖然也興盛一時，然而一般讀者究竟是受有莎氏比亞的浪漫氣太深，以致古典主義未能打下深厚的根基。古典主義終於不能昌大於英國，這一點也頗值得注意。

三、古典主義的重要作家

（一）法國三大戲曲家

考奈爾（Pierre Corneille 1606—1684）

法國古典主義時代之大悲劇詩人，第一個便要推考奈爾。他起初本來是研究法律，後來乃治文學。一六二九年初作喜劇，大得社會的歡迎。其後他一共作了三十多種悲劇與喜劇，其中有些馬上便得到成功，直到現在還在法國的舞台上有着強大的勢力。考氏的戲劇，雖然有些是取材於古代，然而他却不僅是一個古典戲曲的介紹人。他那最膾炙人口的戲曲"The Cid"，乃是基於西班牙的社會背景，其中的主人公也是半傳奇和半歷史的一個西班牙酋長，這種人物我們在中世傳奇中也可以見到。這本劇對於古典主義時代的絕對主義表示着反對，並未遵守古典主義的三一律，而且攻擊獨裁君主；這脚本招致了國務大臣李西留（Recheleiu）的不滿，於是他乃離却騎士的西班牙風味，而遵守古典主義的一切規則了。一代的叛兒，乃爲統治者所收買。後來再作霍拉斯（Horace）時，則完全與"The Cid"不同了。考氏的戲曲，在歐洲各國全有譯本，可惜在中國還未見到，這也許是因爲古典的東西並非中國人所嗜好的原故。在他自己的時代和國家之中，他的戲劇確是震撼一時的，並且也曾遭受人家的攻擊。因爲時人都喜好他的戲劇，縱是攻擊，也是無效；並且他的戲劇成了後來的典型。

關於他的戲劇造人攻擊又復爲人所歡迎之點，批評家 John Macy 在他的世界文學史略中這樣說道：我以那種戲劇的活力不怎樣在於它對於古典形式的作證或干犯，也不在於考氏作風的高貴，却是在事實上它破壞了良好的浪漫樂劇。我也以爲許多其他的偉大戲劇和小說——深葬於批評之下的——只是搖搖肩膀，立起身來，並且用初原的情感之力來命令我們。在 Macy 講話的大意中，我們可以見到考氏的戲劇爲何如了。

他的作品常是寓有嚴肅的道義觀念，其主人公多半是偉大的人物。他自由地使用法國語言，發揮當代的國民精神，因此被稱爲法國戲曲之宗。他是虔誠信服人性的，特別是內在的拼擊和意志的衝突。他雖然有時也如莎士比亞寫着平凡的戲劇，然而他多半是有着詩人的藝術，偉大的態度，而以他那可驚的力量支持起來。自從那熱誠與彩色濃重的浪漫的劇本出現之後，許多古典主義劇都養謝了，並且考氏的劇也不是完全有誦讀價值的；然而他那優長的所在是不可忽視的。

他的戲曲的形式，很多摹仿希臘羅馬的古代劇，"The Cid"以後，嚴守三一律的法則，爲後世宗法。其重要的作品如"Cinna"，"Horace"，"Sertorius Redogune，"都具有崇高調子的書劇之風。

拉辛 (Jean Racine 1639—1699)

成爲考奈爾的繼承者和後起勁敵的便是拉辛。拉氏幼年學於包威 (Beauvais) 和泡特勞耶爾 (Port Royal)。他所受的教育，後來對於他的一生極有影響：一面養成宗敎的情緒和熱烈的人格；一面深受索佛克爾來斯 (Sophocles)，由里披地斯 (Euripides) 等古希臘悲劇家的影響，永爲其著作之典範。他的主題是希臘和羅馬，在"Andromaque"和"Phèdre"中便是如此；也是遵法聖書的，如"Esthen"和"Phédre"他曾以作風之美受人的稱頌，在法國人看來是熱情的而且多感的，雖然依我們看來依然是有些冷靜。但是在這冷靜之中我們能見到他的秘密的靈魂，以及他對於人性的知識。他的人物既非希臘人和希伯來人，甚至也不是法國人，而是和莎氏比亞或易卜生所用的人物一樣。這時已是絕對主義將封建主義完全肅清的時候，由武士和市民的社會變爲爲有特權的帶動章的社會，所以他的主人公已不是偉人，而使忠民的臣民，並且婦人的描寫漸成主要題材了。拉氏的理想是形式和字句的完美，並且在他的六分之五的作品中都表現出來。一種結構的緊嚴與措辭的佳美，從考奈爾到克勞待爾 (Claudel) 沒有一個法國詩人能及得他的。

關於他和考奈爾氏的比較，John macy 曾做如下之評語：『……考奈爾是比較強壯而獨立的天才，拉辛則是謹慎的，文雅的，有訓練的。』

拉氏的著作除了訴訟狂（Les Plaideurs）之外，全是悲劇。前期作品重描寫情熱的，如愛，野心，殘虐，叛逆；後期則描寫優美的宗教情緒。最著名的，則要算是"Andromaque"，"Britan-nicus"和"Athalic"了。

莫利哀（Jean Baptiste Molière 1622—1673）

行徑和莎氏比亞相同，以優伶出身的，便是十七世紀獨步法國文壇的獨一無二的喜劇家——莫利哀氏。他本來是研究法律的，而且得有學位；但是他熱中於戲劇，所以不顧父母的反對而投身爲俳優。當時他家是宮廷專用的木器店，假若他不是因爲酷嗜演劇，而親自優孟登場到各地去出演，他本可以做一個皇帝的侍臣。然而他並不顧念這種虛榮，而以優伶的資格到各地去漫遊，從而搜集有關於男女戀愛的形形色色，表現於他的創作中。

他的戲劇，不但是讀的劇：而且是演的劇。他以戲劇笑殺法國國民全體，所以法國劇院是不會忘掉他的喜劇的。在文藝界，他有着獨步與領導的地位。他藉着刻畫特殊的愚狀而訕笑人類。他的僞君子足以將僞君子描寫淨盡，他的慳吝人也能活畫出來一個慳吝人。他將他的冷嘲之箭射向那倨傲，迂泥，虛僞，貪婪，以及其他的大惡，同時對於小節和無心之惡也不肯放過。他的冷箭有些是尖厲而有毒的，所以也造成許多的敵人。他被人叫做道德家：哲學家，社會改良派，我想這幾種特點他是兼而有之。斯哥德關於這位社會的喜劇家曾批評道：

『莫利哀是喜劇之王，他以厲一般銳利的眼光，無論怎樣深藏着的害惡，無論表面上怎樣裝得好看的呆傻，都能窺破，而將其中的一種，用爲喜笑怒罵的材料。』

莫利哀的喜劇和莎氏比亞的喜劇不同：莎氏的喜劇是悲劇的喜劇，不是純粹的喜劇，還有重濁的處所；莫氏是使輕快而富於機智的巴黎氣質活躍於作品之上，這是莎氏所不能及的。但是因爲對於人物的某一部分過於誇張，結果自不免成爲單純的類型的東西，這乃是一個缺點。然而他終是具有古典主義的長處的人。

當時法國文學乃是近代文學史上的黃金時代，而且劇烈的感動着全歐。一時劇作家齊出，有萬花齊放之概，如前所述的考奈爾和拉辛以及芳泰奴(La Fontaine)都是當時的巨子。然而眞能發揮法國國民性的惟有莫利哀；將法國人誇爲高盧魂的特色，或法蘭西之魂，能十分表現出來的也惟有莫利哀。在他的戲劇中，絲毫沒有不自然的痕跡，其場面雖然比較十八世紀的喜劇爲單純，却沒有弛緩的狀態。道白無論散文或韻文，都用的是正確的法語，依照人物的性格或境遇，各有特異的量色，即是極微之點，也不肯放鬆。這都是他的長處。

他也是路易十四的宮廷文學家的一員，而且十分蒙着優遇。名著很多，在中國有譯本慳吝人曾轟動一時。

總之，莫利哀用着清利諷刺的筆笑罵了他自己所隸屬的階級。

(二) 英國的古典主義作家

蒲伯 (Alexander Pope 1688—1744)

論到英國古典主義文學的人，是不能忘記了蒲伯。批評家們差不多都是一樣的講：英國的十八世紀，乃是充滿着卑劣，虛僞，詭詐的，向未曾有的墮落時代。這話確是不錯。王政復古以後，貴族完全墮落了，沈溺於驕奢淫佚的生活。許多文人變成了貴族的寄生虫，有了錢，把出揮霍，完了便猫狗也似的蹲在小房裏，過那墮落的生活。在這種惡劣的環境中能產生出來偉大的文學嗎？

蒲伯正是居於這個時代，而成爲詩壇中的砥柱。詩歌自得來登(Dryden)以後，技巧之風大盛，到了蒲伯的時代，便已達到極點。但是他的詩缺乏情熱，空想，和自然的風味，專重形式的華麗，後來人仿之者甚少，然而當時的約翰生 (Johnson) 博士則非常推崇。他曾說：

『聲音和意義在詩的表現中是同樣重要的……所以，在蒲伯的優點中，他那韻律的諧調是值得提及的。」

蒲氏幼年多病，差不多没有受過正式教育，只是胡亂的讀了一些書罷了。但是他的詩才早已脫穎，十七歲前後，便有幽雅的詩句驚世。他曾以韵文體作了一本批評論(Essay on Criticism)，其技巧之工，爲後世所推重，稱爲古典主義的一大評論。後來又出"Windsor Forest"，詩名更噪。一七二〇年荷馬依利亞得(Iliad)英譯本出版，一七二五年他又翻譯了奧德賽(Odyssey)。這兩本書幷不很好，傳達原意多有不到之處。後來又出諷刺詩但希亞得(Dunciad)，乃係辯難攻擊之作。總之他的詩若是偶讀一首還可以的，若是同時讀了多首，則味道都是一樣，使人感到倦意了。

約翰生(Samuel Johnson 1709—1784)

英國文學到了十八世紀的後半期，作家羣起，而以約翰生做中心，於是他便執掌了一代的英國評壇。當時，文學家大半都是在王侯保護之下執筆的，但是約翰生是平民的獨立主義的詩人。他的作品有諷刺詩"Londen"和"Vanity of Human Wishes"，而以教訓的故事"Rasselas"爲最有名

然而他終於不是一個詩人，他的勢力完全在英國的評壇上。在英國古典主義時代，他與詩人蒲伯可以說是聯合一氣來壓抑浪漫思想，一個是詩人，一個是批評家。此外約翰生還有英國大字典的編著，前後用了八年的工夫，成功以後還得了皇室的五百鎊的年金。

他一生得意的評論，就其事實的正確和批評的正鵠說來却不足爲奇；所以說他當時能够獨覇文壇者，乃在他的偉大人格，高邁性情，並且也能提携後進。

格雷(Thomas Gray 1716—1771)

稱爲代表那從十八世紀的詩風到十九世紀的詩風的過渡時代的詩人便是格雷。格氏終生差不多盡是致力於古文學的研究，上自希臘羅馬，下至愛斯蘭文學，是無不寓目的，所以在當時負着博識的稱譽。他的詩幷不很多，也許是因爲當時散文過盛的原故。Macy曾說，馬修，阿諾得(Matthew Arnold)以爲時代的散文精神在抑着格雷所以他沒有講出來。

我們一經提及這作詩不多而成名很大的詩人，便不能略過他的那首名詩—墓畔哀歌 (Elegy written in a Country Churchyard) ，這首詩不僅是結構緊嚴，其情調的沉痛，也極爲動人。這詩前後費了幾年的時光，在英國詩裏最爲知名，凡是講到輓歌，沒有不舉這首詩的。此詩譯成外國語文數十種，中國郭沫若從前曾譯過，後來葉孟安覺得郭氏譯文不大好，便又重譯了一回，刋在北平的摸索半月刋上，現在此詩不曉得收到什麼集子裏去了。

據說，格雷當時詠這首詩的地方，也因此成了名勝，騷人墨客也時常跑來憑弔，其實也不過是一座田舍坟墓罷了。

十八世紀末葉，在文學上已暗示着古典主義的沒落，而有浪漫主義的趨勢。這時也有不少的詩人，從歌詠四季詩的 Thomson 以降，乃有吟誦神秘思想的 Blake，謳歌山水田園的 Burns 都是值得注意的。

第三章　浪漫主義概論

一、浪漫主義的背景

關於浪漫主義的發生，歷來便有許多岐謬的解釋。有的人歸咎於康德，(Kant)也有人推崇芬內隆(Fenelon)，有人說是由於柏拉圖，又有人說是塞爾本特(Serpent)，還有人說是發源於培根的經驗哲學。一種主義而有這樣多的起原論，不是太覺奇怪了嗎？

論到它的本質，有人以爲是超事實的，以生花之筆爲美妙之文的，還有認爲是表達生命之靈感的……。再現代一點來說，有人認爲是一種帝國主義精神的宣揚，反之也有人說是發揚德莫克拉西的。甚至還有人用現在共產社會主義來做它的佐證。像這種種的論調，前者可以說是忽視了它的時代，後者可以說是錯認了它的時代。

浪漫主義的說法既多，而其種類也自不免復雜起來。於是英國有瓦登(Warton)的浪漫主義。法國有盧梭的浪漫主義，德國有叔來格爾(Schlegles)的浪漫主義。但是我們若依其社會的基礎與一般的意義而論，則覺得浪漫主義的發生之因，實在是統一而且明顯的。

卡爾佛登(Calverton)說：『浪漫主義就是一種反叛的運動。』這話確是講得入骨。換句話說，就是從那封建社會的死寂的卵體重破殼而出的一種動的運動。封建制度本是建築在固定階級之上的，在其中個人的活動和自由已被限制到幾如無物的地步了。個人企業遭受限制，或是受着大地主的支配。因為文藝復興宗教改革的結果，祇取消了教權，却穩固了君權，所以這種封建關系仍被嚴厲保持着。這種社會制度不僅在經濟上壓迫個人企業和自由競爭，在政治上造成皇室的壟斷，而在文學藝術方面也藉着一種規律表示那封建性質。戲劇中的三一律，悲劇中的貴族概念，風景畫與建築形式的嚴肅的慣例，都是很明顯的事實。

十八世紀後半期，因為科學發達與商業進步的原故，資本主義已在封建制度的娘胎裏漸漸長成，生產力和生產關系顯然的起了衝突，而達到突破的程度。新興資產階級（工業資本社會的開山人）及它的意識形態已開始抬起頭來，流動的社會由量的漸變急轉而為質的突變—即是由社會進化再進一步而趨於社會革命。這時，新興資產階級成了革命階級。它的歷史的使命，不是哀求封建制度的垂憐，乃是要積極的推倒封建君主的統治。但是這時的社會統治者既仍是封建階級，所以在精神方面的壓迫，非常殘暴，一切社會上層組織如政治，法律，宗教，道德，都是以封建制度為根據而來加以擁護的。一般人民被這黯澹無光的世界壓迫得不能呼吸；一面新生產力受了舊的生產關系所制限，不得充分的發展，所以都要尋求一條生路。

這種革新的慾望，終於在十八世紀末葉和十九世紀初頭依着各種形態而暴發了。在工業因為生產力之發展要求生產手段的革新，而發生了工業革命。在政治，因爲平民思想的激蕩，而出生了大思想家盧梭，倡導天賦人權，繼洛克之後闡發自由平等的思想，促成了法國的資產階級的德莫克拉西革命。但是這種改革社會的思想，掀動破壞社會組織的大暴颶，於是當時的知識份子，有一部分感到破壞後無家可歸的痛苦，因爲烟氣熏天的城市，不適於自然與自由的生活，又加新社會仍然不能解決新生活，乃發生了厭世的思想，叔本華氏的哲學，正好作爲這種思想的代表。

在這種社會突變的過程中，理想與現實不僅呈現繁雜，而且顯示了衝突；而那做爲觀念形態—社會精神現象之一的文藝也因爲各種複雜的外因，而起了矛盾的變化。所以，浪漫主義在文藝上本來是反對古典主義而發的，其目的不用說自然是反叛的；但是其中潛伏着被人稱爲『世紀病』的懷疑厭世的思想，明白的表現當代的缺陷，則勿庸諱言。

總之，產生了浪漫主義思想，實爲十九世紀思潮的重要記錄。上面雖然略述浪漫主義發生的原因；然爲了詳明起見，再將當時有關於社會基礎及觀念形態的改變的重要事實，分述如下：

（一） 產業革命和政治革命(Industrial Revolution and The Revolution)

論到近代社會中的大事件的人，都要首先說到法國大革命，因爲這次革命是近代德莫克拉西的首次成功表現。但是還有一種奠定近代社會基礎的比較徐緩的運動—產業革命，則往往被人忘却。

實際說來，政治革命雖然是轟烈一時，不過是代表全體的一種部分的改革；而在社會的根基上徐緩進行的仍要算產業革命運動。依歷史的記載，產業革命雖然發生於英國，而不久這種氣運便播及全歐。再進一步說，政治革命也可以說是產業革命的一種變形的運動。

在歐洲，英國是應用機械的先進，所以到了十八世紀後半期，她便已成了海上的霸王。當時歐洲本部的國家，越是集權於封建的中央，而個人企業和獨創的能力便越受壓迫，產業自然也要衰頹了。英國就是利用這歐洲本部二次黑暗的良機，而得以興盛她的海外貿易，覇佔世界的市場。

因爲市場需要的激增，從前那種家庭的手工業自然不能應付這種需要，於是英國的製造家自不能不講求一種新的方法了。又因爲新世界的礦產的發掘，有大量的金銀的產出，所以東方的商業益見順利，於是巨額的資本乃在英國集中了。資本的堆積，焦急的期待着充分的運用，於是機械的發明便成爲不可稍緩的急務了。在這種需要之下，個人的天才乃得大活動，機械的發明乃如雨後春筍。時勢造英雄，雖然似乎是太平凡的話了；但是如瓦特 (John Watt) 之流，若不生於當時的時代，或者就失了被認識的機會，也說不定。

在十八世紀的末季到十九世紀初年的一階段中，紡織機械和紡織機械工場的逐漸改良，引起全世界的驚異，不久瓦特的蒸汽機關又被應用到紡織機械方面，於是紡織事業，得到了特殊的進步，海外貿易超過了幾倍的發達。

這樣，因爲從來家庭的手工業全被放棄，而代以機械工廠的工業，實在是世界產業市塲的一大變動，所以叫做產業革命。從前的工塲因爲要取得水力的幫助，大概都設在水流的旁邊，或是寂寞的村野；後來因爲蒸汽的應用，鐵路的發達，一般工廠，因爲取給便利的原故，便移到都市來了。所以英國久經衰微的地方，因爲設立了工塲，却變成繁盛。因爲應用科學而造成機器萬能的時代，任何國家若打算完成它的存在，維持它的勢力，自不得不採納這種新的勢力。如同保衛國家的軍隊設施以及軍用的物品，沒有不是利用機器的。總之這種機器文明，對於近代人的生活與思想，都給與了極顯著的刺激。

因爲工廠的發達，促成都會的繁榮，這種現象，全是機器的產業和工廠制度的當然結果。但是因爲這種緣故，從來的經濟的安定，一時間却感受了很大的動搖。從前僅賴手工業的職工們，一時流於失業；田園農家也因之破產，而集中到大都會裏來，以謀那賃銀生活了。至於資本家則利用新行的分工制度，使一般職工從事於單調的分業，而陷於機械與奴隸的生活，於是因爲產業革命的結果而發生種種問題了。

採用機械的原意，乃在於產生多量的財富，而給與多數人的幸福；而其結果，則不過使少數資本家益增其富，多數的勞動者則竟如古代的奴隸一樣了。這是資本主義社會的特點，也是它的缺陷，不如此則不得謂爲資本主義的社會。不問它的結果如何，這種改革的動機，則是由於經濟發展的正當經路，並且個人主義的思想也是和它同時出發的。

當產業革命正在進行的當兒，各國還未達到成功的時候，法國的大革命，也同時發生了。在大革命的表面上來看，自然是因爲法國是封建勢力的中心，又爲古典主義的策源地，君主專制的黑暗政治，使積壓於其下的人民成爲鐵蹄下的奴隸狀態。同時因爲盧梭首倡天賦人權，以最動人的自由，平等，情愛等口號，極力將德莫克拉西的思想宣洩於世界，而造成這種偉大的革命。我們對於這次革命固然要承認它足以刺激近代人的政治思想，增進政治權利和平等思想，以至成爲社會的一種原動力，並且因此給與了近代的思想與文藝以很大的影響。但是我們要注意，這種政治的大革命，決不是發生在一朝一夕的；實在是因爲數百年來，經濟上的壓迫，生活上的黑暗，使一般人民不能再忍，而於一時之間，受了某種外力的衝激，另取一種方式而暴發的罷了。要言之，根本的原因，還不外是經濟的利害問題而已。

然而產業改革的原因，也是經濟的利害問題，而產業革命的影響，實較政治革命爲偉大，若不說是偉大，則說產業革命包括了政治革命也無不可。本來社會的變動是整個的，若詳細說來則分爲社會下層與上部的變動，上部的變動常隨下層爲轉移，其原動力則由於生產力和生產關係的變動。茲將政治與經濟的變動程序以表解之則如下：

政治 ← 經濟 ← 生產關係 ← 生產力

經濟算是社會組織的下層基礎，政治則爲建築在某種經濟組織的社會的上部構造；生產力突破生產關係的時候，則當時的經濟組織便起了動搖，因之也影響了政治的變動，這便是上表的解釋。這種法則到現在已成了定律，不僅能適用於某一社會，乃是適應於任何社會的法則。至於文藝也是觀念形態之一，所以當社會起了突變的時候，它也表露了反抗舊社會彩色，實在是不爲無因的。

（二） 浪漫主義運動和盧梭

世稱爲浪漫主義第一人，就是指盧梭（Jean Jacques Rousseau 1712-1778）而言。盧梭爲近代精神的先驅者，不僅掀起了騷動一時的浪漫主義的狂飇，即是自然主義的興起，也是根基於他的思想。

他幼年因爲貧困的原故，曾過這狗彘不如的生活。他曾因爲忍不了飢餓的原故，受了他的鋪主亦即業師的凌辱；因爲他人物蹩脚的緣故，而在情場中遭遇失敗；凡此都是記在他的懺悔錄（Les

Confessions 中國有張競生譯本，在世界書局出版。）裏面。而他對於當代文明的咒詛也是以此爲根據的。

一七四九年 Dijon 學會提出來一個懸賞的題目—『學術和文藝的進步，究竟能使道德提高呢，還是使道德墮落呢？』這題目便是使盧梭得入新生的契機，他從此纔知道切實去研究，思索，開新眼界，成爲新人。一七五〇年出版了對於學術文藝的意見（Discours sur Les Sciences et Les Arts），對於近代文明下了深刻的批評，大膽的斷定學術和文藝毫無增進人類幸福的力量。其論點雖然未免流於偏激，也是當代黑暗的積壓使之如此。其後又作民約論（Du Contract Social on Princi-ples du Droit Politique）和人類不平等的原因論（Discours sur L'Inégalite des Conditions）二書，指摘說因爲文明進步，便引起人類不平等，而想要回復太古的人類生活的自然狀態。他說人類的罪惡因素便是文明，古時無所謂文明，所以人都是平等的，及至有了文明，於是人類有了階級，終於失掉自然的性質而墮落了。這個自然，不是古主典義的自然，乃是人本性的自然，成爲浪漫主義與自然主義的因素。民約論更是發表他的理想社會制度的，大意說，人在自然的狀態中，一切都是平等與自由，爲了維持這平等和自由，人們便結合起來而成立政府與國家，當代的政府與國家已然失了自然的本義，所以造成這黑濁的社會使人們都不自由了。至於他的教育名著愛彌兒（Emile），則更明白的發揮了自然主義教育的意義。他以爲教育不是强制的和注入的，乃是注重放任自然的。教育的用處，就在於使人的固有特性盡量發揮出來，而除去其發展的障礙，要達到這目的，必須提倡新教育，使兒童不受當代文明的惡影響。

至於他那以情爲本而建樹的學說，以現代眼光看來固然失之於偏狹，但其動機，也是由於當時的昏庸呆板的社會積壓過甚，而有如此的激情出現。他的學說雖然和洛克的經驗論想反，其目的則同是要求人類的解放的。

總之，他的思想是返於原始生活而做野人，與浪漫主義的理想憧憬同出一源。他說，在原始時代，人的慾望和能力都是平均的，能夠完成自已，也能夠完成他人，自愛和愛他是融和的。後來因爲生活狀態的變遷，生出土地所有和財產所有的事實，而起了競爭。人都懷着利己的心互相競爭，於是乃有勝敗優劣之分，强弱階級之殊，社會的不平等便發生了。後來强者和富者欲確保他自己的利益的緣故，藉口於社會的安寧與幸福，欺騙弱者而完成了國家的組織；於事生出法律，生出財產制度，生出官吏的橫暴和君主的集權。複雜的社會生出復雜的關係，人類便漸漸陷於不幸的地位了。現在必須要大家起來改革它，使返於自由平等的自然狀態。人類原是平等的，所以必須把國家的種種不自然的關係除掉，而將它的主權移到人民的手裏。因爲這種幸福平等的思想的激發，以致釀成了政治革命，即是盧氏所代表的新階級從君王的手裏奪取了政權，同時因爲這種熱情的激蕩，也爆發了浪漫主義。

（三）懷疑和厭世的傾向——新生活的暗面

由於產業革命影響了政治革命和思想革命的結果，遂將往日支配歐洲社會的封建制度，根本推翻。在經濟上造成了新興的工業資本主義；在宗教和道德上，也推翻了一切權威，從新建樹適合於自由平等思想的標準。但是舊的雖然破壞了，而新的社會進程仍然不和盧梭所說的『原始』『自然』一樣，在文明進步的激流裏，生存競爭，更是加劇。人類生活的複雜將隨着生產進步而逐見提高，於是生活益感困難，而不能解決。這種生活悲哀，使人類思想由積極趨向消極，而流於懷疑和厭世的傾向。十九世紀初頭被人稱爲『世紀病』的便是指着這種思想的傾向而言。這種傾向成爲十九世紀的精神的根柢，到了十九世紀末葉而造成了『世紀末』。

本來在產業革命的過程中，正是發揮個人天才的時代，對於一切都懷着新建設的心理，是積極的，是有朝氣的；到了革命之後，則覺得什麼都是和原來希望相反，都是無用，於是覺得革命的事情，是太兒戲了，是太信賴這社會了，痛定思痛，所以使人成爲消極，倦怠，憂鬱，悲觀與絕望。於是對於世界的一切都表示懷疑，因此便覺得活着無味，追求無益，而厭世了。

這種思想在哲學方面有叔本華(Arthur Schopenhauer 1768–1860)的厭世觀與世界意志說來做代表。他說，意志是王母而活躍的，不受任何東西的支配，是極端自由的，世界上的一切活動，都是意志的表現。草長，花開，怒吼，悲啼，都是意志的衝激流露。人因爲意志堅强，所以稱爲最進步的生物。但是意志的進度是無限的，是不知足的，永遠是和自然界鬥爭的，沒有滿足，沒有和平，因此人生乃是苦悶的。意志在苦難之中，欲返於無意識的存在的安靜，而不斷的爭鬥，便是生活的眞內容。這種爭鬭的舞台(世界)不是善的乃是惡的(這話表明他的厭世觀)。若欲解脫這種苦厄，第一：是依藝術來解脫煩惱。他認爲藝術本身是意志普汎客觀化的象徵的顯示，所以能沉沒精神於實在之內，使人在純粹忘我的境地，而忘掉生存的苦痛。其次則是放棄生活本身，超脫現世，此乃他的解脫觀。

叔氏的說法，在當時頗能給與時代思想以深湛的感染，然以現代眼光觀之，則很爲不澈底。他只說道意志的活躍和社會的衝突，而未顧及社會的存在可以決定人類生活，這乃因爲他只看重了精神，而忘却了生活的本質。他主張以藝術解脫煩惱，和爲藝術而藝術的主張前後照應；他還不曉得藝術在社會中的地位，以及它原爲社會的存在所決定的道理。

在浪漫主義的文學家中，表示這種思想的也有很多例證。拜倫的曼弗雷特(Manfred)因追求空虛的世界，而苦痛，而自殺。他說：『愈知道的多，愈嘗受深的苦惱。……』以此而證明人類的一切知識，都不足解除人的煩惱，看了那爲着戀愛的成功，痛感人生之無味而自殺的青年維特，便知道瞿提的初期作品也深藏着這種思想的根基。其餘的如意大利的柳巴爾梯（Leopardi），德國的萊南（Lenan），法國的維尼（Vigny）和拉馬丁（Lamartine），都是富有這種傾向的文人。

二、浪漫主義的發展

（一）英國浪漫主義運動概觀

開浪漫主義運動的先機，自然以英國爲早；但是在英國，却沒有什麼大的成就。這緣故乃因爲英國是工業的先進國，在十八世紀之末，一般人都致力於工業的改革，天才的發展都趨向於機器的發明，在無形中自然給與文藝運動一種損失。其次，因爲英國的浪漫派巨子，都是流亡於歐洲內地，其對於本國的影響反較影響於歐洲大陸的爲鉅。

然而要論到浪漫主義運動發生的遲早，終是要推英國爲先。我們在前面論到古典主義重要作家的時候，曾經說過，在蒲伯與約翰主稱霸文壇的時候，已經有了做爲古典主義與浪漫主義的過渡人物，如湯姆生（James Thomson 1700–1748），考伯（William Cowper 1731-1800），勃雷克（William Blake 1757-1827），朋斯（Robert Burns 1759-1796）等，雖然生在古典主義的時代，都有着憧憬自然的氣息。就是那成爲一代典型的郭德斯密士和格雷，也都於嚴肅之中寓有浪漫的基調。當時人民崇仰古代作品和研究平民文學的風氣，也很旺盛，有泊西(Percy)的古詩拾遺，也對於英國文學與歐陸文學有了大的影響。這種向新的氣燄，即如當時蒲伯之流，也不能長久抑止。

一七九八年有華茲渥斯(William Wordsworth)和古勒立治(Samuel Taylor Coleridge)合著的抒情詩集出現，這算作浪漫主義與古典主義的第一次開火。他們竭畢生的精力，纔將浪漫主義的狂潮激盪起來。同時有浪漫主義小說家斯考特(Walter Scott)，也給與全歐不少的影響。及至湖畔詩人的勢力衰頹的時候，又出來拜倫(Byron)，雪萊(Shelley)，濟慈(Keats)等繼續了浪漫主義運動，而加以昌大。他們是比較激烈的，所以人家稱之爲惡魔派。這浪漫派的繼承者則要推但尼生（Tennysen）和布朗寧(Browning)了。

（二） 德國浪漫主義運動概觀

浪漫主義運動雖然以英國發生爲最早，它的精華却是在的股發達的，老實說和古典主義及審美理想反抗的，還是以德國的力量爲最大。從前說過，在古典主義時代，德國就有了温克曼和萊星拋去法國的古典，而直接去親炙希臘，這實在和返於自然之說有相當的關係。

掀起德國浪漫之潮的主力軍，要推那「狂飈突起」(Sturm und Drang)運動和叔來格爾 (Schleg

-les）兄弟運動。

原來因爲德國發生了七年戰爭(1756-1762)，結果雖然統一了德意志聯邦，但是國民的生活與經濟感受了很大的傷損。於是在國內發生了對於專制主義的破壞的運動，一方面喚起了尋求新的知識與情緒的熱望。在這種影響之下，起了「狂飈突起」的運動。這種運動算做對於古典主義反動。文藝復興解放了人類的理性；這運動則是解放人類的情感。就是打破藝術上的一切形式與規律而重新樹立新藝術新生活的一種運動。「狂飈突起」這個名詞雖然出於克林戈爾（Friedrick von Klinger 1753-1831)所作劇本的名字；但是真能昌大這種氣運的則是瞿提，席勒，等諸大文豪。

叔來格爾兄弟運動，是他們兄弟兩人和諾瓦里斯(Novalis 1772-1801)合辦了一種雜志(一七九八年)，介紹非赤特(Johann G. Fichte 1762-1814)的理想主義，謝靈(F. W. von Schelling 1775-1854)的自然哲學以及叔來馬海爾（Friedrich Ernst Daniel Schleirrmacher 1768-1834）的神秘思想，而積極助長浪漫主義的新運動，於是新文藝的氣運便澎渤起來了。

這種運動可以算做第二次浪漫運動。因爲瞿提和席勒有漸漸傾向於研究古典的事，所以如叔來格爾之輩便表示着不滿，而更進一步的運動發生了。他們主張詩人的自由是不受任何形式的限制，應當按着自己的知，情，放胆的歌唱。

作爲新派代表的詩人則爲諾瓦里斯和韋爾乃爾(Werner)，他們受有叔來格爾的影響。此外還有的殷近代大抒情詩人拉該爾特(Ruckert)，做爲此派中堅；而韋蘭德(Wieland)和海涅(Heine)則與前者並稱三大抒情詩人。

(三) 法國浪漫主義運動概觀

在文學史上將法國的浪漫主義叫做「一八三〇」(Mil-Huit-Cent-Trente)，正和將德國的浪漫主義叫做「狂飈突起」是一樣的意義。就是說法國的浪漫主義到了一八三〇年纔成爲熱烈的運動。這樣說來，法國的浪漫主義運動較之英德兩國要晚了二三十年，然而這並非無因的。第一因爲法國是古典主義的策源地，這種主義具有深固的勢力，反動勢力的興起應當較爲遲緩。第二因爲英德兩國發生浪漫主義的時候，法國正在鬧着大革命(一七八九)，拿破侖專攻(一八〇四)，以及政治革命(一八一四)等風潮；所以文藝的發展因爲政治變動的影響而受了阻碍。

然而在十八世紀末葉和十九世紀初年之際，也就是瞿提的少年維特之煩惱(一七七九)與華兹渥斯的抒情詩集(一七九八)出版的前後，在法國也有浪漫作家的出現，不過尚未成爲偉大運動而已。在革命的前夜，文藝的新機運依着盛倡返於自然之說的盧梭新著的新愛綠依斯(Julie on la Nouvelle Héloise)而開其端倪，隨着因爲有狄得洛特(Diderot)和琴耐(chénier)的作品而抬起頭來。到了斯台爾夫人(Madame de Stel 1766—1817)和賈陶布里安(Chataubriand 1768—1848)的時候，浪漫主義的氣燄爲之一張。不過他們因爲生活緊張，專力從事革命不能專致文藝而已。

那時拿破侖正想把法國的勢力，擴張到外國去，而斯台爾夫人却大爲反對，主張思想界的世界主義。於是她將德國非赤特和謝靈的哲學以及碣提與席勒的創作盡量介紹到法國來，將文藝界與時代的生活觀喚起一種清新的傾向，法國文學這纔露了生機。然而她因爲不見容於當道，不得已而離開祖國到各處去亡命了。

賈陶布里安要算是歌出「世紀病」的詩人，激烈的反抗將文學利用爲社會武器的流風。他的傑作洛奈(René)，用潑刺的文體，描寫憂鬱的情調，一反古典主義之趣。戈恬(Gautier 1811—1872)批評他說：『打開了大自然的門戶，揭開了近代憂鬱之幕』。這本書裏沉痛的描述生活厭倦的憂愁和悲哀絕望的苦痛，代表了時代的煩悶思想。

政潮平息之後，亡命國外的人，漸漸歸來，携來的異邦思想，逐漸侵入文學的園野，於是浪漫主義運動又復興盛起來

法國因爲有了古典主義盤據的緣故，所以浪漫主義也是有組織的；雖然比較他國發生略遲，在理論與組織方面建樹却是它的長處。

在法國浪漫主義運動中値得大書特書的，乃是一三八〇年于果(Hugo)的劇本海爾納尼（Hirna-ni）在法國劇場的上演，也就是浪漫主義在法國得到勝利的日子。于果大胆的打破古典主義的範型，實在是法國浪漫主義的第一人。他又說；『浪漫主義是文藝上的自由主義；文藝上的自由主義是由政治產生出來的。』

在當時與于果一同代表文運的有拉馬爾丁（Lamartine）和維尼（Vigny）。還有繆塞（Musset）和戈恬也是値得注意的。此外戲劇家仲馬父子，小說家喬治·桑得，都將在後面詳論的。

（四）其他

浪漫主義的運動波及全歐，然而在南歐與北歐因爲政治與社會的影響以及文化進步遲緩的緣故可足記述的只有意大利和俄國。

意大利自文藝復興運動放射了燦爛光輝之後，在政治上與宗教上都受着西班牙的統治，自由研究與精神解放的氣運至此遂一蹶不振。到了十八世紀，西班牙的勢力傾覆，文運漸有隆盛之象，但是沒有特殊的文學家。十九世紀，浪漫主義的波濤傳入，不僅興起了浪漫主義，也發生了强烈的國家思想。於是愛國思想與浪漫主義乃結合起來，做爲意大利文學的中心。代表這一時的文人，以瑪湼尼（Manjoni）和柳巴爾梯（Leopardi）爲最有名。

俄國的文學，發達很遲。西歐的文明到了彼得大帝的時候纔得輸入俄國。十九世紀初年，有詩人茲考夫斯基（Zhkovsky 1783—1852）倡導浪漫主義，並且盡力介紹席勒，瞿提，拜倫等浪漫主義的作品，對於新興文壇大有供獻。後來國民文學終於成立了。當時的作家要推普希金（Pushkin）和萊芒托夫（Lermontoff）。普氏受了拜倫的影響，有着爲藝術而藝術的傾向，而他的詩歌確能揭發俄國民情的根抵。萊氏是普氏的後繼者，他的詩是以厭世，悲觀，不安與不滿爲中心的。

三、浪漫主義的代表作家

(一) 湖畔詩人

在英國的浪漫主義中，顯然可以分做三個集團：第一、是貴族的知識份子，屬於這階級的可以斯考特，華茲渥斯，拜倫爲代表；第二、是雜階級的知識份子，可以古勒立治，騷西爲代表；第三、是革命的小資產階級，如高得温即是代表，雪萊以其所出身而論雖屬於第一階級，但是因爲他受了高得温的政治見解的影響，所以是鼓吹着革命的氣息。本節是依着年代前後來劃期立論的。所以先從湖畔詩人說起。

在英國浪漫主義運動的初期，可以三個詩人來做代表，就是華茲渥斯（William Wordsworth 1770—1850），古勒立治（Taylor Coleridge 1772—1834）和騷西（Robert Southy 1774—1843）

。因爲他三人後來卜居湖畔，所以人家稱之爲「湖畔詩人」(The Lake Poets)。

華茲渥斯的確是英國文學史上的重要人物。在浪漫主義運動中。雖然有拜倫成了一時的偶像，然而拜倫的影響還是以歐陸爲多，在英國，華茲渥斯的確有不可泯滅的功績。

他是愛好自然的，並且有神秘的靈感。他也是一個理想主義者，年青的時候因爲醉心於社會的改革，受了法國大革命的刺激，於是便想渡海去看一看法國革命後狀況，及至看過了之後，深感理想和事實相去太遠，覺得社會是罪惡的，人類是殘酷的，因此昔日熊熊的熱情之火，便如澆了一桶冷水，而歸熄滅。在這種消極的情狀之下，發生了隱逸的思想，一面靜心的去嘗味自然，歌咏自然，表現他那瞑想的哲理。

一七九八年他和古勒立治合作的抒情詩集出版，也祇是一小卷，其中收有古勒立治的古舟子咏(The Rime of the Ancient Mariner)和華茲渥斯的傑作"Lines Written at Tintern Abbey"等。這本書常備人稱爲英國詩歌的轉變點，似乎有些向新和革命的氣息。浪漫的質素並不見得怎樣新奇，而其詩材和詩體方面確是有別開生面的表現。

華茲渥斯所描寫的多半是日常的田園生活的事故和情景，並且證明農民是優於市民的。他認爲都市生活是罪惡的，這種生活使着農民拋棄了土地而死滅於都市生活的漩渦中，這無疑地是表示着他不斷的追求着封建社會的貴族生活意識，而厭棄新的生活。在詩體上，他造成和從來詩風完全異趣的格調，並且主張以平民話語做爲寫詩的水準，他自己便在實行着。這個集子出版之後，遭受許多無禮的批評，認爲是信口胡說；所以他在再版的時候便發表了一篇長序，痛斥當時的批評者是大驚小怪。他並且說，新樣而且高雅的東西，不能馬上適合俗人的口味，因爲他們的感觀都舊了，必須天才創作家自己去造出他的讀者來。在這序子的裏面，深藏着鼓動浪漫主義之潮的魅力。他主張要將田園生活人們的用語盡量採用；又說，散文和韻文　本質上並無區別。

華氏的手腕，能够將平凡生活作奇穎的描寫，對於日常的生活賦與新奇的魅力，古勒立治也曾這樣的恭維他。

華氏一生手不停揮的寫出來巨量的詩歌，其中笨拙而不值一讀的也不能說是沒有，其佳作則能以哲學的瞑想吟咏出對於自然的歡悅的由來。他崇拜上帝和自然，幷且覺得在一顆星與一朵野菊花之間有着一種廣大的和諧。看他歌詠靜夜是如何的神奇，在他的十四行詩"Evening on Calais Bea-ch"開頭道：

『那是一個美麗的晚上，平靜而自由，

『聖時沉靜如一女尼。

『滿心敬拜地在屏息。………』

這是何等的神秘呵，並且將自然與神靈結合在一起了。這很有中世紀的意味。為了詳明起見，再舉出他的幾句詩來看，在"Intimations of Immortality"中寫道——

『瀑布從懸崖上吹起它們的號筒；

『季節的失調不會再使我悲哀；

『我聽得回聲穿過群山，

『冬天從沉睡的田野向我走來。』

他在隱居之後，本想把自己對於「自然」，「人生」，「社會」等的哲學的理想寫成三部曲，定名隱士(The Recluse)，但是後來完成的却只有序曲(Prelude)和逍遙集(The Excursion)兩部作。除此以外，他的詩還有我們是七個(We are seven)，米加(Michael)，給雛菊(To the Daisy)最後的羊(Last of Flock)，給杜鵑(To the Cuckoo)，給雲雀(To the Skylark)，西蒙李(Simon Lee)，萊斯動的白鹿(The White Doe of Rylstone)孤獨的割麥少女(The Solitary Reapers)，以及前所述及的廷堂寺(Tintern Abbey)，長篇詩歌追懷童年而不知滅的歌(Intimation of Mortality from Recollection of Early Childhood)等。

總之，他將自然看做一種宗教性的，不僅做表面觀察，並且觸到其內部的生命。他自身化生於自然之中，而嘗味其歡喜，在我們看來則是遁世。他曾表示，他要將人生與自然化爲他的美麗的幻想，而歌唱它。他並且也要歌唱恐怖與安慰，歡悅與愁苦，良心與智慧。他的詩依着內容的，自然的，和平民的三點而成立，不僅是作爲浪漫主義的先驅，却於近代自然主義也有大的影響。消極厭世與理想自然的結果造成他的安逸生活。晚年和他的妻和妹卜居在湖水區，潛心創作，與古勒立治，騷西，並稱湖畔詩人。

古勒立治也是一個有神秘彩色的詩人，其生活却不如華茲渥斯之鎭靜，這也許因爲他不是一個貴族而且是一個漂泊的人。他一生在悲慘的放浪生活中輾轉，所以有多感之情的顯露。

依抒情詩集而論，華茲渥斯是將平凡化爲奇異，而古勒立治則是將奇異說得可信。他的傑作要推古舟子詠（The Rime of the Ancient Mriner），這首魔幻之歌，其所以令人可信的也就在於它的魔幻。這個歌記述一個年邁的舟子，在一家的婚宴席前，講述自己航海冒險的事故，全篇七章，計一百歲十節。其結構和韻律是根據英國故事歌體，而神奇的句子則爲作者自己所獨創。期中有幾句是：

『太陽的邊緣浸入海底，繁星衝出：

『黑暗大踏步走來；
『在海上，用音可及遠的低語，
『幽靈叫了出來。』

其他的著作，如"Kubla Khan"和"Christable"也很有名。

他還是一個重要的批評家，對於德國的哲學頗有研究，因此給與當時的宗教，哲學，文學的批評界以重大的影響。他也曾翻譯了德國席勒的名作"Wallen Stim"

騷西雖然也是湖畔詩人之一，在詩壇上的地位却不如前述二人的重要。黨他在學校裏的時候，爲法國大革命的風潮所震動，波起自由的思想。一七九三年成敘事詩"Joan of Arc"，後來再組織湖畔詩人團體，出"Madoc"，"The Course of Kehama"等詩，後來被舉爲桂冠詩宗。結婚以後，發狂，四年後死去。他的著作以納爾遜傳爲最有名。

(二) 魔鬼派

現在所論的魔鬼派；乃是指着拜倫，雪萊和濟次三人而言。在浪漫主義運動中，他們三個人在或一方面是比較激烈的，所以當時被騷西稱爲魔鬼派。三人中，若以反抗社會作爲時代的叛徒來論，自然還是要推拜倫和雪萊最爲積極，不過一個是謳歌過去，一個是唱喚將來而已；濟次則有爲藝術而藝術的觀念。拜倫和雪萊的行爲與作風，都是對於當代社會持着破壞態度的。拜倫因爲隨便和女人結婚離婚的原故，大受社會的非難，致不能見容於祖國；雪萊則爲一篇無神論的必要（The Necessity of Atheism），而被取消了學籍。但是在這反抗與破壞的一點上，二人也有不同之處。拜倫雖然是反抗性最強的一個，在他的作品裏幾乎是字裏行間都存有這種燃燒的情熱；然而他的背面却是憂鬱哀傷以至厭世自棄的，充分的表現着「世紀病」的傾向，因此他代表了沒落的貴族階級。雪萊却是歌咏現實生活的羈絆而憧憬於天外理想之鄉的，在他的詩裏充滿着希望和光明，不是像拜倫那樣的失望和鬱悒，他却代表着新興資產階級。

「我也曾和人類講話，也曾研究過人類的思想，但是在人類的身上找不出絲毫交感來。」——拜倫的曼弗萊特。

「假若冬天來了，春天還會遠麼？」——雪萊的寄西風之歌。

這兩句詩不是把二人的特性表露的很淸楚嗎？雪萊反抗舊社會，因時也播布他那理想天鄉的福音，所以辛克萊(Upton Sinclair)在他的"Mammonart"(拜金藝術)中許之爲「反叛的天使」。

至於濟次則神秘的意味較重而反抗的觀念較輕。他的詩之嫺雅有如幽靜的月光。他的藝術觀是唯美主義的，「眞即美，美即眞」，是他的藝術信條。他的思想與作風全成後來唯美主義的先驅，然而他本身却與唯美派不同，他也有着浪漫的反抗性，却化爲痛淚塡充了他的憂鬱之湖。

關於他們的早死問題，有人也舉來作爲三人相同之點。這似乎是沒有什麼必要，然而三個人都是死得很可痛惜。濟次死的最早而壽命最短，他是因爲肺病而客死於羅馬的；雪萊溺死；拜倫則是因熱病而死於希臘軍中的。

拜倫(George Gorden Byron 1788—1824)自幼便是放恣而不就軌範的人物，但是詩才他的却早就脫穎了。十九歲時出詩集“Hours of Idleness”大受批評家的非難。其後在浪遊生活中寫成“Ch-ide Horald's Pilgrimage”的前二齣，使他突然成了不僅是英國而且是全歐的偶像。因爲這二齣劇的出版使他在某日清晨醒來而發覺了自己的著名。“Childe Harold—”是一種冒險的，奇觀的，活潑如生的詩化的作品。這種特質曾存於斯賓塞(Spenser)的詩中，但是拜倫的詩有一種疾速而火熱的性質却與斯賓塞的莊嚴典雅不同。他所有的創作都是不加謹愼的，並且以自已的能力爲驕傲。他絲毫不像雪萊的對于詩之藝術的專心；其所以致勝的地方是他的能力，他的熱情，和他的明智。他以“Childe Harald”稱霸了英吉利的詩壇，其後不久不寫出了異端者(The Giaour)，海賊(The Corsair)等作，聲名益見高起。此時他眞是倫敦社交界的驕子，美貌，地位，名譽，財產，到處博得人的歡顏，尤其是婦人。一八一五年，他與一個女人結婚，一年之後便又離異了。從此英國社會對於拜倫一變其昔日恭維的態度，而易爲譏詈。於是拜倫乃對於英國漸加不滿，終於一八一七年，離去祖國，度那漫遊歐陸的生活。他滿腔抑鬱，寫成"Childe Harold's Pilgrimage"的第三齣，同時又發表了西隴之囚（The Prisoner of Chillon），曼弗萊特（Manfred）。還有卡因（Cain）。

在這幾篇著作中，以曼弗萊特，作最能代表拜倫的厭世自棄的思想，作爲「世紀病」的一種重要的表現。這篇詩劇的立意，即是天地之大，無奇不有，空用人的學問和夢想去研求與憧憬其究竟是不能達到萬一的；所以結果知識是徒然，努力是無用，生活也時無味的，若是打算解決這種苦惱，只有死。這便是他的中心思想。所以那多才多藝而懷疑的中世紀地主曼弗萊特，因爲竭盡全力去求知識，終於不得結果，而發出呻吟道：

『知道越多的人，其所受的苦惱也越多。』由此看來，人生的一切學問知識都不能使他得到滿足的安慰，只有苦悶。這種思想正是十九世紀一般思想的根柢。當時的人因爲感憤社會的黑暗，憧憬前途的光明，而追求知識，呼求解放；及至於由農村逃到都市裏來，接觸了煤烟與血汗的艱苦的生活色相，則頓覺前途希望之逝滅，理想原始的生活既不可得，輾轉鬥爭則覺生活愈苦，厭世思想自然跟踪而來了。

悲劇的主人公曼弗萊特既然不能忍受知識生活之痛苦，想要却除而不可得，於是他只有用冥想的方法來求神精的解脫，正如爲藝術而藝術的人想藉藝術來忘懷現實一樣；然而終於人是不能擺脫生活的，所以當他呼求精靈的援助時，精靈問他所求的是什麼，他則答道：

「我要「忘却」呵。」

『要忘却一切只有死去。』精靈也不能將他由生活中拉將出來；人若不是死去怎能脫離生活呢？終於他尋得解脫苦悶的徑路了，那就是死。而且他覺得死比生還較好受，看他將死時對人說道，『「死」並不是怎樣爲難的事情呵！』

拜倫的思想中是沒有光明的。愈破壞則愈懷疑，終於使他不能不能厭世而自棄了。這種思想所以作爲十九世紀的生活根柢者，即是後來的思想變遷都是從這裏出發；不過有的採取消極的態度希圖超脫，有的則採取積極態度努力改善而已。

拜倫寫了他的傑作唐璜（Don Juan—1822）的第二年，希臘因爲圖謀脫離土耳其的羈絆而開始了獨立戰爭。他在意大利聽說了大表同情，便跑去參加這弱小民族的獨立運動，親身加入義勇軍，多所策畫。革命的成功究竟不及他的理想的迅速，所以他也覺得焦急；哀希臘一詩，就是在這時所作。後來軍中發生了熱病，壯志長埋，於是他乃卸却了人世之苦悶，追隨他那曼弗萊特的主人公去了。

拜倫在他短短的一生中產出了多量的小說，戲劇，和抒情詩，最後的傑作則是唐璜。這部劇中包括了拜倫的各種觀念，並且有各種成分如幽默，諷刺，人性，風景的描寫，以及那被人認爲悲觀主義而實輪則以此爲享樂的哲學。拜倫的名譽在歐洲比任何其他的英國詩人都高大，即是莎氏比亞也不能例外，並且他死去了二十年以後，他的聲名還是有加無減。

他的威力能够風行一時而且歷久不衰的緣故，一部分是因爲他的思想與當代的煩悶生活頗爲切合，確當的刺中當代青年的苦悶靈魂深處；一部分則因爲他的觀念是明顯的，至少也容易被人把捉，並且也容易被譯成別國的文字。

『拜倫憤世嫉俗的發笑，看穿當時少數的新聞記者所作的惡把戲，而對於自由的主義試行他那最後的親自犧牲。』——這是 John macy 加給拜倫的評語。

雪萊 (Percy Bysshe Shelley 1792—1822) 是代表當時革命思潮的詩人，視當代社會的制度習慣爲萬惡之源。他不僅是對於過去持着反對的態度，而且對於將來樹立崇高的理想。他在宗敎上倡導無神論，曾因此而遭了牛津大學的斥退；在政治上懷着共和主義，闡發平等的思想；對於社會則具有烏托邦的共產主義思想，對於未來則幻成理想的美夢。他是一個思想家，將這理想納入他的詩歌之中。他是英國第一個抒情詩人，他的詩可與斯賓塞媲美；George Santsbury 在他的十九世紀文學史中評論雪萊道：『英國有兩個詩人，並且只有兩個，他們那純粹的詩之吸力是至高的，這兩個人便是斯賓塞和雪萊。』

雪萊於一七九二年生於沙塞克斯（Sassex）望族，在牛津大學遭了斥逐之後，便和一個咖啡店中女郎哈萊特（Harriet）結了婚。這女郎是屬於中下階級的，據那替雪萊辯護的人們說，他們在結婚的時候曾聲明說可以隨時解離的。後來他到處流浪，又和當時名士高得溫（W. Godwin）的女兒瑪利(Mary）發生戀愛，未幾便拋棄他的前妻而和瑪利結了婚。在他們結婚以前，他的第一夫人已投水溺死了。關於雪萊的行爲，自然當時是受有很多責難的，我以爲這種行爲只能代表當時的放浪的個人主義，即使說是玷辱，我想也不足玷辱他的詩名，所以不必費時詳論。他後來卜居在意大利，和拜倫常有來往，最後在探望拜倫的歸途，舟覆而溺死於斯派茲亞（Spezia）灣內。

最文弱的抒情詩人雪萊的詩力若和拜倫比較起來，自然不及他粗暴和狂野。但是我們不能同時拿兩個大詩人來比較其高下，却可以認識他們各別的優點。雪萊也拜倫一樣的爲自由而奮鬥，和法國大革命有同樣的意味。但是這種凶猛的能力爲當時的拿破侖主義所枯竭所摧殘，餘下的只有夢。

在雪萊詩裏多方的表現着將來的夢想。他夢想着渺茫的將來，到那時，人們便可以得到自由了。雪萊死後五十年，批評家馬修，阿諾德(Mathew Arnold）將他稱做『徒勞的天使』(ineffectual Angel）。他確是如此。自從有史以來，所有的詩人和夢想家在實生活中常是徒勞，這是經驗告訴我們的；然而這種理想的預言家也是爲人世所不可缺的。他有如他自己的「雲雀」(Skylark)，他還是他在的寄西風之歌中所願做的七絃琴。他的缺點，如果願意叫做缺點，便是和米爾敦一樣的缺乏幽默。

他的較長的詩有歌頌人道之謀叛的回教徒的謀叛 (The Revolt of Islan)，還有描寫人類自由的詩劇"Prometheus unbound"(普洛米修斯的解脫)，總是豐富的抒情文字，使人讀了爲之神往。還有詩劇"The Cenci"充滿了美麗的詩句，以致劇中動作爲之掩蔽。最偉大的輓歌阿多奈斯(Adonais)乃是爲了哀悼他的亡友濟次之死而作，這歌不是使濟次不朽乃是使雪萊自己不朽的。只有最大的詩人纔能寫出來：

『生命，有如一座雜色草叢生的屋頂

『宣染着潔白的永生不滅之光。』

其他的著作還有"Queen Mab"在這裏，指示出所有私利的世界來。呆子拜倒於金錢主義的勢力之下，這種勢力石臼也似的將他們的靈魂磨成碎粉。國民富强的尊重犧牲了人類的幸福，在這裏，使人本性升天的東西，利益以外的東西，全爲金錢勢力所殺調了。是一部憤世的詩謌。此外還有"Alastor"，"Rosalind and Hellen"，"The Cloud"等都很有名。

濟次(John Keats 1795—1821)是一和追求純美境界的詩人。John macy曾說雪萊是天上的人物，因爲他那人道之愛是住居於羣星之中的；他說濟次則是地上的詩人，不過這種「地上」乃是最美麗的，有彩色和芳香的。這種比喻雖未免玄虛，然而雪萊是憧憬於理想之境，濟次乃耽溺於純美之鄉，則是無疑。

濟次生於倫敦，曾學醫，一八一七年，出最初詩集(Early Poems)，其中有寄雷亨特(To leigh Hunt，我翹足(I Stood Tiploe)等作，此後遂决心做一個詩人。於是遂離去倫敦，到各處漫遊，後來却生了肺病。一八二〇年遊意大利，翌年客死羅馬。

一個不滿卅歲的青年而能在詩壇上有很大的成就，如給夜鶯之歌(Ode to a Nightingale)，希臘古瓶歌(Ode on a Grecian Urn)，給秋天(To Autumn)，憂鬱歌(On Melancholy)諸作，都能在形式與行句中獲得極大的完美，眞是値得令人驚異的。詩歌是屬於青年的，沒有這種天才，活到一百歲也是沒有好詩，歷來許多詩人都是在青年時便有了偉大的建樹，濟次雖然是早夭，然而即便讓他再多活下去，也不見得就有比這個遠大的成就。

他頌讚美，也眷戀美，所以當他喜歡時歌道：

『一種美的事物是一種永遠的快樂；』

他憂愁了則歌道：

『和她同居的是美——美是必要滅亡的——

『還有快樂，他的手曾舉向他的雙唇

『殷殷告別。』

然而他的信仰是美則無疑義。他在希臘古瓶歌最末寫道：

『美即是眞，眞即是美，——這是你們在世上所知的事情，而且你們必須要知道的。』

他的詩在文壇上很佔地位，尤其是英國；但是因爲他那玄奧美麗的技術不易迻譯，所以其普遍的傳誦不及拜倫的詩。馬修，阿諾得稱他爲英國所不可忘却的詩人；而且直然的說，『他是和莎氏比亞同在的。

(三)　瞿提，席勒。

『瞿提實世界的瞿提，席勒是德國的席勒。』有人評論瞿提和席勒這兩個文學家時作如是說。將兩個大文豪拿到一起來比較其優劣自然是比較不智的事情；然而兩個人的特殊之點則是應該知道的。所謂『世界的瞿提』，自然是說他那憂鬱的情熱和光明的默示，足以代表世界和影響世界的。『德國的席勒』也並非是否認了席勒的世界性，他那種力求身體自由和反抗精神束縛的表現，誰能說是沒有世界性呢？不過因爲他是表現德國國民性最爲有力的詩人，所以要那樣稱呼他罷了。

十八世紀，眼看着法國的後期古典主義的模仿之風將要彌漫了德國文壇的時候，便有萊星一流人出來直接研究希臘古典掀動浪漫自由的精神；然而這終是一種先機，這一代的文藝氣運要待瞿提和席勒出現纔能完成。

瞿提(Johann Wolfgang Goethe 1749—1832)是近代的偉大詩人。生於德國的弗朗克府(Fron-kfert)，幼年生活頗安定，一七六五年入雷普即許(Leipzig)大學研究法律，但是他的性質與法律不合，因此潛心於文藝之修養。當時受了莎士比亞戲劇和北歐神話等翻譯本的影響，使他深深受了激動。不久狂飈運動興起，爆發了浪漫的憂鬱的高潮，他乃發表了處女作"Götz von Berlichingen"，博得世人的喝彩；爾最能代表這抑鬱時代的則是他二十四歲所作的小說少年維特之煩惱(Leiden des Jungen Werthers)。後來應威馬(Weimar)公爵所招，爲宮廷貴客，未幾被任爲名譽公使館書記，得政治發言實權，後來由公爵的推薦而被封爲貴族。

瞿提一生著作很多。著名除上述之外還有衣非間尼(Iphigenie)和塔叟(Torquato Tasso)，這是遊意大利回來所作：後來又作敘事詩"Hermann und Dorothea"和小說威廉邁斯台爾(Wilhelm Meisters)等。而最能代表他的後期作品使他成爲偉大的則是震撼一世的浮士德(Faust)。

所謂他的前後期作品之分乃以他遊歷意大利爲一關鍵。狂飈運動時代，瞿提的作品充分的表現着當時的世紀病和拜倫一樣。少年持維之煩惱即爲其代表。因爲他追慕古代藝術的光榮，所以對於古典寶庫意大利有無限憧憬；終於在一七六七年，達到遨遊意大利的目地。他鑒賞彫刻之美且探討自然詩趣，明媚的風光和典麗的藝術，使他的思想大爲改變。從前那種悲哀厭世的思想，一變而爲崇高的理想和人道主義的精神，所以他的晚年傑作浮士德的起首和曼弗萊特相差不遠，及至到了終結則與拜倫的作品大異其趣，即是在陰鬱中閃出了晴明，在失望中加添了信仰。這乃是瞿提前後思想變動的重要表徵。現在爲使讀者詳明起見，將他的前後二期代表作少年維特和浮士德論述如下：

少年維持之煩惱是一部悲劇的小說，描寫主人公少年維特因爲和他的友人之妻(夏綠蒂)戀愛失敗而自殺的事情。這篇小說自有它的眞實背景，並非由於虛構而成。據文學史家言，這篇東西是由於兩種事變合構而成，第一種事變即是瞿提自己在高等法校研究法律的時候，曾和公使館書記開斯特諾(Kestner)的未婚妻夏綠蒂發生戀愛，其後因爲失戀幾乎自殺；第二乃是同時有瞿提的朋友耶路沙冷(Jerusalem)和別人的妻子發生戀愛，後來眞個因失戀而自殺了。這兩種事變構成了少年維特之煩惱的本事。

這部小說是做爲少年維特給他的朋友威廉的書信集而寫成的。書中人物即是維特，他的友朋阿白爾，阿白爾的未婚妻或妻夏綠蒂，此外還有維特的友人威廉。全書的梗概本甚簡單，述說少年維特在某年春天和一個女子——夏綠蒂相識，不久即對她發生了愛戀：但是這女子乃是阿白爾的未婚妻，所以她雖對他表示好感，而因爲是有夫之婦的原故，所始終未表示愛他。維特既然折磨於單相思的苦病之中，所以他的朋友威廉便規勸他，然而他却毫不入耳，這可以在他的信中見到的。他對於綠蒂既是如此的熱戀，而綠蒂因爲法禮的關係不能冒大不韙來愛他，終於他因爲打不破這道德的樊籠，而感到苦悶，感到厭世和失望。

後來阿白爾也夏綠蒂終於結了婚，而阿白爾的冷淡性格頗使綠蒂感到不滿足。維特覺得這正是進攻的集會，所以更加火熾起來。綠蒂是一個當時典型的女子，對於維特索然要好，却不敢有越禮的舉動，而且保持朋友的身分；因此，在似有意無似意的神情之下，更使維特難堪了。維特苦於生活爲煩悶所縈繞，終於要將自己心事向綠蒂合盤端出，以求綠蒂的諒解。一晚，阿白爾不在，維特乃去見綠蒂，談話之頃，乃誦古歌數章，使綠蒂心動，他便乘機傾吐自己的心思，熱情所驅，竟擁了綠蒂接吻。綠蒂雖然同情，而惱他的越理，避到內室去了。維特至此已完全失敗。次日，又向綠蒂借去手槍，當晚即自殺。

這本書的主旨無非是青年人爲求戀愛的自由，而直接間接地受着社會上的種種阻碍，終於不能達到目的，而不能不苦悶，厭世，自殺。這是十九世紀青年的通病，即在現代青年中也是不可免的事實，便無怪這本書一經出版便立刻洛陽紙貴起來了。就是中國的郭沫若譯本發行的時候，中國青年人也幾乎是人手一編的；當時記得教員在講堂也來介紹他的偉大，其偉大之處並不希奇，不外是揭發一般青年的共同的苦悶而已。

全書充滿了熱愛的迷戀和失望的淒絶。看他在寄威廉的信中寫道：

『她是我所神聖視的。一切慾望在她的面前都沉默了。我在她旁邊的時候，我總不知道我是怎麼樣，就好像我的精神在我全部的神經中顛倒了一樣。—她有一種音調，是藉天使般的力量，在鋼琴上彈出來的，十分單純，十分靈韻豐濃那是她的歌聲，當她纔把開首的曲譜彈着的時候，使我超脫了一切苦痛，淆亂和憤懣。』

善於戀愛女人的人還有比這再爲迷戀的嗎？描寫男子對女子的傾心還有比這個再到家的嗎？他這樣的愛戀着夏綠蒂，以至『她口中的天香可以達到我的嘴唇上的時候—我會倒地，好像着了電一樣……』。所以他向威廉訴寃説，『…你是了解我的。不，我的心沒有那麼腐敗！只是懦弱！懦弱極了呀！……』

雖然綠蒂並不能愛他，他却仍是偸偸的思慕，思之不得，終於失望而淒絶了，他寫道：

『想向着綠蒂，伸出自己的雙腕，這也無效。我爲無罪的幸福的夢所欺騙，想在牧場和綠蒂並坐着，拉住她的手，接吻幾次……夢似的尋找綠蒂，醒過來時，熱淚從胸頭湧出。我只望着陰暗的未來，沒有安慰的方法而哭泣着。』

描寫單想思的慘痛還有比這再甚的嗎？青年人『望着陰暗的未來』而『哭泣』的多着呢？有誰來聲訴，有誰來揭發？這本書噲炙人口的事實，使你覺得可驚，十九世紀的痼疾沒有在廿世紀播下它的種子嗎？

『少年維特的煩惱』是時代憂鬱靑年的聖經；那末取着別種反抗的態度而和陰暗生活作鬥爭的靑年們就和這本書沒有關係了嗎？

浮士德是他的後期代表作，也是他生平最偉大的傑作。這本書內容的豐富，情節的複雜，思想的超邁，可稱爲近代文學中的第一部傑作；並且和荷馬的依里亞得與奥得賽，但丁的神曲，莎氏比亞的哈孟雷特，同稱爲世界的四大奇書。

他在廿三歲時便開始了這部創作，八十三歲纔告完以成，所以這部書中的情節曲折，也彷佛和他的生活與思想的轉變互相映照。浮士德裏面深藏着「烟士披里純」，智慧，以及他那無比的內心。浮士德是一個渴望生命的學者。他曉得拯救不是由於學問而是由於經驗，看他說：

『哲理，法律，和醫學，

『甚至於一切神學的典籍，

『如今我都已努力研求。

『還是徒然，

『毫不見半點聰明透。』

於是他投身於惡魔麥非斯陶非勒斯（Mephistopheles）的引導之下去領略世界上的生活經驗。這惡魔原是惡之靈，在浮士德為求知識而煩悶的時候，便與神打下了賭，要使年邁的學者浮士德墮落；但是神却說，人在努力追尋迷惑的時候，容易誤入岐途，不過終於會轉回來的，因為真理只有一個。於是在這場打賭之後，便是浮士德經驗生活的開始。

惡魔開始給與他靑春的情熱與愛心，為純潔女子所心醉的風流美貌。於是引他去追尋人間歡樂之夢，終於殺人，犯罪，而為了這種惡的經驗表示懺悔。

在浮士德開始了人世經驗以來，他享受了荒淫的愉樂，肉慾的愛情，偉大的力量，以及古代藝術的鑑賞。這似乎已很滿足了吧？已被惡魔征服了吧？不，不！他終是一個善良的人，結果這許多的經驗都只能使他感到不滿足。他在回心轉意的時候，便在那對於他的後人最簡單而最實際的服務中求得最高的滿意，這當然是捨棄魔法而和自然逼面的意思。惡魔自然因爲他捨却魔道而深致不滿了，終於使他的雙目失明。

雙目失明，終於不能使浮士德屈服，他要保持他那爲眞理爲人類的向上心。但這便是達到目的了嗎？不，這不過是他鬥爭生活的一部分而已。目的乃在奔向生活之途的自身。人誰也不達到完成的時期，完成似乎就在人的蓋棺時候。所以最高的成就，不是人所看見，乃是人所忽略的；最高的的成就寓在那尊貴的努力和毫不停息而創造的生活進程之中。浮士德的得救在於此點，惡魔的失敗也在於此點。然而這一點是後人所不能忘懷的，是不滅的；所以他瀕死的時候歌道：

『我在世上所留的痕跡，
『大概萬刼也不會磨損。
『我預想着這般的幸福，
『現在已將最高的刹那嘗味而歡歌。』

於是浮士德終於得救了。

浮士德所表示的思想，起首正和曼弗萊特的懷疑厭世相同；終於轉過來了，這不僅表明了瞿提思想的轉變，也表明了人類於憤極，惱極，懷疑極，厭世極的生活中輾轉而達到新的努力和新的發現的意味，而且証明了也有從消極而返於積極的可能。這種積極的精神乃是表示了對於當代物質社會的不滿。所謂一切的作惡與犯罪，通姦，殺人，燒屋都是象徵着當代生活的，惡魔則表示了當代社會的惡勢力。瞿提在市民的環境中長大，在宮廷中完結了他的中年和晚年，所以他有着矛盾的意識。他覺得物質生活是不可避免的，所以創出這人物浮士德來，又以爲資產者是可惡的，於是又創出了麥非斯陶非勒斯。殺人，燒屋，自是麥非斯的行爲，而浮士德則因爲幇凶的原故，而瞎了眼。惡人若是回了頭，總是會變善的，這是全書主旨；換句話說，就是人們在物質生活中回頭的時候，便可在神明之前得救。社會是要改造的，不僅在於物質生活却要注重精神生活，在這裏充分的表示了新理想主義。

席勒(Johann Christoph Friedrich Schiller 1750-1805)是瞿提的朋友，也是和瞿提並稱的詩人，他對於世界的供献雖然據説沒有瞿提的偉大，然而他對於德國國民文學的建樹則是極爲重要的。他的生活並不像瞿提那般的幸福，從小就飽嘗了世間的悲酸辛苦，而與人間的環境做了痛苦的搏鬥。

小於瞿提十歲的席勒開始以强盗（Die Räuber）和陰謀與戀愛(Kabale und Liebe）兩部散文劇而知名，在其中新興的十八世紀的資產階級的悲劇之風達到了頂點。這兩部劇是用散文作成的，前一部在中國已有了楊丙辰氏的譯本。其中有着一種高雅的，革命而大胆的結構和特性的描寫，並且給現代散文對話悲劇打下了深固的根基。尤其是强盜一篇，具有和瞿提的少年維特煩惱一般的浪漫思潮和情感的表現，而大受了當時的喝彩。

中年後，因爲專心精研歷史和康德哲學的原故，所以在他那短短的殘年中便轉向於韻文的歷史劇和悲劇了；他這種著作成爲由莫利哀到海伯爾（Hebbel）中間的戲曲文學的重要支柱，諸如唐卡洛斯（Don Carlos），奧林斯的少女（Dire Jungfran von Orleans），馬利亞·斯多得（Maria Stu-art），威廉鐵兒（Wilhelm Tell），以及三篇連劇瓦林斯坦（Wallenstien）。現在席勒的劇本雖然在舞台上仍然佔有地位，却有點消沉了。其原因就是因爲自然主義祇賞識他那早期散文劇的原故，所以對於他的晚年劇本痛加批評。

總之，如强盜一類的前期散文劇足以代表德國狂飈突起時代的高潮，所以稱爲浪漫主義的代表作品，席勒的價值也就在此。

（四） 于果及其他

奠定法國文壇而值得大筆特書的人，便是于果（Victor Hugo 1802–1885）。他是詩人，戲劇家，小說家，宣傳手册的著作家。于果以前，在法國雖然已開始了浪漫主義運動，有賈陶布里安和斯台爾夫人掀起了一代的文藝新氣運；但是沒有于果的海爾納尼（Hernani）的舞台勝利，則不足以消滅了根基已深的古典主義。

于果的生活可以分爲四期來敘說。

第一期（1802-1826）是他的青年時代，可以說還未和浪漫思潮發生多麼深的關係。他生於白桑鬆（Besancon）。他的父親是一個武官，時常轉任各地，所以他自幼便是隨着父親過那南船北馬的生活。其中的生活經驗，常現於他後來的詩裏。拿破崙勢衰時，乃返巴黎，與一鄰女發生戀愛。這時他喜讀古今文學，尤其是讀賈陶布里安的著作，他常說，『我將來定要做一個賈陶布里安，否則什麼都不願做』，誰知他後來成了比賈氏更爲偉大的人物呢！後來相繼和賈陶布里安，維尼，拉馬爾丁一般文人交遊，漸漸有些名聲。

第二期（1827-1850）是他生平最燦爛的時期，也是極可紀念的年代，因爲古典主義就在這期間內宣告了死刑。于果積多少年從事外國文學的經驗，深覺得不自由的古典主義文學的缺陷。他的新戲曲克朗威爾（Cromwell）出版的時候，他在卷首作了一篇長序，主張打破歷來視爲玉律金科的三一律，他宣言道：

『時候到了！自由的光明喚醒一切思想，乃使我在哲理，詩學和其他一切法則上，下一致命的錘』。

於是使古典主義派的學者瞠目震顫而現出動搖的情勢。克朗威爾是于果實行這種主義的第一次作品，但是因爲扮演者的關係，未及上演。一八三〇年公演他的第二本大劇，幾乎惹起巨大的風波，這次公演算是新舊兩派的最後爭鬥，而新派終於戰勝了。是的，一八三〇年二月十五日的確是法國文藝界值得紀念的日子，而海爾納尼便是這日子的太陽。這本劇在藝術上的價值雖不算盡善，而它影響於文藝氣運則很大。次年，發表小說巴黎聖母院（Notre-Dame de Paris），詩集秋之葉（Feuillesd'Automne），聲名遂更顯赫而執了法國文壇的牛耳。

第三期（1851—1869）乃是他的流放時期，這時他入了政界，所發表的多半是關於人道主義，自由思想，同情弱者的鼓吹之作。他被選作了議員之後，盛倡死刑廢止，及拯救無罪之說，並且指摘國王的失當，終於被放於根塞島（Guernsey Island）。這時發表名著默想（Contemplations）和世紀故事（La Regande des Siécles）。這詩集是歌詠從天地開闢到最後審判的事實和想像的；其思想的豐富和詞句的雄渾，算做文學史上一大紀念物。一八六二年發表他的最大傑作悲慘世界（Les Misérables），積畢生的經驗，熔於一爐，可稱爲文學上最大的供獻。

第四期（1870—1885）算是末期。此時法國共和政府成立，于果乃得歸故鄉。這時所發表的名小說，以"Quatre-vingt-treize"（九十三年）描寫十八世紀革命慘狀爲最有名。這一期他的意氣已衰，無復昔年的精彩了。

于果本是文藝界的一個全才的作家，他的詩，他的小說，他的戲劇，都有成爲一代權威之勢。他的詩多半都是很長的，在中國還未見有譯本，前幾年在現代評論中載有他寄給妻子的短詩，覺得頗爲可愛。于果的詩所以少被人注意的緣故，也許是被那有如法國浪漫主義的中天的太陽一般的戲劇與小說的光輝奪去了燦爛之色。

他的戲劇雖然不少，而最知名的却要算是海爾納尼。這篇劇帶有極濃的傳奇彩色，其中的主人公也描寫得非常情熱。海爾納尼劇本的本身雖然也有着缺點，批評家們也曾指摘過；然而在古典主義的反動的點上，却是法國浪漫主義文學運動中的第一篇。它主要的特點不僅是內容和古典派的作品大異其趣；即是在那打破三一律的革命的形式一點上看來，確是近代劇中的一大成功。于果反對三一律的意見，已在克朗威爾的序言中痛切的陳述過了，而這一劇的上演則是他的革命意見的大成功。在這本劇上演的時候，遭了古典派的惡罵，嘲笑，與攻擊式的揶揄；然而演過幾幕之後，即是揶揄的人也爲劇力所吸引，而凝神的觀起劇來。這就是文學史上的新紀錄——「一八三〇」。

海爾納尼是一部多幕的長劇，以十六世紀的西班牙騎士故事做爲題材。劇中本事極爲複雜，大概是描寫爲報父仇而做了强盜的西班牙貴族騎士海爾納尼與國王及侯爵爭戀一女而造成了一幕悲劇，中間插入了奇幻的曲折，浪漫的情調，及英雄的風韻與美人的柔腸，終於國王放棄了他的成見，而海爾納尼與美人蘇爾與侯爵却爲了熱情，好義，與體面，而先後自殺。劇情充滿了浪漫主義時代的大胆豪放的中世風味的自然是不用說了，所以有人說，『全篇充滿光輝雄辯和詩味，與其說是悲劇，勿寧說是歌劇，』也就是含有魔力的得力的一點。但是它在文學史上的偉大地位還要算是多半由於它那革命的形式所造成的。

他的偉大的小說「悲慘世界」着筆的時候，正是他被流放的時候，這是他的思想趨向於人道與自由以及下層階級痛苦的表徵，這部著作也正是他這種思想的表現。

于果把來命名這篇小說的"Misérables"一字，其意並非單指『貧困』或『不幸』而言，乃是指着在生活中掙扎的一切顛連無告的人而發，所以這字的意義包括最爲廣大。他的意思和他的打算是要把那安逸與特權的生活的平線下的整個生活表現出來。假使于果不是一位光耀的小說家，這篇東西便要成爲社會學的特殊陳訴了。斯蒂芬生曾說，于果的散文小說要給與任何作家以極大的榮譽，並且他的小說乃是表彰于果的天才的正面。最光輝的自然要推這部長篇著作了。

在漫浪主義的文學中，能够深刻的暴露下層社會生活狀態的，恐怕沒有及得上于果的吧。但祗是秉着慈悲心的暴露，並沒有階級鬥爭的意識，他覺得鬥爭是不合人道的，這正是浪漫時代的思想。平心而論，這部著作說它是浪漫運動的權威，依時代而言，自是不錯；而將它的功績認爲是開後來寫實主義的新契機，也不能算做過言吧。

爲着飢餓而偸了一片麵包被認爲竊盜的金瓦爾金（Jean Valjean），終於受了人世的冷眼，出頭無面，隱居無處，不能不被逼而眞個做了强盜。這一點已經强烈的表明社會的缺陷，社會上爲什麽要有賊，人爲什麽要過着賊的生活呢？於是令人想到財富，想到掠奪，想到掠奪之下的犧牲者，想到不甘犧牲而和生活取着一種無可奈何的掙扎手段的人。

然而于果究竟是一個人道主義者，究竟認爲强盜是一種下賤行子，所以使金瓦爾金在神的力量之下痛改前非。這種思想是于果時代的思想，也是他所着重的地方。他雖然是一個寄身無地的人，而對於其他受了同樣苦難的人們特別同情，所以他不避性命的危險，到處庇護一個失母而顚連的少女。這少女後來和一個革命青年發生了戀愛，從此這不幸的人中又加添了一員，到處受着警察的捉捕，到處受着世人的側目。終於由於金瓦爾金的義烈，感動了警官，因爲良心與職責的衝突投河自殺。他的罪名至此已化爲無有了，他的生活也該安適了；然而這憂患餘生的老人，還是受着良心的責備，痛悔已往的過失，將他的財產贈給這一雙青年愛侶，他誠意懺悔，將他的經歷講給他們聽，而在這良心得以釋放的舒適中離開了人世。

這篇故事篇幅既長，情節又至複雜，自然不是這短短的幾句話所可說盡的；然而只在這幾句話裏面已足以代表作者的思想了。社會的衝突現象本是來自貧與富，一切錯雜的關係便在這種衝突之下而產生。于果所注重的便是那良心作用，這在現代雖有些過去的意味了，在當時却可算得急進的革命思想。現在我們且將他的序文中的一段引來做爲他自己的表白和結論吧：

『因爲法律和習慣，現今有一種社會的處刑的存在，在文明中心的地上，人爲的造出了一種地獄，一切災厄使神聖的運命發生糾紛；現代的三大問題，——因貧困而墮落的男子，因飢餓而淪落的女子，及精神肉體的不幸而發育不全的孩子，——尚未解決；某方面的社會，頻於窒息，從廣義的見地看來，無智和悲慘，還在世界上存在；——在以上的社會狀態之下，這樣的書，是不會沒有用的。』——沈端先譯。

巴爾札克（Honore de Balzac 1799—1850）是文學史上成爲問題的人物，就是因爲他的時代固然是浪漫主義時代，而他的作品則有極深的寫實主義的彩色。他是法國小說家中最有創作量而最有力量的一個，並且他的小說在浪漫主義尙未到極盛的時候，已經噲炙人口了。他的作品顯然有着寫實的傾向，在描寫的精細和逼眞上，並不讓於後來的自然主義作家，並且在社會寫眞方面說來，實開弗洛貝爾與左拉等自然派作家的先路。但是究根說來，他的作品的出發也是生自空想，所描寫的人物也不能說完全屬於人間，他的空想也是距離現實很遠。但是究竟不是過於揑造和架空的，在他的作品中總能領味到豐富的自然氣息。他那成為自然主義源頭的人間喜劇（La Comedie Hum-aine），乃是他給與他那大量的生產的總名，其中包括私人生活，地方生活，巴黎生活，政治生活，軍事生活，田園生活六部。在其中牛用着他那豐富的想像，雜入人間的事實，將「王政復古」和「七月專制」時代的整個法國社會如是的描寫出來。這不僅在於他的想像力，也賴有那洞澈的明察。他的明察受有他那偉大的忠誠和胆量的駕馭，纔能構成這樣大的豐偉之作。至於他描寫的精力和主觀的情熱，乃其餘事。

此外有以歷史小說著名的大仲馬（Alexander Dumas Pere 1803—1870），他的小說戲劇雖然為一般人所愛誦，其藝術價值則不及于果，在舞台也沒有于果的成功。他的兒子小仲馬（A. Dumas Fils）則較他父親的地位為高，茶花女（La Dame aux Comelias）可稱為浪漫主義中一大傑作，其中火熾的熱情和深透的描寫，都有不可及之處，在舞台上亦佔有優越的勢力。繆塞則是天才詩人，受有拜倫的影響很深，他的傑作洛羅拉也可以稱為世紀病的代表作。喬治桑（George Sand 1804—1876）的作品裏有着反抗傳統習慣的精神，對於戀愛與結婚等問題都有着新的見解。戈恬的詩也很美麗，後來且漸有了寫實主義的傾向。

（四）拉非爾前派作家洛色蒂

在講到浪漫主義的終結時候，不能不提到那做爲英國浪漫主義運動的別枝，而開導英國唯美主義運動的先路的拉非爾前派（Pre-Raphaelitism）詩人洛色蒂（Dante Gabriel Rossetti 1828-1882）。浪漫派的後期詩人如丁尼生和布朗寧主張調和知識和感情，作爲他們的詩風；以洛色蒂爲中心的拉非爾前派則主張完全趨向感情。

拉非爾前派的初生，本來是受着「返於自然」的口號而起來的一個革新畫派。這種新運動是由韓特（W. H. Hunt），米雷斯（J.E. Millais），和洛色蒂三畫家，及彫刻家烏爾諾（T. Woolner），批評家兼畫家斯蒂芬（F. G. Stephens）等人所發起。前三人都是當時的青年畫家，並且在皇家學士院裏學習繪畫。當時成爲英國畫壇權威的乃是「意大利十六世紀派」的模仿，一切畫材，都仿着十六世紀意大利畫家的宗敎題材，一切做法也都是單純而細微的模仿。所以對於風格的獨創，自然人生的眞摯表現，都是不允許的。他們一天忽然由古畫中發現了從來所期慕的自然的真實，因而要恢復拉非爾前期以前的眞摯而直率的作風，於是便組織了拉非爾前派。

當時促成這種運動興起的原動力的要推當代的批評家羅斯金（John Ruskin 1819-1900）。他在近代畫家論中主張說：『畫家應該用單純的心地去尋求自然。除出如何纔能透澈自然的意味之外，一切都不必考慮，祇要孜孜不倦地眞摯地和自然同道就好。在自然之中，什麼都不要拒絕，什麼都不要選擇，什麼都不要侮蔑！』——沈端先譯。

這個嶄新的畫派興起之後，引起很激烈的批評和笑駡；惟有羅斯金當時對於他們那忠於自然，和清新化了已往的因襲畫風的諸點上，加以賞識與讚美。羅斯金在當日的評壇上頗有地位，因爲他這一度激賞之後，他們這種運動便被世人所公認了。

以『忠於自然』爲口號的拉非爾前派，他們的畫風不能不趨於極端的寫實，即是將對象做爲模型而加以細密的描寫，不許有纖毫的遺漏。洛色蒂也曾說過，『雖則是情緒的，而極端細密的寫實主義的特質，乃是拉非爾前派的特色。』他們畫模特兒的時候，描寫得更爲忠實，甚至連身上的毛髮都一根不漏的細畫出來，他們自己是這樣說的，姑無論可能與否，他們那細密的寫實主張却得以窺測了。

他們雖然有着忠於自然的口號，可使和當時的自然派不同，也可以說雖然是細密的寫實，却不見得忠於自然。法國的自然派畫家如米勒(J. F. Millet 1814-1875)之流，對於自然那種忠實誠摯的態度，並不見於拉非爾前派的畫中。拉非爾前派雖然說是忠實，實際上却依着自己的理想隨意的取捨自然，所謂忠實和細密大概是指着他們所取的一部而已，因之有人叫他們做「超自然主義者」，實在是心腹之談。所以照實說來，拉非爾前派的畫材，常是超自然的，浪漫的，唯美的。

洛色蒂算是拉非爾前派中惟一的詩人。他的文學活動乃起於他那有名的長詩—昇天聖女(The Blessed Damozel)，當時乃是在一個小刊物上發表的，並未引起人們的注意，後來印成小册子的時候，纔引起一般人的批評。

這首詩所描寫的乃是作者生活中的悲慘的一段。原來因爲洛色蒂和他的模特兒繼續了十年的戀愛，結婚後不到兩年便死去了。妻未死時，他本來想將以往的詩印成單行本，經過這一次厄難的打擊，乃將他的詩稿葬在愛妻的墓裏。後來終於被朋友所勸，將墓中詩稿出版問世，於是他的詩便成了一時的衆矢之的了。

這篇詩感覺的彩色非常濃厚，而這種感覺多半是肉的感覺，如同地上的愛人在流淚追憶天上處女時，樹上落下來的枯葉，在他好像覺得是愛人的頭髮觸在自己的頰上一般，即是一例。除了感覺濃烈之外，還有着中世紀的意味。他所描寫的天國不是近代基督敎的天國，乃是中世紀但丁式的天國，所以有着再甦中世紀的意味。一面讚美肉的生活，又恐怕「生」有醜陋之嫌，所以不得不給它穿上靈的美麗之服，以求在平凡的浪漫生活中享受高超幻想的快活，乃是唯美主義的一種特色，洛色蒂的思想也是從這裏出發的。

總之，洛色蒂是當時情感豐富的詩人，他極端反抗科學化的社會，而於中世風味的靈感中去求超脫。他歌詠感情，作爲古今獨步的戀愛詩人，發洩他那肉感的神秘的戀愛觀。

本來在一個時代的初起，或一種主義的始現，都是革命的；及至革命的結果感受失望的時候，則生出懷疑與厭世的思想。但永是這樣的懷疑，永是這樣的厭世，又似太苦；想要在苦中尋求快樂的時候，就不得不建樹他那美麗，神秘，幻想，與肉感的生活了。十九世紀前後思想的推移結果，破壞與懷疑幾乎成了「不可須更離」的思想主潮：在這種潮流之外尋求歡喜的，不僅是洛色蒂一人，即如後來的唯美派，享樂派，全是這種思潮的化身。這種現象乃是時代之下應有的產物，不僅在十九世紀，也不僅在歐洲；即如在廿世紀的中國的思想界，也走着這一條路子。再說得狹義些，不久已前故去的一位中國詩人，在他的詩裏所表現的也跳脫不了這個範圍。若不是一個喜好捧捧場面的人，或者是他的眞正的知友，都不致因爲哀痛過分而忽略了他所代表的時代精神。詩若作到『別剌我，我痛！』或『花說我要』，與『風不語他給』之類的詩句，足見在人生中找不到另外的出路，而在所謂「靈肉合一之感」的氣氛中尋求精神的安慰。這種生活的正面雖則光明，而其暗面仍是苦悶，因爲人終是具有血與肉的，他能在生活中永久忘却他的血與肉嗎？

第三部　自然主義

——資本主義社會的文藝——

第一章　十九世紀思想的趨勢——自然主義的社會背景

『返於自然！』這口號一經盧梭氏興奮的叫出以後，在歐洲，有如前部所述，所謂那產業革命和政治革命便相繼發動了，十九世紀便從這裏開始。在這種澎湃的高潮之下產生了那革命的浪漫派的文藝；而新興的資產階級也在這種大騷動之中建樹了它們的工業資本主義的社會。

十九世紀是工業資本主義最爲發達的時代，資產者實地握了政權，他們唯一切統治社會的武器，科學，異常發達；而哲學，和文藝上也都發放着一種特異的彩色，同時它的社會生活的陰鬱黑暗也倍增其深刻，甚至到了十九世紀末，人們都懷着一種與日偕亡的感傷。

那末十九世紀究竟是怎樣一種情形呢？我們在探求它的文藝特質之前，不能不對於它的社會基礎的潛移，以及依附於其上的精神現象的變態，加以深湛的研討，以免流於只重目的不求原因的前弊。如此，我們所應注意的，即是這以工業資本主義之發達爲中心的十九世紀，它的社會精神現象究竟是什麼呢？它的文藝界就是是怎樣情況呢？在思想界是否還流行着那做爲十九世紀奠基者的盧梭的主情思想？在哲學上是否還奉行着由十八世紀末段以降而傳來的康德，黑格爾之輩的思辨哲學？如是則它的文藝上是否還帶着浪漫的調子？

所謂十九世紀的開始，乃是由商業社會渡入工業社會的大轉機。已往所遺留的殘餘封建政治，以及笨拙的手工業，至此已完全被那龐大的機器之力所擊壞，這便是社會基礎的根本變動。那末在它的社會上部構造—觀念形態—又有怎樣變動呢？若依照物觀的社會構造的解說來講述，則當社會變革的時候，主要變動乃為生產力衝破生產關係而影響的經濟變動，至於社會的觀念形態之變，則係在經濟改造後陸續發生的變動。但是有一句重要的話要記着，就是除了經濟基礎影響整個的上部構造之外，在各部門之間也有互相的影響。在舊的社會將萎謝的時候，常常在精神現象上發生一種與當時社會衝突的徵兆，其實也就是反抗現行的社會而期待未來的社會而已。所以在社會經濟革命的過程中，同時在該社會的觀念形態上，也發生着劇烈的變動。所以十八世紀末的盧梭思想之鼓吹，以及十九世紀前半的浪漫主義文學的興起，都是含有這種意味。『返於自然』即是解脫束縛的意思，束縛乃是指着當時社會制度而說，他的本意自然不問可知了。至於浪漫主義文學的興起，也只是一種反抗的運動，僅只反抗而已，至於它的目的除了雪萊之流的超遠的瞑想而外，尚未見有明確的指出。此無他，因為它的責任僅只破壞舊的而止；至於新的，無論美與醜，善與惡，都不是它的責任。換言之，則浪漫主義的運動，只能代表革命的資產階級，而不能代表那掌握政權的資產階級。至於眞正的工業社會的文藝，乃在資產階級掌握政權以後，原是當工業社會的經濟基礎穩固的時候纔發生的，那便是盛行於十九世紀後半期的自然主義文藝。

自然主義的文藝是怎樣發生的呢？資產階級既然取得政權，積極的樹立它的經濟基礎，於是乃仗着黃金與黑鐵驅使着科學與機器之力，來支配這社會上的一切。然而這以自由競爭爲中心的資本主義，始而打破了手工業的壁壘，將偏僻村鄉的生產者驅入都市，迫着他們以大量的生產力換取低廉的工價，繼而壟斷市場，促成生產過剩的機運，以致萬人無衣食，萬人無工作。於是都市生活乃益趨黯澹；資本主義的弊端乃益曝露；勞動階級的生活乃益趨窮困。從前所謂的自由平等，現在已成了烏托邦的夢想，勞動者除了饑寒交迫，兩手一身之外，簡直是一無所有。

在這種情狀之下，介於貧與富兩大階級中間的小資產階級，不僅有感社會現狀之不平，而自己的地位也有些動搖起來。它隨着資本主義的發達，經濟與政治的運命漸覺受着威迫，而失去存在的地位。它既不願昧着良心去依附資產階級，又不敢忍受人間之極苦而去參入勞動階級，所以在思想與行動上都是動搖於兩個階級之間的。它既痛感着人生的殘酷，又不能依附於某一階級而合力消滅其他階級，於是它持着溫情的態度來提倡勞資協調，一面鼓吹人道，博愛和正義，一面將悲慘的人生極客觀的描繪出來。其目的即是給資產階級下一警告，要自覺，要明白財富之所自來，要從生產者的手裏少掠取一些財富，要改良勞動者的生活。於是這倒表工業社會的小資產階級意識的文學乃應運而風行了。

這種阻燃主義的文藝是科學的，而且敢逼近現實，對於實生活加以客觀的觀察和分析，然後再將其中的缺點曝露出來；是描寫平凡生活的，因爲現實生活只有平凡，浪漫主義時代憧憬於英雄與樂土的精神已消失了；是爲人生而藝術的，因爲他們已曉得人是要逼視人生的，離開人生則沒有藝術，他們所講的人道主義也就是爲人生而奮鬬的主張。所以說，自然主義的文學，即是悲慘人生的一張素描。

自然主義說來好像極其簡單，然而要詳細研究它的成因以及與當時思想變動的關係，則至複雜；所以爲了對於自然主義本身充分明白起見，先將這與它頗有關係的十九世紀思想的變動略述一下，作爲研究本題之一助。

一、科學世界·信仰破壞·懷疑傾向。

所謂科學世界，不但是指着生產利用了機器，交通利用了蒸氣而言；乃實說在社會精神方面，因了自然科學的發達而生出一種唯物的思想。這種思想成了近代精神的中心，所有宗敎，哲學與文藝都受着它的制裁與兩化。

當浪漫主義時代，正是資產階級抬頭的時候，一切精神都表示着遠大而渺茫的彩色，也就是浪漫的彩色，這種彩色感染於哲學上，則成爲形而上學。這種哲學是沒有科學彩色的，以精神和心靈爲出發，以思辨爲求知的方法，並不注意觀察和經驗一類的事。所以當時的文藝和哲學聯合起來，重自由，重主觀，重思想，這無非證明了浪漫時代是有憧憬的目的和渺茫的對象的一種反抗和熱望的時代，並沒有冷靜觀察的工夫。當時這種思想爲大哲黑格爾所倡導，而解放了封建社會所遺留的一切觀念形態。但是這種無形影可遐依的思辨哲學與由此而生的浪漫思想，因爲不能牢握現實而感到了貧困，便不能不把這世界讓渡於觀察與實驗之說了，於是極盛一時的唯心論乃爲唯物論所替代。

首先以實證哲學來替代思辨哲學的乃事法國哲學家孔德（A. Comte 1798—1857），而助長這種唯物思想而賦與可靠的驗證的，則達爾文（Darwin 1809—1882）的確是立了空前的偉功。

孔德的實證哲學乃是屏斥已往的精神之論，而竭力於物質的研究，作爲近代精神的特點。要將一切定論拋開，以觀察和經驗的方法來研究社會的一切現象，依着實驗的基礎，來証明世界現象的規律。

達爾文最大的供獻，乃在於他的「物種原始」（Origin of Species）一書。他原來是研究生物學的，他在研究歷代生物演化的結果中，得了物競天擇，優勝劣敗的法則。因此證明了物之生乃在於適應環境，並不在於神的意旨，決定物之存在乃在於抵抗環境之能力，幷不在於祈禱。於是生物進化論和唯物論的哲學相合，乃使歐洲的思想界大爲震撼。

這種新的學說撲滅了玄學而佔了優越的地位之後，於是社會上的一切形態沒有不充滿了唯物論（注意：並非辯證法的唯物論）與進化論的彩色的。無論國家，政治，宗敎諸方面，都以進化原理來說明；凡有一切問題，全用唯物論的方法來判定。至此科學遂由它的得勢經過簡短年代而達到了萬能的地步，於是破壞了昔日信仰的偶像。

科學的精神既然成了思想界的中心，宗教的信仰當然要衰歇了。已往的玄學思想是根源於宗敎的，那便是問題到了解無可解的時候，便歸之於神或理性；現在因爲科學的武器已敲破了唯心論的大門，將一切所謂神秘的現象，都用物質及其運動的平凡解說來加以處理。由經驗得來的事物纔正確，思辨之說全係子虛烏有。於是乃涉及傳統而來的神的信仰問題，開始以科學方法來研究神與宗敎的來源，於是有神論之說乃不能不一敗塗地。當時的學者對於社會精神權威的基督教曾加以痛切的批評，諸如基督本質論（非爾巴哈作）一類書籍，都是以科學的方法來分析宗敎的。這樣分析的結果，便曉得聖經中所說的不過是荒誕無藉謊語；所謂上帝不過是由於聰明人的想像而成；所謂宗教不過由於統治者培植而作爲壟斷社會思想的工具；所謂博愛不過是應合社會需要的一種至上的精神。一切信仰的出發既然証明了是由於人爲，則一切神秘之說自然毫無玄妙之可言；與其信仰別的莫如信仰自身。於是信仰衰歇，宗教破產，力求現世生活的快樂，沒有來世幸福的希望，信仰的動搖乃達到了頂點。

向來，社會多半要靠賴信仰來維持它的安寧與快樂；一旦信仰失去了準則，不僅是宗教，即是那形而上的哲學在十九世紀初期還稱得起一代思想的權威，至此也完全失掉它統馭思想界的力量了。思想界既然發生了民主的現象，沒有標準，各種見解各是其是，都沒有統率全局的力量，於是沒有了固定的信仰，懷疑傾向自然應運而生了。舊的思想與信仰既不澈底，便遭受了屏棄，而所希望代之而興的東西，則又沒有，於是整個的思想呈出一種彷徨歧路的狀態，因之而感到苦悶，感到煩燥，終於覺得信仰無定向，生活無意味，無希望，便生出厭倦生活的傾向了。科學的千變萬化既然和日子一樣的增加，眞理也無一定的標準，於是科學的本身，也被懷疑了，思想界乃更混亂。

二、　個人主義的發達

盧梭氏倡導自由平等思想的結果，在政治上自然造成了民主主義的勝利，在生活上則發達了個人主義。說到人類生活的本來，在理想的史前沒有社會的時候也許是由於個人而出發，即是一切行動都是基於自我。但是人類一天天繁殖下去，而組成了社會，所謂社會並不是一片散沙相聚而成的，各個沙粒乃有着很親密的相互的依存關係，就是說有了社會，人便不能脫離社會而獨自存在。於是人的生活無形中分爲兩面，一爲小我——個人，一爲大我——社會人。以共同生活爲原則而組成的社會急劇的發展，其內容亦漸進複雜，所以在人類行爲的一點自不能不有一定的標準，這種標準依社會共同的需要而定，便叫做道德。這種得成行爲標準的道德的起原本是以大衆爲基點的，是善意的；後來因爲社會制度的變更，統治者的專橫，所以社會道德也時常改變，並且其利益的立場是在於統治者方面的。因此當道德腐敗了的時候，也適足爲人類才能發展的障礙。人們只能過那社會人的生活，而不得過那個人的生活，而這種社會人的生活且是腐舊了的。於是人想到自我，並且覺醒起來，近代思想便取着另一種狀態而開始了，乃流行了個人主義。既然覺悟了自我生活的必要，又洞悉了所謂社會行爲標準乃是出於人之智力而造成，自然更加不受其支配，更加以自己的意見爲行爲標準了。

極度的個人主義思想受了科學精神的助力，對於一切都胆敢加以探討批評，於是世界上便失去了至高無上的權威，沒有神，沒有英雄，沒有天才，沒有超人，所注意的只是平凡中的變幻，而失掉封建時代崇高的心情。

因爲人類知識的普遍開啟與經驗論發達的原故，偶像因之破壞，個人主義因之激蕩，當時强烈的代表這種傾向的思想家，也頗不少。

十九世紀初期的德國思想家叔密特(K. Schmidt 1806—1856)就是闡發這種思想最早的人。他曾說，我是一切的源頭，我是創造者；一切東西是爲我而預備的，一切事都是爲我自己而做的。因爲有我的存在，然後纔有社會以及人道道德之類東西的存在。他不服從一切權威，除了自己之外什麽都不承認；所謂社會生活與自由諸觀念都在他的意念之外。

和叔氏同時代的還有一個丹麥的哲學家凱爾可格得 (Kierkegard 1813—1855) 。他在承認自我的絕對權威的一點上。和叔氏相同；但是他却將眞理建築在自我的感情之上。感情是主觀的，經過這感情承認的，便有眞理。所以眞理是主觀的，沒有自我，則眞理便不存在。

這兩個人乃氏個人主義的先驅者，由他們的影響，纔發生尼采 (Nietzsche 1844—1900) 和易卜生 (Ibsen 1828—1906) 的個人主義思想，而成爲個人主義的極盛時代。

尼采是極端尊重本能的一個人，他說，人類的生活方式要依着本能的命令，本能就是行爲的中心。人類的進步乃是靠賴本能的發展，所謂一切道德，明爲有利於社會，其實是壓抑人類的本能。在這理性制裁之下，使人類現着病態，現着懦怯，這實在是社會的自殺政策。他從這種立脚點上來咒罵基督教，認定一切奴隸樣式的生活都是由宗教所造成。

他又依着達爾文的進化之說：而承認優勝劣敗是當然的事情，强者欺壓弱者是應當的，誰叫他願做弱者？惟其有這種壓迫，纔會有進步。道德不應當爲了扶持弱者而抑止强者的雄心，世界是强者的世界，道德也是强者的道德。保護弱者是無意味的，因爲弱者原無生存的權利。以自己的權力的意志做爲行爲標準的人，就是超人。他持着强即善，弱惡的說法，去讚美拿破崙。這種思想雖覺偏激，然而在社會初受科學洗禮以後總要流行着這種思想，即是在中國也是一樣的。

易卜生痛感資產階級社會的缺陷，腐敗，僞善，以及對於生活的壓抑，同時不知道所謂勞動階級，於是他超出這社會，仇視這社會，因而增强了他的個人主義之思想。他排斥一切姑息和妥協，而信任自己的反抗的意志。他曾說，『世界上最有力的人，即是最孤獨的人，』於是他便使用這個人的强力和社會的萬惡旋風相迴旋了。在人間除了發揮自我的意志之力，便沒有其他的義務了。他反對宗教，反對道德，進而反對社會組織和家庭制度；他認爲這都是生活的障礙，都是虛僞，都是卑怯。他雖然失敗了，他却在這裏面意味着他的成功。

三、婦女的覺醒

和男子共同組織這社會的本來還有婦女。婦女佔有着人類的半數，人類的社會假若離開了婦女而求完全發展，簡直是不可能的事情；但人類的社會多半是以男子爲中心的，乃是一種不公平的事情。其實在古代，婦女的地位比較男子是不怎樣低下，所以覺醒了的婦女所要求的不過是恢復既失的權利與地位而已。

攷古代歷史，婦女和男子佔有同等地位，不乏明徵。在埃及，婦女和男子則似有同等的地位；而其相互的關係，亦較親密。在希臘，雖然似乎有將婦女除外的現象；但是對於婦女却未加以輕蔑。希臘的一部分婦女，在技能，知識，美貌，各方面都似乎和男子同流競逐的。在希臘，婦女能比較享樂自由的是斯巴達，所以斯巴達乃產生健全的男子，足見婦女和社會的關係至爲重要。

封建社會形成以後，不僅鞏固了階級制度，也鞏固了男性中心的社會；不僅在君臣主奴之間深劃下一道鴻溝，即是在男女之間也牢築了一道森嚴的壁壘，正如中國德敎之源的三綱，使婦女受了雙層的壓迫一樣。

文藝復興以來，一般人只注意到人權的解放，然而這裏所謂的人，仍是指着男人而說，因爲終究還是保持着男權的社會。十八世紀末葉的自我的覺醒和自我的解放，掀起浪漫主義運動的巨波，仍只限於男子。因爲環境與積習的關係，在體質上和智力上較男子爲弱的婦女，在家庭社會與國家中，仍是不能與男子處於同等的地位。就是那主張自由平等而首倡人權之說的盧梭，在他的愛彌兒一書中還是大講其賢妻良母主義。

因了個人主義的發達，紛碎了固有的道德與風習，而婦女界也因此感到不安起來，因而開始想，道德是什麼東西呢？男子為什麼要反抗舊有的道德呢？婦女的行為還有依照舊有的標準的義務嗎？男子靠賴個人，婦女則要靠賴誰呢？再加上都市工業發達，將昔日膽小如鼠以家庭為社會的婦女驅入了都市，一面瞠目於都市的繁華，一面感到生活的痛苦，所以益發痛感着社會的力量和加於男子之身一樣的也加於婦女之身了。

婦女既然和男子同為社會中的一員，在權利義務上自然要求均等。道德只有一個，男子要脫除一重道德，則婦女也必要脫除二重道德。素來以賢妻良母為目的的教育，是錯誤的：今後婦女不僅要認定她們的義務，也要求他們的權利。於是教育自由，經濟獨立，婦女參政，獨身主義，便應機而生，掀起了婦女問題。

若將當時的婦女問題加以解剖，則不外下列數點的要求：

一、地位均等反對買賣式的婚姻，提倡結婚自由，並且在家庭中的地位要平等，不得讓男子專為所有者，而婦女却為附屬者。

二、教育均等百年以前的歐洲婦女教育，都不完全，不但大學和中學沒有婦女求學的機會，即是那爲婦女而設的學校，也不過是設有種種附屬的課目而已，根本談不到眞正的思想與知識。現在婦女們自覺已身有着和男子受同樣敎育的能力與權利，所以要求和男子受同等的敎育。

三、集會均等就是男女對於擇業問題要有着同等的機會。從前婦女本爲男子的附屬物，只是管理家庭的瑣事。現在不單是婦女爲了和男子求平權而要求機會均等，實則因爲工業社會的力量已及於社會中的任何人，即是女子也逃不脫生活的威嚇；所以她們不能不由家庭中跑出來，親自嘗受那勞動的生活。這並不是幫助男子來維持家庭生活，乃是取養於自身，所以不能不要求機會均等，以解決生活難。

四、權利均等在民主國家統治之下，婦女也和男子一樣的要求她們的參政權以及其他權利。斯坎的納維亞最早便有了婦女議員；英國和美國也相繼通過了婦女參政權的法案。這種要求也曾經過大的運動，和相當的犧牲，終於獲得法律上逐漸承認女權之趨勢。

在這種種運動的新開展之下，被壓迫的婦女們已經開始呼吸自由的空氣了。

這種精神表露於文藝中乃在十九世紀初期。法國女作家喬治散得在她的作品裏已在談着婦女問題，特別是關於戀愛和結婚的問題。她主張婦女須先從這種買賣式的遺習之中解放出來，纔能免除痛苦。其後，蘇得曼（Sudermann 1858—1928）的故鄉，斯特林堡（Strinberg 1849—1912）的父親，都是描寫解放了的婦女的，而鼓吹最力的則爲易卜生。在他的娜拉裏面，不僅是主張婦女自由，而進一步可以把家庭的責任完全拋開，不顧一切禮教的責難，要跑出去做『神聖的義務另外』的事情。她要做什麼，便『都非做不可』；她不是一個妻子，乃『是一個人』，和男人一樣的人。這樣的婦女，對於已往的信條，對於『書上所寫的話』，都『不能滿足』，必要去自己加以考察和分析了。這便代表了當時自覺的婦女的意思；的確，慣受壓迫而突然自覺的婦女們，有了這種表示，是當然的，也是必然的。

四、社會主義思想的發生

個人主義的思想走到盡頭，仍然不能滿足生活的慾求，所以結果也現出了失敗的形勢。本來以自我萬能爲主的個人主義是懷疑一切，否定一切的；除了自我什麼也不能信賴，同時也就是仗着個人的力量來滿足自我的生活。所以覺得社會惡濁了，便到山野裏去尋那清涼的趣味，或者將自己的生活起居調整得很講究，而憑着玄秘的理想去尋求心靈的安樂和夢裏的舒適。但是不安漸漸襲來了，那施之於一切物質的力也一樣的施之於人的生活了。都市發達，機器的勢力擊破了鄉村生活，詩人所吟賞的那綠色的原野已爲煤烟所薰污，清高自喜的人也不能不來注意自己的生活難了。

樹葉按時發生又要按時脫落，這是表明着物質是受了機械法則支配的；在這近代的科學精神中，已發現了人也是依着這種法則的支配而存在的，人生在這社會中是處着被動地位的。所謂意志自由之說，乃是主張人要依了意志而自由去行動：結果意志却要碰着釘子，使這種說頭流爲空想。實際說來，當人類來到社會上一經和生活接觸時，就要和社會發生一種關係，而這種關係即是阻礙意志自由發展的；這是一種法則，人類無論如何崇高，總不能打破這種法則的。人類沒有自由，是要依了這嚴酷法則而生活的。在主張個人威權的個人主義的底面，藏有一種否定人類之力的機械的人生觀。這種『定命』的法則，使歷代社會生活依着軌道而前進而演變；同時也使那意志澎渤而富有統治思想的人類感到大壓迫和大苦悶。苦悶雖然達到了所謂「世紀病」的時代，然而仍是要活着，活着，則不免苦悶。於是曉得了人類的存在乃爲社會的存在所決定，自由意志之說當然不能成立，個人盡其極大之力想要單獨在社會裏謀活的願望也成了泡影。

於是這人生觀便不能不由個人本位漸漸移到社會本位去了。所謂自由平等，雖然是對着多數人而發的議論，其實是大有問題的。十九世紀初期所倡導的自由，還是基於個人；若是個人都求着絕對的自由，則必要發揮英雄思想，於是便沒有平等了。所以在這時所倡導的平等不是成於個人互爭自由，乃是基於個人互讓，互讓則便沒有壓迫與屈服，共同生活乃得調協，社會安寧亦得保全，這正是代表當時小資產階級人道主義的思想，也正是自然主意文學特有的精神。這種精神是挽救那尼采的極端個人主義的碰壁的失敗，而開馬克斯唯物史觀的前路，所以也是很重要的。

和尼采道德觀成為一時相對的兩極端的，乃是托爾斯太（Leo Tolstoy 1828—1910）的人道主義思想。他主張人是為「他」的，所以個人乃是專為扶持他人而生活的，人若都能博愛，便可以維持社會的現狀了，這是出於基督教義的道德觀。為了人，犧牲一切，甚至不顧自己的性命。人們都要捨己為人盡力，不要存敵視的心理。可是這種說法，終於也要流於超人的一途，所以雖說是入世，結果仍是難免超世，這可以說是一種溫情的社會主義思想。

他這種思想在藝術界佔有很大的勢力，就是和「為藝術而藝術」一派相抗的「人生派」。在社會思想上，也開發了烏托邦的共產思想。共產思想乃是說將財富交與萬人，相互以博愛平等的心合作，人類便將達到勞力少而享用備的生活了。然而共有了財產以後，就不能沒有厭惡勞動的人嗎？人既有強弱，野心家就不能再起了嗎？所以還是不能解決社會的糾紛哩。

在這種消極思想不能滿足慾求的氣氛中，有一班社會主義者，便作一番積極的社會革命的鼓吹。這種社會主義自從十八世紀的時候，便已有了它的影子，而給與以科學基礎的則是馬克斯。他立在唯物史觀的立脚點上，鼓吹社會主義。他說，資本家並沒有出賣勞力而佔有大量的財富，過着消遙的日子，但是勞動者出了百倍的勞利，結果不能求得溫飽。所以欲求人類的幸福，必先壓抑這班資本家，毀滅了資本社會制度；不然，則階級的機會不均等：階級的距離太懸殊，因之社會不調和，不平等，妨礙了人類的進步。這種急進派的革命的社會主義在大戰前後異常的流行着，終於造成俄國的十月革命。

在自然主義文學中少有表露這種思想的，因爲這種思想那時還未灌入多數小資產階級的腦子裏，然而在十九世紀思潮中却也很重要。

至於根基於這種唯物論出發的社會主義，派別很多，色調雖各不同，而對於統治者之背叛則是一樣的，如屠格涅夫的父與子中所提及的虛無主義，便是一例。

第二章　自然主義概論

一、何謂自然主義

自然主義(Naturalism)廣義的說來和前部所述的浪漫主義有一樣的普遍運動的意思。由上述的社會變動的原則上出發，依着科學的態度，將人生加以客觀的觀察和試驗，便是自然主義的本色。這種氣氛一時彌漫了當時社會精神現象的全部，在哲學上和倫理學上，都有着自然主義的彩色，所以詳細說來，這「自然」二字，其中含義也頗爲複雜。日本的文藝批評家昇曙夢氏曾將它的含義分做六種解釋，看他講：

『第一，最廣義使用的是把客觀的世界叫做自然。第二，與心的世界即精神世界相對，將物質界叫做自然。第三，與理想相對，將現實叫做自然。第四，與技巧相對，將絲毫不加人工的赤裸裸的事象叫做自然。第五，將事物的天性，即天然的原來性質，叫做自然。第六，與異常相對，將正常叫做自然。』

「自然」的意義，既然這樣的複雜，又因爲使用的不同，所以有種種解釋；但是在大體上說來，其出發點都是一源的，而不是矛盾的。這種思想的發生，無非是基於科學與機械之力，在浪漫主義的反抗大波止息以後，這種力漸加堅定，於是在生活中反映出來。偶像的破壞，就是這種思想的成功，然而它終於也會自殺的，無論哪一種思想都會自殺的，自殺，正所以給後起的思想開導前路。但是無論如何，當時這種思想確是普遍的，不僅在文學上，即是哲學上與論理學上都有着這種思想，就是說，當時的人生觀與道德觀都改變了。

哲學上的自然主義可以說是和唯物論有相同的意義的。第一，主張一切現象都是由物質而產生的，在物質以外，沒有精神存在。第二，則主張宇宙的全體和經驗的全部，毫不依形而上學的原理，只用和研究自然科學同一的方法可以說明的見解；將宇宙現象概爲機械的說明，絕對排斥目的論。總之，凡不是由經驗上得來的知識，則不是知識。

在倫理學上，阻燃主義和可以作如下的解釋：第一，唯物論的倫理說，和理想主義的倫理說相對而叫做自然主義。這乃是將自然主義和唯物論解作同一的意義，無論物質界或精神界，都要依着自然科學的方式來說明的一派主張。快樂主義(Hedonism)和功利主義(Utilitareinism)的主張，也是倫理學上的自然主義之一。第二，將「自然」解做人類的本性，而以適應人類自然的本性爲人生的理想之說，如盧梭的道德論就是。尼采的超人說，講着對本能的忠實，也是自然主義。第三，是想依生物進化的法則，說明一切道德現象的，這叫做進化論的倫理說，也叫做自然論的倫理說。人類的行爲之善惡，是由於自己是否適合於進化論的適者生存的理法而定的。這一派可以斯賓塞來代表的。他說，適應環境即是生活的標準，若不適於環境，則也和其他生物一樣的不但不能繁殖子孫，並且不能保存自己。所謂道德是令人爲社會的適者，優者，而永存的方法的東西。愉快的行爲則合理，不愉快的行爲都不合理法，所以接近快樂說了。

其他如宗敎上的自然主義則依據自然力和自然法則，而規定神秘的要素乃精神界的自然的事實。敎育上的自然主義則是以本能完全發達爲敎育的目的，如盧梭的自由教育便是。

由這種種轉變的結合，而化生了文藝上的自然主義，讓我們在下面細細的論述吧。

二、自然主義第一人—左拉

假若我們承認了盧梭是浪漫主義第一人，則眞正建設了自然主義的便不能不首推左拉了。自然主義雖然不是由左拉所獨創，最早如英國的華茲渥斯即帶有這種傾向，巴爾扎克和弗洛貝爾都深含着這種氣氛；然而巴爾扎克雖是有着顯著的寫實作風，却仍受着舊的社會意識所束縛，在他的作品中看來，其力量仍是着重於表揚資產階級的，因爲他還是生於資產階級觀念形態進於穩固的社會中；弗洛貝爾雖然已進一步給資產階級宣告了死刑，反叛他的環境，增惡他自己的階級，用他那偉大的藝術才能，作着那資產階級的最無恥的眞實而深刻畫圖，却仍未能將科學的批評加將進去，可以說他仍是一個講述者而不是一個批評者，進一步來說，仍是有着憧憬的浪漫的分子，而未能純然將科學加入藝術裏面去。明白的將科學的研究法應用到創作上去，最初的實行者乃是左拉。左拉用科學家研究物質的態度，來研究人生。他倡導實驗的小說，以實驗來觀察解剖人生，而將這結果作爲文學。他用着一面科學的鏡子，照澈資本社會的經濟基礎以及它的複雜機構，所以要研究資本主義社會的經濟，也應當讀一讀左拉的小說。

左拉的自然主義的主張，就是以科學者的態度，來觀察並且解剖人生的事象；把現實的眞姿態，加以如實的說明。這種說法，在現代自然不致引起人們的駭怪，但在當時，在那種浪漫的氛圍之中，確是覺得驚人的。

在他的作品裏，我們不僅看見了資本主義社會的機構，也能看見其中的衝突，這乃是工業社會的都市生活的好證明。產業革命雖然是求着人類幸福的增進，和人們生活的改良；但是在它的暗面，却暴露着企業家野心。分業的結果，生產是增加了，却只能增添企業家財富的慾望與享受，而不足以解決一班勞動者的生活。於是，在這勞逸不均貧富懸殊的狀態中，自然波起了一番不平。這種不平，左拉見到了，眞的，在文學史上我們見到大罷工的描寫，恐怕在左拉作品中是第一次吧。在他雇主和勞動羣衆之間的殘殺紛爭的事件，由於他的指示，乃深深的刻在我們的記憶之中。然而在他的意思，仍不過是同情於勞動階級而警告資產階級，希望在覺悟的狀態之下，得以使資本家讓步而維持社會的安寧，資本家不應當再剝奪了，你們的享受已經不少，良心似乎應當覺悟了。他却似乎不能正確認定，這乃是資本社會制度之下不可避免的罪惡，而希望以人道主義呼求壓迫者的覺醒。惟其如此，纔是自然主義的眞精神。

左拉的自然主義太專重於人生的物質方面，所以看來很極端，這無疑的是受了科學的影響。左拉的實驗小說論的基礎，自然是在於科學所產生的決定論，就是說人類沒有自由意志，只在一定的科學法則之下，像機械般的在活動，這種見解也就是機械的人生觀。

總之，他之所以成爲自然主義開山大師的，乃在他將文藝大勢，引向物質的科學的精神方面，並且能以科學方法來揭發了資本主義制度的秘密。

關於他個人的一生及作品，後來還要專論，這裏不過只論述他倡導自然主義的文運而已。

三、自然主義的批評家——聖鮑和和泰奴

阻燃主義的文藝，如前所述，到了左拉的時代纔奠了它的基礎；但是在此時之前，已有了做爲這種文學運動的倡言人，便是聖鮑和(Sainte-Beuve 1804-1869)與泰奴(Taine 1828-1893)。他們不僅啟發了自然主義的泉源，同時應合當時社會形態的需要也創出了新的批評態度與形式。

聖鮑和是最初把客觀的精神放進批評裏去的人，也可以說是自然主義的提倡者，因爲他已開始

見到了人生。他反對舊有的形式，主張尊重自己的印象和感情。在注重人生全部方面，他說，文藝的意見在他的生活與思想上並不佔有特殊的重要位置，眞正支配他的生活和思想乃是人生的自身與人生的物象。所以他對於作者的個性很重視，以爲判斷作品的好壞，不如說明作者的目的是何所指，怎樣的境遇才能使作者表露了這樣的作品。他注重作者的實際生活，研究作者與作品的關係，這是與前人不同處。他以爲要研究一篇著作，當然要把該作者的生活全部作都拿來研究，特別對於作者的爲人也要加以注意，作者的家庭，親族，以及他的天才消長的時候，全要加以研究，纔能算是澈底。他將這叫做自然主義的批評。

承繼聖鮑和而建樹十九世紀後半期的文藝理論的便是泰奴。做爲十八世紀末和十九世初期的文藝理論乃是觀念論的文藝理論，這是靠了當時形而上學的理論而發生的，到了聖鮑和的時候，在文藝理論上纔有了自然主義的傾向；然而他只知重視生活，却未能淸楚的將文藝納入社會學的範疇之內。藝術的社會學的理論之所以能斷然支配着十九世新後半期者，完全靠賴泰奴的新理論。他因爲提倡「科學的批評」(Scientific Criticism)而成爲文藝批評史中的重要人物，開始將文藝與自然科學打成一片，即此，已足見他的重要了。

泰奴的文藝理論是受了達爾文的進化論與孔德的實證哲學的影響，他以爲研究文藝和創作文藝都逃不脫實驗科學的方法，並且認爲也可以將研究生物學的方法應用在文藝方面。所以他說美學和植物學都是一樣的，植物學的研究法並不限於植物學一種，在人間的作品上也可以適用的。他認爲宇宙之中沒有孤立的人，人既是社會的存在物，所以他的生活與活動都是由機械的法則支配着，文藝乃是人類社會現象的一種表現，乃是因了外部的動因而產生的，至於其所以產生，乃有必然的原因與條件，並非偶然。一國的文藝，自有其國家的背景，個人的文藝，也不是那一個人任意書寫而成，乃是由於那人的環境和遺傳而養育的。因此，泰奴在藝術的領域中，跳出了觀念論，而完成了社會學的美學底新體系——社會學的藝術論。

新體系的建立當然是他不可磨滅的功績，並且是經過自然科學洗禮的十九世紀藝術領域的必然之要求。從此能供人們做藝術起原學的探討的只有理解了社會學的藝術理論纔能辦到，而這種體系至今還算得起社會學的美學上的一大紀念物。

他對於藝術的研究態度是依着時代以及精神與風習而出發的，他以爲要了解一件藝術品，一個藝術家，或一系藝術家，必須注意他的時代以及精神與風習上的一般狀態，異樣的時代，斷乎沒有同樣的藝術品或藝術家的出現。他在藝術哲學 (Philosophie de l'art-1865) 中曾經說過：

『我特式(Gothic)的建築是隨著封建制度的決定而建立，在十一世紀的半文藝復興種發展着的；接着我們看見，在十五世紀的末葉，近代君主政體登基，因而使獨立小貴族的軍事制度以及其風習的總體解體的時候，我特式的建築也消滅了。同樣，當在路易十四治下的規則的，貴族的君主政體，建立了合理的帝國，宮廷生活，美的演劇，優雅的貴族的奴婢的時候，法國的悲劇出現了，而當貴族社會和前廳的習尚被大革命絕滅了的時候，法國的悲劇也消滅了。』——戴望舒譯文。

由此可見他研究歷代藝術的變遷，皆以時代等條件做爲準則。泰奴不是藝術至上主義者，所以他認爲探討歷代藝術並非在於藝術的本身，乃在於研究歷代人類活動的不同方式。

他的學說的最終的綜合，清楚的宣佈在英國文學史緒論裏面，這篇文章可以稱得起泰奴學說的精髓。他以爲和藝術生產至有關係的，乃是所謂三因子，就是種族環境和時代。他所謂種族，乃『是由人類帶到世界上來的那些天生的和遺傳的傾向所構成，而普通恒必附以氣質上和身體組織上的顯著的差別。』這些傾向據他說都是隨着不同的民族而異樣的。自然環境與時代影響於人類的變種是極大的，然而無論經這兩種原動力如何巨大的轉移，種族的影響是不能消滅的，我們仍舊可以認識出來。他舉亞利安（Aryens）種族爲例說：

『且如亞利安人種，由甘季（Ganges）山系散布到海卜里得（Hybrides）山系，被分配在一切氣候裏，與每等程度的文化爲隣，經受過三十個世紀的革命的變化，然而在它的語言上，宗敎上，文化上，哲學上，依然顯出今日所以使它的後裔仍相結合的那種血統上和智力上的聯屬關係來。這些後裔無論如何差別，他們的血統是不曾喪失的；無論野蠻，文化和接枝，無論雰圍與土地的差別，幸運與不幸運的遭際，都屬無效的作用；那個原來形式裏的幾個大特徵依然持續下來……』

由此我們便可見出他的種族論的梗概了。

第二因子是環境。他認爲人並非是單獨生存於世界之上的，有自然界包容他，有其他的人與之發生關係，而物質的和社會的環境，則足以擾亂或完成降服於此環境之下的那個自然的基礎工作。還有氣候也有着大的效果，他在英國文學史緒論中講道：

『對於亞里安諸民族的歷史，從他們的共同的祖國起，到他們的確定的祖國止，我們雖則只能朦朧地考察，然而我們可以斷言，一方面在日耳曼諸種族間，另一方面在希臘和拉丁的諸種族間所表現出來的深深的差別，大部分是從諸種族所處的地域的差別而來的，有的是在寒溫的地方，在荒涼的多沼澤的森林的深處，或在未開化的大洋的岸上，閉塞在憂鬱的或强烈的感覺中，心望着泥醉和粗野的食物，轉向着戰鬥的和肉食的生活；有的正相反，處在最美麗的風景中，在光輝含笑的海邊，被引誘去航海和經商，避免了胃的粗野的欲求，從開始就趨向社會的習慣，趨向政治的組織，趨向那發展發言的技術，游戲的才能，科學，文學和藝術的發明的，情感和能力。』——戴望舒譯文。

他在注重氣候之外，也注重政治的事件，他曾以意大利的兩度文明作證來極力說明此事；他說第一次是與政治的有組織的戰爭有關，第二次文明因爲地方自治政治之固定，上述的野心已消，於是轉移於逸樂和美的崇拜了。除此，社會的狀況也是他極爲重視的。

第三因子是時代。泰奴之所謂時代，意義雖覺糢糊，大體看來，乃是有着模仿和承襲意味，不過在模仿和承襲之中，各有其時代精神而已。我們看他講：

『因爲既有由內的和由外的兩種力，則必已有由這兩種力合同產生的工作，而這種工作本身，就足以助成產生繼起的工作；即除永久的衝動和所與的環境外，尚有後天獲得的速率。當國民性和周圍的情形起作用的時候，是不在無痕的版上，却在已經有着痕跡的版上。這版隨所取來的時間不同，那上面所着的痕跡也不同，而這個，就足使全部的効果都不同了。』

因此，他說，若將考奈爾(Corneille)時代的法國悲劇和弗祿特爾(Voltaire)時代的法國悲劇比較一下，或將伊斯其勒斯(Aeschylus)的和尤里披地斯(Euripides)的希臘悲劇比較一下，則一般的概念都是一樣，其所表現的或描寫的人物之型式也是一樣，詩的形式與劇的構成還是一樣。其所不同的即考奈爾和伊斯其勒斯時代的悲劇作家是先驅者，弗祿特爾和尤里披地斯時代的悲劇作家則是後繼者；前者是不持悲劇手本，直接親看事情的，後者是經着手本，以為中介，去看事情的，因之，前者是樸素的後者則是加以技巧上的洗鍊了。他的意思是相同的東西也要依其時代而有差別，由是而證明了時代的決定性。

總之，泰奴以所謂環境指示空間的條件，所謂時代指示時間的條件，這兩種力永遠支配着人生，也支配了歷代的藝術；然而他仍是忘不掉種族的遺傳。這便是泰奴學說的大概。

泰奴在藝術的社會學的理倫上有着嶄新的進步和浩大的功績，他是最先認識藝術為社會的表現的人物。從前觀念論者以為藝術乃是觀念的表現，現在却證明是社會的表現了，人們從此已放棄了超生活的和空虛的公式，將藝術由玄想帶入實際，放棄了已往的哲學方法，而採用心理學和社會學。於是玄學終被放逐，而科學告了它某一階段的成功了。

但是泰氏理論的偉大與功績是盡人皆知的，可是他的理論也有着許多的缺點，且是極重大的缺點。他的學說大半都是錯誤，他那科學的外貌常是無根基的，含混的，虛偽的，所以任是外表文飾的如何光耀，如何堅實，其內容則是極度的空虛，這乃表現他的社會學的理論是片面的，是牽强的，因爲他還不曉得以物觀的史的眼光作爲基礎。所以科學（自然的）萬能失敗的時候，也正是泰奴的社會學的理論崩潰的時候。

他的言語曲解與含混之處很多，有時他自己也許覺到，所以他不斷地用着譬語，去掩避那本質的說明。他有時將社會觀念形態諸色相看得太簡單，太平面，太無錯綜了。關於他將人類精神文明的種種分化比之於由共同的分水嶺流下的各支流所分的地域，在這一點平林初之輔曾批評說，他以文明的核心上有共同的要素，顯現而成了宗教，哲學，藝術，國家，產業；而這共同的要素與特殊的要素相結合便在這些上呈現了種種的變異。但是第一他將各種精神現象比之於一個國土的地理的區分，已經顯示着他那平面的羅列主義。人類文明的分化，不能以平面而羅列的方法去理解它，乃是要另尋其他的系統的方法的。

關於他那三因子的說法，雖然成爲一時的權威，但是因爲證據的不確鑿的原故，漸被人認爲僞語了。他那三因子中的第一是種族，到現在已完全失掉了根據，因爲有許多人都反對種族之說了。費諾（Jean Finot）在他的種族之偏見中說：『種族這個用語只在一切現實以外的，我們的精神的體操底，和我們的智能的作用底產物。諸種族是像我們頭腦中的空想一樣地存在着；它們存在於我們的內部，却絕對不存在於我們的外部。』

唯物史觀文學論的著者伊科維次(Marc Ickowicz)引用民族變遷的實例來証明種族是沒有純粹的，因之否認種族可以脫離環境之外而單論的。他說：『今日的法國人是塞爾特人(Celtes)羅馬人(Romans)日耳曼人(Germans)巴斯克人(Basques)的產物，其他的侵入，如十三世紀英國人的侵入，那至今還繼續着的西班牙人，意大利人，德意志人的慢慢的潛入，都還不算。絕對沒有種族只有在地方的社會環境中由慢慢的演進所造成的種族的混合。一切這些民族都完全地在法國的土地上同化了，他們可以說是被地方的社會的環境所塑鑄過了。』所以先天的或遺傳的性格完全爲生活的態度與生產和飲食的方法所消滅，於是所謂遺傳之說也被大大的否認了。因之考奈爾和弗洛貝爾都是諾爾曼人，莎氏比亞也雪萊都是生於英國的天空之下，我們可以看出種族的份子來嗎？至於泰氏的種族精神，是說拉丁精神是以接續的和連繫的部分來觀察和表現他的幻覺的，日耳曼精神是一眼看事物全體，而用一種凝結的，單一的表現來把它表現出來的。關於此點，伊科維次說：『……所以，莎氏比亞應該在他的戲曲中奔躍地，用一種凝結方式來表現，而拉辛應該漸進地，以接續的部分來表現。……可是事實却絕對不然。文學創造的手段，在一切民族的諸作家，差不多都是同樣的。莎氏比亞和狄更斯都不是像泰奴所望地將他們的人們整個地創出來，却是以同拉辛和考奔爾一樣的方式來創造的……因此，我們看出拉丁精神和日耳曼精神，雖則有着科學的外表，却總崩潰了。』

至於第二因子環境是包括政治的和社會的諸條件；還有氣候。論到政治的和社會的諸條件，他所知的只是社會現象的局部狀態，他不曉得生產力和生產關係以及經濟的支配力量，只看見了部分的諸現象，而不明白諸現象的根源就是社會的基礎。至於氣候，在未開化民族中確是有着效果；然而在文明的社會裏，似乎已被物質之力所克服了。伊科維次也說，『人類的進步是在於人對於自然的漸漸大起來的支配，在於物理的和宇宙的統治。氣候已不能箝制住我們了。』一樣的氣候之下，並沒有產生同樣文學的事實，伊氏說，伊大利沃特人（Italiotes）和雅典人處着同樣的氣候之下，却沒有雅典一樣的藝術之發生，已足證明氣候和藝術是沒有多大關係的。

關於第三因子時代，泰奴並未解釋清楚，而祇以譬譽含混過去，未能給與吾人以明瞭的概念，這要歸因於他的學說沒有牢實的基礎。他所謂時代，就是如前所引證的那「獲得的速率」，據他的解釋說，藝術永是表現同樣的人類典型的，其所不同之處，祇是在於先驅者與後繼者，直接觀看事情與以手本爲中介的區區之不同而已。如此說來，則時代之差異影響於文藝者祇在於獨創與模仿而已。若說因模仿而另創了一個時代自是笑話，反之，在藝術中也不能毫無模仿的成分。然而這裏所謂模仿，不過是因爲藝術有着共通性和共感性，作者也就是讀者，所以後進的作者和先進的作者不能沒有意識的類似與生活的相像，也許因了先者的感動而使後者起了共鳴；這模仿並非剽竊，如泰奴所解釋的時代繼承則純乎難免剽竊的嫌疑了。所以，在藝術中，即使說到模仿，也不過是其中極不重要的一種因子，絕對不能算做藝術創造的根本主因。

縱之，泰奴因爲沒有進一步的社會學的認識，尙未悟到唯物史觀的新理論，所以他只告訴我們藝術爲社會環境所決定，然而社會環境是從哪裏來的，在他仍然是一個疑問。他不知道經濟條件造出來社會環境，同時也間接的決定了藝術，所以他方纔從玄學裏拔出脚來，馬上又跌入玄學裏去了。

但是他的學說在自然科學將臻昌盛的時候確是成爲一代權威的也是事實。當時所謂科學者，仍是穿着玄學的褲子，因爲社會形態的發展乃是漸變的。當時雖然有了孔德的實證哲學和達爾文的生物進化說，這也不過對於謎也似的世界開始懷疑，開始觀察而已；至於能牢固的把握住社會演化的線索尙非其時。所以泰奴所發的議論，說得過於逼眞，反到不能逼眞，說來似乎簡單，難免將錯誤之處略去，也許是他沒有方法不給略去，因爲他還不曉得比較再新一點的看法。然而對於後來觀察環境與探索人生，則泰奴的供獻，不爲不大，所以深深的影響了左拉，得以側重人生，曝露了資本主義社會的缺點，而完成了自然主義的理論與技巧。

四、自然主義與浪漫主義

自然主義可以看做浪漫主義的反動，也可以看做浪漫主義的繼承。時代的遞變，在新的時代中常是潛伏着前一時代的份子，在文藝上也是一樣。從前有人說過，現在乃是過去之續且開闢未來途徑的東西；換句話說，就是將那適應於現代的過去所遺留的份子，加上現代的新需要而成了現代的新東西，同時又指示了未來的變化。依着這種道理來論文藝，也是一樣。所以浪漫主義與自然主義雖然取着相反的途徑與態度，却也不無共通之點。

論到自然主義與浪漫主義在原則上的共通之點，可以分做幾方面來說：

第一、浪漫主義是反抗封建社會而起的一種運動，所以否認封建社會藝術形態的古典主義而倡導形式之打破，因而注重內容，如前編所講的三一律之打破，以及詩律的破格，皆可引爲明證。自然主義因趨重於描寫人間醜惡與社會的缺陷，當然也要看內容較形勢爲重。雖然兩種內容的性質大有不同，而在共通的原則上說，總算都是着重內容的。

其次，浪漫主義的要素是自然的，這乃是因爲當時的人類的才情被古典主義的智巧所淹沒，所以覺醒了的新人物乃發出了渴慕自然的呼求；盧梭的「返於自然」的口號，就是打破一切束縛人生的古舊的社會形態的意思。這「自然」後來也成爲自然主義的根柢。捨却智巧，忘却文明，返於自然，這是浪漫主義的原理；捨却舊有的玄想，重建新文明，以科學的方法處理自然，這是自然主義的要義。所以在大體上，屏棄人工的虛僞，親炙如實的自然，二者原是有着共同的標的，所不同的不過是一爲歌咏自然的情緒，一爲描寫自然的現實而已。

第三、這兩種主義都是走着平民化的途徑的。浪漫主義的勃興乃代表了封建社會的平民革命，那時的人或學者尙想不到階級鬥爭的問題，然而他們却在執行着階級鬥爭。浪漫主義蔑視威權，要求自由，推翻足爲新社會障礙的統治階級，倡導平等，所以造成法國大革命，在文藝上，也便顯出一種打破型格的自由的氣勢。至於自然主義也是一種普遍的運動，而其文藝專在描寫社會生活，所以也是注重平民化，而揭發統治階級的黑幕。因之，這兩種主義在這三原則上實有共通之點。

依上所云，自然主義與浪漫主義在大體上確是有其共同之點；但其根本的不同，却要較的其相同之點更爲重要。其截然相異之處，乃由於二者根本出發點之不同，即是相對的分受玄學與科學的影響，而有理想的與現實的之差別，至於主觀縱情與客觀重知，皆係由此而發。浪漫文學因爲突然革了古典文學的命，只知求自由，於是排除理智，崇尙個性，逞意空想，以求個人的絕對自由，一切人世的羈絆，一面在惡濁的社會之上建樹了理想的殿堂；所以無事不好奇，無處不愛美，於是一面排脫乃遠離了現實，致力於理想的生活。但是在資產階級革命完成之後，社會生產愈見進步，而生活愈見惡濁，革命的結果不過是使新興階級的少數人握了統治的大權，勞苦的羣衆生活則益困苦。這時游離於兩大階級中間，高唱理想之歌的小資產階級，漸醒其理想之迷夢。科學與機器的力擊碎了理想的殿堂，都市的煤烟染污了夢境的彩虹，象牙塔塌倒於穢水之中如潔白的雪片墜於汚泥，飢寒的啼號之聲驚走了美麗的蝴蝶。於是，小資產者在這時醒來，目覩在街頭叫喊的飢餓之羣，乃慨歎社會之不平，依然存在，理想的夢之國與實生活相距太遠。他們開始覺得人類之不平，人性的醜惡，乃不能不犧牲其憧憬之美夢，來本着人道良心對於社會做深刻的描寫了。要描寫社會的實生活，而採用了客觀實驗的方法，於是那科學的勢力便逐漸侵入文藝裏面來了。因之，此時的文藝創作態度，一反昔日的天才理想之說，不能不從事觀察與實驗了。這便是兩種主義的根本差異。關於兩種主義的質的不同，前人已有許多論述，現在揀採日本廚川白村與昇曙夢二氏所歸納的見解，詳述於下，以供讀者參考：

一、由空想到現實。浪漫主義時代，人們常憧憬於美幻的崇高之理想，忘懷實生活的慘苦。在夢中，有希望之翼插在他們的臂上，飛，不知道能飛到哪一個美麗的國。科學發達的結果，產生了自然主義的精神，將人們的迷夢喚醒；醒覺後，乃曉得生活是依靠現實而非理想，所謂美乃是腦中的幻影，實生活才算得眞，描寫現實才算是忠於生活。

二、由熱情到理智。浪漫主義重理想當然是主情的，是情熱的，即是浪漫主義的大師盧梭的學說，也建築在情字上，所以澎湃的熱情正是浪漫主義的特色。受了科學精神所影響而起的自然主義，因爲感覺情之荒渺，所以要重理智。這理智却與古典主義的理智不同，因爲古典主義時代是以合法爲智理，仍然不是科學的，乃是由玄學武斷了的理智；至於自然主義的理智，乃是客觀的，科學的，憑藉知覺和感覺實地研究求物相的理智，所以同是理智，而有本質上的差異。

三、由主觀到客觀。浪漫主義是要歌咏情熱的，所以它所注重的是情，至於事實全憑歌者腦裏的任意虛構，全憑自己藉着美的徑路去幻想，我們如果打開浪漫派的作品一看，便曉得所歌咏的都是神奇怪誕而不切實際之事，這便是主觀本位的證明，而作者的個性正顯耀在主觀之內。自然主義的藝術是側重人生的，所以要觀察，屏棄那幻覺中的美而追求現實裏的眞，所以無論作者是怎樣說法，都是客觀爲本位的，而作者的個性則潛於客觀的背後。

四、由精神到物質。浪漫主義是建築在觀念論之上的，其觀察一切現象專以精神爲本，不相信機械的決定論，前所云主觀之理，也便與此相通。自然主義是建築在科學與社會學上面的，所靠賴的只是現實，而對於現實的觀察，則從物質的和機械的方面着手，所謂現實，乃指物質生活而言，自不必說。

五、由技巧到無技巧。浪漫主義派既然着重於主觀的理想，則他們所尋求的只是美，至於是否虛幻則不過問；「人生美化」是他們所希求的，所以要離開汚濁的眞人生而去創造一種美麗假的人生。他們既然注重隨意創造，而且要美的創造，勢非需要玲瓏美妙的技巧不可，他們雖然反對古典主義的呆板技巧，却來造成一種虛飾美麗的新技巧，其作品常使人波動快感，這種技巧也不無相當的力量。自然主義要在物質生活中去求眞，故要以客觀爲本位，因之其實地觀察的態度也要虛心，不是隨意的獨創，處處都以現實爲準則，所以縱有技巧也不能暢所欲爲了。因爲稍一不愼，便有違犯忠於自然的條件，自然是美的，則是美的，自然若是醜的，則作者也無法給加添上幻想之美翼。所以昇曙夢說，前者是創造，後者則是發現。

六、由爲藝術的藝術到爲人生的藝術。浪漫主義的藝術因爲着重主觀理想的緣故，認實生活爲惡濁不堪的東西，所以去另造藝術的天地，超於人世而上之。藝術的存在乃爲藝術本身而存在，是絲毫不可侵犯的，藝術家的努力乃是在求藝術本身的完美，與人生是漠不相關的，這便是爲藝術的藝術，這便是藝術至上主義。以現代的眼光看來，這種主義完全是騙人的口號，乃是遁世主義者的擋箭牌，然而在當時確是很有權威的說法。及至自然主義發生，科學擊破了藝術的空想，藝術家離開夢境而返於現實，這現實乃是醜惡的現實，其中充滿了汚濁的悲哀；於是藝術家乃有一種新覺悟，就是深深感到生活之苦，乃開始踏進人生，觀察人生，描寫人生，批評人生，這便是爲人生的藝術。實則，誰還不曉得人生苦？誰還不痛感人生的惡濁？然而，在這物質文明昌盛，生存競爭正在急劇的時候，所謂人生就是這樣，又有什麼方法來躲避！所以你一動，苦悶便在追隨，即使想着超避人生，也是不可能的事，於是藝術便開始與人生結了更爲密切的關係，藝術家便不能不爲人生而努力創造藝術了。

七、由韻文到散文。浪漫主義的藝術，以理想爲主，以情熱爲中心，所以長於歌咏；既是長於歌咏，當然是韻文發達。假若我們將浪漫派的名著檢查一下，多半都是詩，即不是詩，也要偏重於韻文，即是明例。但是到了自然主義時代，因爲注重描寫現實，所以韻文的工具已不足供寫實之用，於是散文乃見流行。這種傾向在當代文藝上甚爲顯著，也就是晚近小說發達的一個原因。這種變動，在藝術發達史上，也能得着同樣的證明。

八、由非常到平凡。浪漫主義的藝術常是表現着崇高，偉大，和熱烈，一個很平凡的人物和事件，一經表現則有多量令人駭怪的份子在內。假若你看過拜倫的曼弗萊特，或嘅提的浮士德，你便領略了那驚心駭目的非常事變與人物，他們所以取材於中世紀而不取材於當時的原因，也許就是這個原故；當時的人也就是當時的人吧，誰還不知道呢？如果將平凡故意揑造得非凡，有誰肯信呢？而且他們的理想又常是超出現實之外的。即如英雄美人的故事，也都是取材於古代傳說的，這種故事在日常生活中很難遇到，自然不如玄想某年某月爲方便，而且講英雄美人的愛情時，常常揷入一段驚險奮勇的事情或美妙的佳話，若是一筆一筆的去寫實，何日才能得成一篇呢？這種浪漫的彩色至今還留於電影中，無論如何，總是與實生活相去太遠。自然主義時代便不行了，因爲常常受縛於實生活，不能隨意寫去。實生活就是大家現在所經驗的，是普通的，平凡的；這事誰都能了解，因此寫來似是容易，其實是難的。將萬人所不能見的日常生活的隱秘處表現出來，比較那虛擬一段故事而說得活現，是哪一件難呢？

並且，在封建社會中，英雄只少是有的，因爲英雄在封建社會裏是時髦的東西，那時本是以武力統治爲尊的社會，所以用那種誇大的方法還可牽强；但是來到科學發達的社會，英雄崇拜的觀念已消滅無存，一切都是一樣，一切都是平凡，一個人的勢力大小並不在於體力之强弱，許多的武夫勇士也許要仰賴一個瘦弱的人而生活，因爲這時已是運用腦力或金錢，而不是仗着刀劍的時候了，所以想描寫時代生活的真象，勢非平凡的不可了。當代的人能够用科學之力打破已往的神秘，而異常只是在神秘中包繞的東西，所以它的魔力也破產了。拿破侖是英雄，但他並不像赫克脫（Hector）一樣，不過是一個平凡的人能了，托爾斯太的戰爭與和平中所描寫的，便是好例。所以，浪漫主義的藝術是將平凡的東西加以非凡化，而自然主義的藝術則並將非凡的東西也給平凡化了。

五、自然主義與寫實主義

論到自然主義的時候，萬不能不提及的便是所謂寫實主義（Realism）。寫實主義在性質上說雖然和狹義的自然主義不無相異之點；然而，在概念上，在同其一源上，在同是受了實證論與進化論的影響上，在暴露社會生活的暗面上，則大致無顯然分別。文藝史家雖然有的將寫實主義與自然主義分開來論，然而對於二者給與判然的分別，則還未曾見過：並且著者以爲二者實無分論之必要，只用自然主義這廣義的字眼便可包括了，所以在這裏，承認了它們的共同點，而將特性上的不同指將出來。

寫實主義也可以稱爲初期的自然主義，作爲自然主義的引線，具有着自然主義的外形，而無自然主義之深刻與實在，即是實驗科學這時還未在生活中扎下深固的根基，所以外面雖是直白的寫實，却少有作者的個性，與科學的批評份子。

寫實主義的第一義即是重視事實，而其態度又是極端冷靜與明確之能事，其力主避免主觀的偏見更是使人注意的一點。法葛（Emile Fague）說：『寫實主義乃是以明確與冷靜的態度去觀察人間的事件，然後再以明確與冷靜的態度將它描寫出來的藝術主張。這並不是說將現實的全相毫無選擇的塞入作品之中，因爲這是不可能的。寫實的藝術是毫無熱情地，除了真理毫無偏愛的，從千萬事實中選出最有意味的事實，再將這些整理起來，使他們在我們心裏生出和現象的事象同樣或較强的印象。』這斷話雖然是爲巴爾扎克論而寫，也還能適用於弗洛貝爾時代的寫實主義。

至於那進步而來的所謂自然主義，則不僅是注重事實而已，乃是立脚在自然科學的械機之上而觀察，解剖，分析，批評人生。所謂寫實主義乃僅是人的曝露，到了自然主義則於曝露之中還有科學的批評。『就是一切題材，不外是當作人間的機械觀上的科學的材料，而用科學的方法來評價分析而已。』——麥克唐爾的話是頗可尋味的。

在作品上奉行自然主義的當首推左拉。他那著名的洛公麥加爾特叢書，已將他那自然主義理論給實際化了。他在序言上說，『由個人集合而成的家族與社會的關係，在未曾明白以前，我們先要假定舊家族遺下了十幾個新的子弟而死滅，這十幾個男女的子孫，我們更假定各自因爲舊家族傳襲下來的遺傳，和不幸的境遇，而產出了許多悲劇。在這種時候，我們非將遺傳和境遇這兩者分開來研究不可，更非細密地研究從其中之一而產生其他的原因不可。』看了這種議論，則他那科學的研究態度已顯然可見了。

左拉將社會的生活現象認爲是病患者，而小說家則是醫生，所以小說家應當用那實驗科學方法，和醫生以科學方法研究病源一樣地去發現社會的病源而施以救治。他在實驗小說論裏明明的講，『爲着要使我所要講的意思格外明瞭，而得到科學的眞理，或者用「醫生」這名詞來代替「小說家」

較爲適當。』他特別注意遺傳與境域，藉此以探索病源。他以爲人生一切，無論怎樣瑣碎的事情，既然出現，則必有它出現的自然經路，所以其遺傳和境域，和事實大有關係，因爲這乃是診查的線索。在這點上，與泰奴的學說便相合了。

依各家的意見看來，則嚴格的分析寫實主義與自然主義有下列兩種不同：

一、直白的如實描寫和科學的描寫。寫實主義的藝術是如實際地觀察人生，極力尊重事實，然後公正無私而毫不誇張的來加以描寫。如此，則作者在作品之中，並不特別地主張自己的性格和傾向，而甘爲藝術服務。不表現作家自身，而專專刻畫自然的現實，所以批評家布朗尼諦爾把這叫做「非個人」與「無個性」。這樣則雖是寫實，却有着爲藝術而藝術的嫌疑。我們且看弗洛見爾的話吧，他說，『藝術是一種表現，我們必須要在此表現上專心。』又說，『藝術和它的作家中間，毫不可有共通的東西。』這樣說來，則藝術家的任務只是對於客觀現象忠實的描寫，而極力避免流露自己的人格的意思。換言之，即是藝術生產品毫無藝術家的人格存於其中，此時，纔算到了爐火純清的時候，纔算藝術的勝利。這種理論在當時雖然佔有很大的勢力，却也不過是一種傾向而已，若說在寫實作品中真是私毫尋不到作者的個性與偏見，則斷無此事，此乃不說而自明的事，所以說這種理論不過是代表有着這種傾向而已。

至於自然主義的藝術則注重科學的描寫，這究竟算是進一步。它首先認爲藝術與科學有着密結的關係，那意思是，不僅是直白觀察了，描寫了就算了事的，而是要用科學的方法去做研究與追求的工夫，去探索事件的因果，這便合可因果律。泰奴說，『要曉得永久而普遍的各種因果律，有兩種途徑。其一是科學，以此，可以決定因果律的根本法則，而用明確的形式及抽象的講話來表現。』左拉也是本此原理而實行創作的。因此自然主義是深入一步的，並且以除了用科學證明的之外都是虛僞，做爲原則。

二、利害關係的重輕問題。依寫實主義的理論來說，既是直白的寫實，又不願加入作者自身的意見，於是除了對於藝術自身之外，則毫無興趣。弗洛貝爾說，『人生虛無，藝術總是一切。』於是藝術的目的爲藝術自身，而有了藝術至上主義的傾向。弗洛貝爾會明白的說，讀者要自己去在作品中感知道德，作家創作時則並不意識着道德，也顯然是說明作家在着筆的時候，並不以社會利害爲念的。

自然主義的態度則不如是，左拉說，『我們要探求社會諸惡的原因，我們爲着闡明社會及人間的迷路，所以要解剖階級與個人。』所以他們要採取病的題材，要深入人間悲慘與罪惡之叢。這一派認爲藝術是有着使命的，這使命即是探求社會的病源，而加以療治的，所以左拉說他是醫生。自然主義的根柢是一種改造社會的理想主義，也就是小資產階級的人道主義，它不僅告訴人以社會的事實，而且指示了善惡的途徑，這確是在人生中能够深入一步的了。

二者雖有如此的區分，而在曝露社會醜惡的一點上却有着相當的功績，不過一種是消　的，一種是積極的而已。

假若我們認爲這是當然而仍欲追究其所以然呢，依著者的意見，則以爲這背後尚有階級背景作祟。在曝露社會醜惡的意義上，二者雖有着共通之點，然而自然主義者較之寫實主義者則勇敢得多了，實際得多了。寫實主義者多半是「資產階級家族」中的逆子，他痛感着家族之非，盡量宣揚它的醜惡；然而他終是這家族中的一員，而且取給於這家族，以維其飽暖的生活，假若他取着積極態度而退出這家族時，則他的本身生活即將動搖。所以他常常描寫這家族的醜惡，而不敢加以明確的指示與教導，以是儘着讓人家去領悟，讓人家去意識，自己不得不想着跳出利害關係之外，而終不可能，這便是他們的苦悶。至於自然主義，乃是代表小資產階級的。小資產階級乃是資本主義社會裏的游離分子，。雖然也有時羨慕那資產階級的生活，也許有時便去享受一下，然而不久便被人逐將出來，彷徨而無所寄托，革命思想多半是由這刺激中生出來的。它所以能依科學方法悍然不顧一切的對於資產階級生活的醜惡以及其不良影響加以解剖，這乃半出於道義之念，半出於憤慨之心。若明白了這種道理，則寫實主義作家何仍多半尚含有着浪漫主義的彩色，何以尚有逃避積極於人生一類事情的傾向，以及自然主義作家何以積極的去而向着人生，這種種事實的源頭，想讀者不難索解了。

第三章　法國的自然主義代表作家

文藝上的自然主義起原在法國，昌大也在法國，所以有些人論到自然主義作家的時候，也常以法國作家爲代表。弗洛貝爾，左拉，龔古爾兄弟，莫泊桑之流，乃是自然主義文藝的寵兒，這當然不能否認；但是在北歐，受着同樣的自然主義之氣氛而產生的大家，也是研究自然主義的人們所不能忽視的。所以以下三章所論不僅是法國自然主義代表作家，而將那闡明十九世紀的婦女問題與社會主義的易卜生，以及俄國的自然主義三大作家，依次加以研討，也就是這種意思。

第一節、「資產階級的叛子」——弗洛貝爾(Gustave Flaubert 1821-1880)

論到弗洛貝爾的文藝立場，前人的說法也不甚一致。有人把他論做巴爾扎克系的寫實家，這無非是因爲他倆有着一樣的寫實的意味的。也有人說他是浪漫主義與自然主義中間的作家，而且以浪漫主義的特色來修正自然主義的；批評家蘭生說，『弗洛貝爾的地位，在浪漫主義與自然主義之間。他從浪漫主義生產，而立脚於自然主義之上，更以浪漫主義的特色，修正自然主義，所以他的藝術，是兩派性質的完全混合。』這兩種說法仍免不掉要算做皮相而歪曲的議論。巴爾扎克的人間喜劇和弗洛貝爾的感情教育(L' Education Sentimentale)雖然都是含有寫實意味的作品，然而在立場上則大不相同。巴爾扎克和弗洛貝爾雖然都是資產階級的兒子，但是前者是肖子，後者則是逆子；巴爾扎克的寫實是對於資產階級的贊美，弗洛貝爾則是對於資產階級社會大加咒詛。所以這兩個作家是根本沒有被納入一系之可能的。其次在弗洛貝爾有多分浪漫主義之要素一點，這種解釋也雖免有歪曲之弊。以他那客觀的態度，冷淨的心情，直白公正的描寫上看來，實在是和浪漫主義的原素大相逕庭；至於說他對於于果表示尊敬，這也不能說他是秉有浪漫派的特質的。『以嚴肅的客觀態度，把面前的事實恰如其分的描寫在他的作品中。以明鏡止水也似的心，以臨一切事物。竭力以緻密的觀察，以正確適切的文章來表現。』這決不是浪漫主義者的態度。在美醜的一點上他也是和浪漫主義相背謬的，弗洛貝爾自己說，『醜，和其他事象同樣地描寫它的原因，在於大。醜，在其特色的一點上，實有該在別的事象以上地描寫它的理由的。』這種講話絕不相似一個有浪漫彩色的人。

老實的說，他是屬於那反對自己的社會環境之平淡卑劣與凡庸的藝術家之群的，他對於自己寄身於其中的資產階級和它的惡德，抱着兇暴而無慈心的憎惡心理，一個人對於他自己的階級的憎惡再沒有比他更深更强的了。他說，『我稱資產階級爲一切卑劣地思想着的生物。』可見他的意志與感情全受着這種恨憎所支配了。他描寫資產階級的生活，使他也發生了厭惡的心理，雖然以公平和無偏見來做標榜的他，也不能避免；他說，『近代資產階級的描寫使我感到惡臭。』他厭惡當時資產階級與中產階級的虛文與弱點，它們那平凡，愚劣，與無能，在波華利夫人一書中，這種寫照已躍然紙上了。所以他的小說出版以後，常常受着社會的攻擊與非難，說他是誨淫或侮蔑人生。這是當然的事情，一個家族裏面的逆子，大胆的將他的族人們的秘不告人的醜事宣佈出來，還要求族人來贊揚他嗎。

於是他陷於孤獨之境了。在這孤寂苦悶的時候，他還不能毅然脫離他的階級，因爲親自去接近民衆的事情，他是不肯幹的，他是以爲淺薄的。他總算是一個資產階級中人，他還相信社會是有優秀與凡庸的，他不相信依了社會主義的方法，將階級廢除，享受那淺薄的物質的幸福，坐看天才的消滅。

從這動搖不定的心情上出發，他不能不走入藝術之宮了，所以他主張說，當社會共同生活破壞的時候，當社會被强盜搶取的時候，就應該各掃門前雪。這無非是社會利害和他的生活思想衝激結果的憤語，既不能忍受自己階級的惡濁，又不能毅然走入下層社會，所以只好以淸高來自保了。因此他對於一切社會運動全不管，任那帝制去進行，任那社會革命的掀動，他只是自己退身到象牙塔裏去，看那星兒的光耀！

然而他畢竟有着良善的心，這良善的心可以透過階級的障霧而刺動他的苦悶之情。因此他的身子縱是避到雲端去，而他的心却爲社會生活現象所煩惱；他不斷地感覺他的高隱之不當，他失望的說：『象牙塔，象牙塔！仰頭對星空！這豈不是我很容易說的一句話嗎？我一提起這問題，人家就會回答說，「呵，你有你小小的收入，你是用不着什麼的」。這話我明白，所以我尊敬那些受苦的人和被損害的人，價值和我一樣與較我還高的人，有時我想到好人要受苦，我便憤激。』你看他的思想與感情是怎樣受着他的實生活的牽扯呵！他一心想要打破與社會隔離的鴻溝，要走入人群，然而資產階級的影子永是罩着他，所以他不能不憤憤的依戀於他的孤寂了。

至於在他的技術方面，且聽他怎樣教導他的弟子莫泊桑吧，他說：『當描寫一團燃燒着的火，或是一株樹，我們非去直接地仔細地檢察那火和那樹，藉以發見這和別的火，別的樹完全不同的地方不可。』又說：『世間沒有完全一樣的兩顆沙粒，兩頭蠅，兩隻手，兩個鼻子。』世間個別的東西有着異樣的色相，相同的東西也有着異樣的色相，這是弗洛貝爾所特別注意的事情。因此他在用筆上也主張，『不論我們要講的是什麼東西，要表現他，只有唯一的名詞，要給它以運動，只有唯一的動詞，要給它定性質，只有唯一的形容詞。我們應該苦心搜索，非發現這個唯一的名詞動詞與形容詞不可。僅僅發現了這些名詞動詞與形容詞的相似之詞，千萬不要認爲滿足。更不可因爲搜索字眼的困難，便用隨便的詞搪塞了事。』這是載在批評史上的「一語說」(Single Word Theory)，頗爲有名。於此，足以出前期自然主義對於描寫刻畫逼眞的事工是何等的注重了。所以批評家蘭生說，在弗洛貝爾看來，『小說已經是非，「客觀的」，「非個性的」，「無感覺的」不可了；已不是個人的告白和好奇的游戲；而應該是人間的靈魂的鏡子，和生活的畫面。』

弗洛貝爾一生的作品雖不算多，却都是有力的名作，並且在他的小說中常常能見到他的自身。最著名的要算是那世界的傑作，小說的典型波華利夫人（Madame Bovary），和那以加爾賽奇叛亂爲背景的撒蘭波（Salammbo）；還有那描寫第二共和政治時代的法國全部社會生活的感情教育，諷刺小有產者的鮑沃爾與倍句雪（Bowvard et Pecuchet），都是很有名的。此外還有聖安東尼的誘惑（La Tentation de st. Antoine），眞心（Un Cœur Simple），聖裘利安的傳說（Le Legende de st. Julien L'Hospitalier）海洛達斯（Herodias）等。現在我們且將波華利夫人的大意論述一下，以窺一班。

波華利夫人一書在歐洲已成爲自然主義小說的典型，因此人們稱弗洛貝爾爲散文的大師。他的文筆不僅是描寫得周到，文章的節律都經過長時間的推敲，句讀的加點也經過相當的考慮，且讓我們來看它的內容吧：

鄉村富農的女兒艾瑪，因爲受過了一種在她身份以上的教育，便懷抱着結婚幸福生活的幻想。她具有强烈的，易感的，浪漫的特性，嫁給了鄉間醫生資產階級者夏勒·波華利，他在爲人方面實在是卑劣可憐的很。結婚不久，她從前所夢想的生活全歸泡影，她發現了她的丈夫是一個無才無志的男人，並且包繞於那惱人而單調的鄉下生活，使她流淚。於是在她的欲望不能滿足之下，波起一種迷茫的希求，她想或者由於意外的因緣，可以和一個比較她丈夫更有才親和魅力的其他男子相遇。雜誌小說等類的耽讀，使她那憧憬的心理愈加增高，一面因爲她那凡俗愚劣的丈夫，使她由憎惡和輕蔑而生了不高興和發脾氣的性質。『多末可憐的人！我的上帝！多末可憐的人！她咬着嘴唇低聲說。』在這種情形之下，她便完全做了通姦的獵物了。她小心的，心頭交戰着的愛上了錄事列洪，不久列洪去了，她乃更陷於煩惱。

後來她再受富豪路多爾夫的誘惑，乃有了第二個戀人。她起初雖然是無力的抵抗着，但是不久因爲他們乘馬出遊的機會，遂和路多爾夫姦通了。於是她終於爲她的整個的單調生活報了仇，而浪漫的精神也因以再甦。她夢想着和情人一同逃走，看他做浪漫式的英雄，其實她却受騙了。路多爾夫是一個求實際的人，當他滿足了慾望之後，便斬然將她丢開不顧，所以當她向路多爾夫要求永遠保持這種快樂和幸福時，他乃使她大失所望。路多爾夫走了，使她知道了他的負心，因爲就是那有神力的宗教都不能解脫她的悲傷終於悔恨而得了一場大病。

病好之後，走遍了歐洲去嘗味那音樂生活，但是不幸又和那昔年戀人列洪相邂逅，從此她又從新走進戀愛的深處了。這時她已變成了肉感的，不飽足的人物；她吸烟，飲酒，成爲娼妓一流人物，對於家庭的經濟和債務一概不管，甚至對於她的丈夫有了偸竊的行爲。

但是列洪的父親因爲兒子的前途而使他們這熱愛的生活分開。她的家庭經濟又到了破產的時候。她因爲金錢之故，又要委身於路多爾夫，然而却被拒絕。於是她在這百憂交迫之下，服毒自殺。她不願再返於那現實生活，那鄉下的生活，寧願一死。

這便是波華利夫人的梗概。

這便是那不滿於平凡庸俗的現實生活，而想脫離自己階級的一個女人的塑像，冷冷的站立在這靜化的悲劇中。她代表着那些不甘居於資階級家庭的平庸生活中，而想法逃避出來；然而她究竟遭遇了社會的騙子，蒙受了社會的凌虐，所以只好用「死」解決了她的一生。這時的女人尙不曉得世間有所謂「娜拉問題」，無怪她的結局更爲不幸而怯弱了。

書中次要的人物，則是男主人公夏勒·波華利。他乃是安於平庸生活—資產階級社會的現狀—的資產者的縮型。他沒有思想，沒有意志，沒有幻念，只是一個混吃等死的動物。他活着彷彿是爲了別人而活着，沒有使他不滿意的事情。在那呆板的生活裏，他正是和波華利夫人取着純然相反的態度的。弗洛貝爾描寫這個男性説，在極不經意的動作中，都要表示他的愚笨，甚至還有那切斷瓶塞把斷瓶塞弄進瓶子裏去的習慣。然而他却是最愛他的妻子的，並不是愛，乃是無能的服從；她死了，他哭她，就是曉得她和別人戀愛了的時候，還只是哭她，甚至當和他情敵相見時的候，他還只說，『不，我不恨你！』這真算是卑微到了絕頂。一個極有野心的女人處在這樣一個丈夫的懷抱中，還有生活的意味嗎？

弗洛貝爾又將當時那羨慕虛榮思想愚鈍的知識份子加以肉身化，而造成我們這本書裏的第三主人敖美先生。他的頭腦裏充滿着那頑固不化的「宇星」之說；他的週身虛飾着凡俗的禮節與高傲；他連拉丁藥名還不曉得却作了一本關於製造葡萄酒的書籍；他也到新聞紙上去投稿；他因爲羨慕偉人而以偉人的名字給他的孩子命名；他曾給知事老爺賣過力氣；他終得到一顆畢生夢想之勳章。這是當時小資產階級的縮影。

這部書終於大胆的出了版，終於受了法律的查禁，終於使弗洛貝爾成了偉大的名。其所以被查禁的理由，乃是因爲那猥褻的描寫，爲了風紀的關係不能不加以禁止，眞是可笑，可笑的事乃是反替弗洛貝爾做了宣傳。所謂那猥褻的行爲是從天上掉下來的嗎？資產階級造成了這種社會的惡現象，却不許人去講說他那維持風化的舉動的愚笨，波華利夫人時代的社會壟斷者不覺悟，現代的社會壟斷者還是不覺悟。

弗洛貝爾的描寫，不着重於人的天才，光榮與勝利，而側重於人間的愚行，這便賦與了自然主義以唯一的特點。世間不是沒有光榮的事蹟；然而在這沉悶的資產社會中，在人們生活的底面，愚行之潛伏是至爲普通遍的了。醜，逾避免則愈多，所以他面向着它。資產階級的愚行，眼界的狹窄，口腹的崇拜，懦怯與無能，他得到了這種材料，都能在驚喜欲狂的狀態之下，力持鎮靜，加以忠實的描寫。

他看不起新的風習與新的藝術，他將民治主義者與社會主義者認爲傻子，這無非是表明着他終是一個資產階級中人，並且逃不出他自己的階級。然而他終於想着逃了，於是逃入藝術至上主義的宮殿。

在這種生活衝突的狀況之下，弗洛貝爾終於將資產階級的醜陋加工的刻畫出來。他的描寫並不是出於顛覆資本社會的心理，乃是起於恨惡，恨惡資產階級者的無才與不長進。他恨，他恨着他自己的階級，在他雖是徒然的事，却替後人給他的階級宣告死罪了。

所以，弗洛貝爾不是資產階級以外的一個敵人，却是該階級中的一個叛逆。

二、「第二之帝政時代的社會史家」——左拉(Emile Zola 1840-1902)

『……書籍是隨着風俗走，而風俗卻不是隨着書籍走的……書籍是風俗的果子。』不明白左拉的作品而以「猥褻」二字來批評他的人，就是對於這種道理還未感到的緣故。弗洛貝爾是因此受着責難的，左拉不是一個資產階級者，更要受着這種責難，因爲他更大胆。

左拉的學說來源及其實驗小說的理論，前章已略述過。他不是一個資產階級中人如弗洛貝爾，他沒有弗洛貝爾那種安靜生活，幼年便嘗遍了艱辛，壯年也沒有受過完全的教育，並且他的處女小說全是在當店員的時候工餘之暇試作的。他是一個小資產階級者，所以對於社會觀察更能明確一些，又加他受了科學與社會主義的影響，所以對於社會生活的底面更能做出露骨的解剖。一句話說完，巴爾扎克，弗洛貝爾，左拉藉着他們三人的筆力之聯合，法國十九世紀的整個社會生活的塑型，明亮的陳列在我們的眼前了。

資本主義社會的機構—金融界，工商業界，勞動者與農民，僧侶與藝術家，資產階級與小資產階級等的環境與特性，藉着左拉的異常描寫的力，都能在熱烈的活動之中具象化了出來。他的小說如有大路上的一面動着的鏡子，時時依着不同的映入而轉變它的反射色相。

至於他的創作態度如何，則看他在下面所發的議論吧：

『我創作小說的時候，第一的着力點是表示作中主人公的性格。爲着要寫出這種性格，我仔細的考察主人公的氣質，家庭，感化，環境，及研究和主人公接近的人物的性質，習慣，職業，境遇等項。譬如要描寫劇場的光景，和菜館的狀況時，我爲着要充分地知道這種地方的實狀，親自去實地的觀察。不論什麼細小的事情，因爲我絕對地相信事物的發生，一定有自然的必然的徑路，所以我極力的研究因人物的性格環境而產生的結果。關於這一點，我好像從極微細的線索，而探求出極重大的犯罪的偵探一樣。』—沈端先譯文。

觀此，可以見出他的寫實小說的要旨。所以在他寫土地之前，便到波絲(Beauce)去住了一個整個的夏天；在寫陽春之前，他在安善(Anzin)的礦山中住了一個月；爲了他的小說羅馬(Rome)，他也跑去住了許久；爲了巴黎之腹，他奔走於市場中，觀察人群的活動。他時常和醫生們談話，拜訪洗衣婦，和木匠與泥水匠套交情，同時在這些訪問過程中遭受了非難與譏詈；然而他終於成了功，他終於繼弗洛貝爾而做了自然主義的鬬士。

左拉算是創作家中的能手，他終生不絕的寫着他的小說。成爲法國十九世紀後半葉社會反映之鏡的首推洛公麥加爾特叢書(Les Rougon Macquart)，這部叢書一共有廿卷如下：

一、洛公家的財產(La Fortune des Rougon)

二、餌(La Curée)

三、巴黎之腹(Le Ventre de Paris)

四、普拉桑之征服(La Couquête de Plassans)

五、摩來僧之罪(La Faute de l'Abble Mowet)

六、尤金奴洛公大人(Son Excellénce Eugene-Rongon)

七、酒店(L l'Assommoir)

八、戀愛的一頁(Une Page d'Amours)

九、家常(Pot- Bouille)

十、婦人的幸福(Au Bonhour des Dames)

十一、生之享樂(La Joie de Vivre)

十二、陽春(Germinal)

十三、著作(L'Oeuvre)

十四、土地(La Terre)

十五、夢(Le Réve)

十六、人獸(La Béte Humaine)

十七、金錢(L'Argent)

十八、敗軍(La Débâcle)

十九、柏司加爾博士(Le Docteur Pascal)

二十、娜娜(Nana)

著者所以不憚煩瑣的將這叢書的部名列舉出來，乃是將這大規模的叢書視爲一個整個著作的原故。真的，左拉不是做小說，他乃是做了法國社會的歷史。洛公麥加爾特叢書，不是集成的，乃是在未動手之先已完成了大的計畫。這部業書，描寫社會的諸般現象與事變；凡是社會所有的各種如同金融界，工商業，司法界，政界，以及各色人物如小有產者，勞動者，藝術家，僧侶等都在他的筆下得以系統的具像化了。

左拉藉着陽春與婦人的幸福兩篇，將法國的工業界與商業界顯示給我們看。「第二帝政」時代的工業已經進步了，已有了股份公司的建設；在陽春裡，他將孤立的資本家與股份公司的鬥爭的事實描寫給我們看，以證明資本主義的演進之形勢。不知時變的孤立的資本家，頑强地與新組織抗爭而得了失敗的結局是何等的愚得可憐。在婦人的幸福中顯示着法國商業的微妙繁複的大機構。從前，在資本未曾集中的十九世紀前半業，有許多小的商業分吸着買主的利益；現在則有無情的百貨大商店來吸取買主的金錢而壓倒了小企業。資本的集中造成商業上的新典型，即大商人以大胆的交易與投機幾乎佔有了巴黎財富的大部。以一個手無寸鉄的人而能指揮三千店員，而握住他們的生活的命脈，這實在是有史以來的新奇蹟。不用武力，而使萬人屈服，實在是十九世紀中突發的新勢力。

金融界的發達是隨着資本主義的發展而並進的，在這金融界中也演出了許多醜惡的把戲。他藉着金錢一篇將一個投機業者和金融業者的型典指示出來。這乃是資本主義成長的時期，交易與投機忙亂於醜惡的市場之中。這時資本主義的巨人握着金融的政策，施展他的欺詐手段。運用金錢之力，可以將港口造成了堤防，可以使荒漠的平原築成蜿蜒的鐵路，可以開墾，鑿河，成立都市，無處不顯着金錢的奇蹟與惡臭。

表現資產階級的家庭生活之崩壞，生活的腐敗，行爲由卑劣進爲欺詐，奸通代替了結婚，都是在家常中明明講着的。他依然大胆的繼着弗洛貝爾的刀筆，深刻的描繪資產階級的敗德與惡行。代表了資產階級，而作了資本的走狗，來維持社會生活與治安的人們腐敗，我們可以由尤金奴洛公大人中看到法國的政界，從人獸一篇見到了法國的司法界。當時執政者的受賄，將政事的取決降服於金錢的勢力之下，眞是不一而足．司法界則有的毀了托他保管的文書，有的做了姦欺幼女的事情。資產階級內部生活之醜惡，使左拉成了大小說家。

在巴黎之腹一篇中，我們可以看見小資產階級的心理的解剖—虛榮，苟安，與無責任。他們如果能在政府的保護之下得以維持他們的衣食住，他們便會感謝的。他們不管政府的善惡，只看他們的收入是否增加了，當時的小有產者，小商人，都是有着這種心理的。

土地是描寫波絲的農民依然受着壓迫與剝削，當時的農村生活，使農民逐漸增加獸性，貪婪，犯罪諸本能的熱狂。然而這終沒有都市中的勞資問題爲激烈呵！在陽春，在酒店，我們看到都市工業勞動者顯示着異常的疲憊與貧困。他們每日作着苦工，除了受有資本家的剝削之外，因爲得不到正當的消遣與娛樂，還要爲資本社會中的毒物所蝕滅。酒店種所描述的那很勇於改過的男子，和極要强的女子，結果都不免於因爲苦作且無適當享樂，不得不做那資本主義社會中的被引誘者與墮落者。主要的原因，乃是由於下層階級生活的艱難與貧困。陽春描寫無產階級的勇敢，使他蒙了赤化的嫌疑。看完了這篇東西之後，使我們的記憶中深印下那雇主與衰弱的勞動工人中間的殘殺事件。其中有着開小說先例的大罷工的描寫，勞動的男女成群的奔走在田野裡，唱着馬賽革命曲他這樣寫道：『是，在一個晚上，那些脫除了羈絆的群衆，會在路上奔走；他們會浴着資產階級的血，他們攢動着他們頭，他們會打破了箱子裡的金錢散在地上。婦人們會高呼，男子們會張開狠也似的吃人的大口。……污穢皮肉，惡鼻喘息，用野蠻人之生力掃蕩着世界的駭人的大群。』弗洛貝爾憎惡了他自己的階級，左拉則燃着了階級革命的火線。社會主義的煽動家也開始在左拉的小說裡面活動，結果是失敗的；自然，那時的勞工運動在世界上還未能有充分的勝利之表現呢。

讓我們再檢查這部叢書中其他的各色人物，在普拉桑之征服與摩來僧之罪的裡面，我們看見僧侶的環境。在著作中我們見到當時的藝術家。在娜娜中我們見到當時的娼婦生活。在敗軍中我們見到兵士生活的困苦與人類戰爭的罪惡。

不錯，左拉是計劃作整個社會歷史的，他成了功。

在這部叢書之外，他的著作還有三都故事（Les Trois Villos），其中包括洛爾得斯（Lourdes）羅馬（Rome），巴黎等三篇，四福音書（Les Quatre Evangiles），包括多產(Eécondite)，勞動(Trav-aie)，正義(Justice)，真理（Verite）四部。不幸因爲煤氣毒的襲擊，使他未及完成正義一作，便謝世去了。

左拉的小說之受攻擊，和弗洛貝爾是一樣的。紳士們爲了他那「淫穢」的描寫，而呼他作不道德的作家，甚至文學家也批評他的作品爲污滿了不可赦的鄙野。左拉沒有那樣的聰明，未能替那污濁社會穿上一件新衣，未能顧全那些紳士的生活，而弄塌了他們的禮教的盾牌，他只知道，『書籍隨着風俗走』，將當代的社會生活之暗面，科學地，如實地寫繪出來，使我們得以領教十九世紀後半的法國的政治，經濟，政治，諸現象的本來面目。他繼續着巴爾扎克與弗洛貝爾完成了法國的資本主義社會的歷史。咒罵他的聲音已隨着左拉之死而逝滅，但他的精神卻還在活着。

三、「印象的自然主義作家」──龔古爾兄弟

龔古爾兄弟和左拉一樣的被稱作自然主義的健將，他們的作風卻與左拉有着異趣之處。左拉的自然主義作風乃是純客觀的，以客觀的對象爲基礎而忠實的描寫出來，所以作家只是一面鏡子。龔古爾兄弟這一派，乃是除去客觀的事實之外，再將作者的主觀藉了某種方式攝入作品之中，換句話說，即是尊重作者的印象。就是由作者主觀收到的外界印象而加以描寫的，所以有人叫他們做印象的自然主義派。

龔古爾氏的作品全是以兄弟兩人出名來刊印的，哥哥叫做愛特芒·席古爾（Edmond de Gonc-ourt 1822-1896）弟弟叫做求來斯·龔古爾（Jules de Goncomrt 1830—1870）。他們的神經感是非常敏銳的，敏銳的幾乎到了病態的程度，所以他們多感，感到微妙。

他們的作品多半也是以那市街上無告之人的生活爲背景的，結果也常是悲哀的；無非是描寫那因爲社會的不良職業，使一個人在困苦與不幸的掙扎中終於做了惡濁社會的犧牲。關於這種描述的代表作，可以看他們的小說介米尼·拉綏爾妥（Germine Lacerteux），大意如下：

法國鄉間機識工的女兒，幼年喪掉了父母和哥哥，兩個姊姊也到巴黎去了。這女兒介米尼在十四歲的時候，隨了姊姊去到巴黎做了一家小咖啡店的女招待。弱小的介米尼因爲不堪許多男用人和客人的無情蹂躪，每次去看望她的姊姊，總是哭着回來的。老板也就是普通的老板，待她不好，說她太是兒女氣；她唯一的繾綣的人，只有老板娘。有一個老用人名叫約瑟的待她很好，於是她便委身於他。四個月後，她小產了；等到身體復原，她又到別處做了用人。在這種無定的職業中，由這裏跑到那裏，幾乎是挨門賣笑，後來終於在沃朗·段爾老婦人家中住下了。這時，介米尼已經變得醜陋，頭髮蓬鬆，額角凸出，眼睛凹入，獅鼻，一臉痘疤，太陽處暴着青筋。深情的她，還將三歲的侄子當作自己的兒子一樣來照護。後來這侄子跑到在非洲做工的姊姊那裏去了，她便如失去掌珠一般的寂寞。姊姊在非洲死了，她還繼續的把自己的工錢寄到非洲去養育她的侄子。她還想親自去照護他的，不過因爲女主人待她很好，像母親一樣，所以非洲之行作罷。後來聽說侄子死了，並且明白姊丈是要藉着侄子來騙誘她自己的。後來她和村外的一個舖店的女主人要好起來，甚至得暇便去替她酒掃和應酬客人。此時，有一個讀書的學童名糾皮朗的，她非常的喜歡他，甚至背着人給他買上好的東西，能博到他那高興的顏色，便是她的快樂。他畢了業的時候，已不是孩子了，於是她禁不住熱情之火便和他私通了。此後，她對於糾皮朗簡直是情深似海，她不管糾皮朗怎樣以她的深情爲厭煩，她却是一心一意的討他的歡心，藉以轉還他的意思。她生了一個兒子，把他寄養在鄉間，和糾皮朗去着她的兒子，算是她生命中最快樂的事情。不久，她的兒子死了；在她失望之餘，便以狂飲爲唯一的快樂。後來因爲狂飲，又墜了一次胎，然而還是拚命的作事。糾皮朗雖已棄了她，她還不能忘情。碰到的時候，雖則憤恨男子的無情，却還要用金錢去買男子的笑，甚至因了銀錢，而對於她的主人犯了偸竊的行爲。她的意識漸漸不清了，不修飾，以致週身發出惡臭。男子拾棄了她，她藉着做事來排遣她的憂思，然而她終是免不掉煩悶。她偶然和一個漆匠愛得火熱，不久又吵鬧着分開了。後來牠終於成了街頭的淫婦，却沒有人理她。在一個冬夜裏，牠因爲冒了雨，犯了肺炎，終於死了。

此外龔古爾兄弟的作品還有非洛美內(Soeur Philomene)，洛奈·馬·泊郎(Rove Ma Perin)撒洛門(Manette Salomon)等作。

注重印象仍是不能忽視客觀事實的。所以他們常常爲着一頁一節而化費許多費用，探索材料也常是費去幾月的工夫。他們所描寫的人物，也和左拉一類的小說同樣做爲社會的典型。時代生活的氣氛是躍然紙上的。

他們雖然沒像左拉一樣的正式作着法國歷史，却也成了當時的斷簡殘篇的史料

四、「感覺的寫實主義作家」—莫泊桑（Guy de Maupassant 1850-1893）

成爲弗洛貝爾的私淑的弟子，而進一步更加憑藉感覺來描寫事象的，便是莫泊桑。莫氏那最能激動感性的小說，不僅風行法國成了小資產階級的教訓與讀物；即是在中國，也曾受了多數人的熱烈翻譯與誦讀。中國慣於模仿自然主義短篇小說的作者，常常是顯露着莫泊桑的作風的。

莫泊桑在弗洛貝爾的嚴格指導之下而承受了他的遺產；然而莫泊桑却比弗洛貝爾更爲自然主義化，更爲注重感官。莫氏雖然没有像左拉一樣的受了深澈的科學之洗鍊，他雖然和弗洛貝爾似的重視直白的寫實，但是他那微細的觀察，以及對私人生活的暗面，資產階級及小資產階級的肉慾生活的深惡痛絕，却是值得注意的。他不是如左拉一樣的社會主義的小說家，在他的作品裏看不到大規模的企業組織與勞資衝突；但是在他那痛切的詆毁小資產階級的惡德，資本社會中的敗德的禮教，以至紳士，賣淫婦，教徒，牧師，各色人等，在這資產階級教養的社中的歪曲行動一點上，則成爲左拉末季的新興勢力。

他的客觀態度是純粹的。他的尺度只是自己的感覺與由此感覺而映成的心理。他的感覺自然較常人深透的多，所以他看的也深，在生活表面的底下，他總能看到一種什麼隱秘。他說，『在不論怎樣的事物中，其中都有潛伏着的某物。只是因爲我們的眼睛有着回顧前人思考方式的習慣，所以不能見到其所潛伏的某物而已。不論怎樣微細的事物，其中必有隱藏着的東西。我們必要發現它。』

這便是莫氏的過人的長處，便是他所闡明的藝術家的責任。

因爲他要澈底的追求事物的緣故，而使他感到苦悶。他在水上（Sur l'Fau）一篇中如下面的講着：

『唉！我希求一切而絕不會享樂。全人類的活動力，萬物中所撒播的種種智慧，一切的才能，一切的能力，和無千無萬的保留這些生存，我是求的，因爲我有無限的貪得慾，無終的好奇心；但是我却是注定來只能觀賞一切，而一點也不能攫取。

『爲什麼在大部分的人只感着是美滿的生活，在我却是苦悶呢？何以那莫名其妙的苦惱，會惹到我身上來？爲什麼不能感知那安慰期待歡悅的實體？這是因爲我心中有一種第二視覺。這是文人的力量，同時也是他們的大災難。我寫作因爲我對於一切的事件，了解和惱恨它的實在，因爲我太明白了事件的奧秘，更加是因爲我不能用來賞味，反而在我思想的鏡中，行使了自己觀照之故。』章克標譯。

人類輾轉於生活中，若是馬馬虎虎的過去，則覺快樂；若一經求眞，則覺痛苦。藝術是苦悶的表現，藝術家是苦悶生活中的醒覺者。莫泊桑由於透視人生，結果感到了苦悶，而藝術也便藉了他的苦悶反映出來；藝術家之爲藝術家者，正是在此。

他與左拉一樣的看到人類的獸性，而開始一種憎惡的描寫；但是他們的方法都不相同。左拉的方法是由科學與物質的方面觀察人生，斷定了在這種社會生活中，人生的眞即在獸性；這獸性爲當時人類生活的根本動力，而在這「性」不能充分發展的時候，只有在這歪曲的道上尋求出路。這不是人的罪惡，乃是社會的罪惡，其描寫的概念也就是由此出發的。與此相對，莫泊桑也看到了人類獸性是一種畸形的表現，他却不加考慮，未對整個的社會認識加以注意；他只是直接用眼去看，用耳去聽，用鼻子去嗅，用觸覺去感，而使那繁雜瑣碎的人間事件，零星的散見在他的作品之中。讀左拉的小說如讀社會學及人類的厤史；讀莫泊桑的作品，却如親聞閭巷的私談。

法國的物質文明走到左拉時代已是快造極峰了，小資產階級生活逐漸爲資本主義的勢力迫得無路可走，於是到了莫泊桑的時代，乃益發走了歪曲的生活形式，所以在他的作品中，常是描寫着性慾生活的模型。莫氏對於這種生活極端惡視，因此他厭煩了人生。在這厭煩之中，他也不得不和他老師一樣的以藝術家自命，同時他却喜愛這社會生活，因爲能夠供給他描寫的材料。

他在文壇上以羊脂球（Bonle de Suif）一篇成了名；但是他的活躍期却只不過十年。他的生產量數實足驚人，在這短短的十年裏，除去長篇作一生（Une Vie），漂亮朋友（Bel-Ami），芒特奧利兒(Mont-Oriel)，佩爾與强恩(Pierre et Jean)和死一般的强 (Fort Comme la Mort)，人心(Notre Cœur) 等六篇之外；短篇小說還有三百篇左右。以內容精緻周到與動人來說，他的短篇作要此長篇爲優，因爲長篇有時還有鬆懈之處，短篇則一氣呵成，力充氣足，不怪被認爲自然主義短篇小說的大師了。

長篇作以一生和漂亮朋友爲最佳。一生，他用着毫無顧忌的大膽，描寫那生長於圓滿和平之家庭中的清潔婦人，爲了肉慾的男子，怎樣地過了辛酸的一生；充分的表示出來人類的獸性。在漂亮朋友中，他用着那些冷酷無情的手腕，以最眞摯的熱情，探求人生的眞象。他對於勝利的惡徒的誇耀，明白的指出社會中只有惡徒纔是勝利者；社會的禮儀道德都是爲惡徒而設，善人永遠是受着欺騙。社會的實況也真就逃不脫莫泊桑的靈腕之下呵！現在將漂亮朋友的本事引在下面以供讀者參照：

在非洲法領亞爾吉利經過軍人生活的喬爾裘．賓樂哀，現在回到巴黎，想要在首都謀一個生計的位置，但是依舊覺得不滿，每夜在咖啡店走動。某一日，和他的大學時代同窗福來司底相遇。他出身於諾耳曼，爲人非長機警，被人叫做包藏一切欺詐的箱子。起初在鐵路局得了一個書記。福氏現在已經是做了維法蘭西司報的政治部長，所以賓樂哀托他幫忙，在報館謀事。當晚他們一同到最熱鬧的馥拍爾蒙馬爾得爾地方玩耍，他天生的美貌，立刻得了那地方賣春婦的垂青，於是福來司底說：『你真實女人們所歡喜的人，非利用她們不可！成功的捷徑，最好是依靠女人。』他自己心裏也當眞的這般想着。

因爲福來司底的盡力，賓樂哀在維法蘭亞司報得了一個位置，因爲他曾經到過亞爾吉利，所以叫他擔任那地方的新聞記事。但是他的文筆不很高明，所以暗中託福來司底夫人代筆。因此，漸漸和夫人親密，同時又認識了麥來爾夫人。他照着鏡子看看自己的美貌，心裏像泉水一般地湧出了無窮的自信。不久，對麥來爾夫人成功，兩人借了密會的地方　暗中追尋歡樂。對於錢財方面不很自由的他，從夫人處拿錢使用，夫人因爲他常常爲妓女們所愛，所以心裏懷着嫉妬，但是因爲他的美貌，還是熱烈地愛他。

因爲新聞社的事情，他有一次受了福來司底的申斥，老羞成怒的他，想叫福來司底做一個不名譽的丈夫，來銷除心裏的憤怒；有一次，利用集會對福來司底夫人求愛，但是夫人却祗拒絕了他這一件。同時並告訴他，社長的夫人是在對他表示愛慕。這時候，賓樂哀因爲夫人的代筆，在新聞社裏已經有了相當的聲譽，社長對他也非常看重，於是他去訪問社長夫人，用非洲旅行談等，來使夫人入彀。他一躍而爲通信部長，他的得意可想。

福來司底本來有病，這時候舊病加劇。竇樂哀從情人麥來爾夫人聽說：『沒有一個人能夠及得上福來司底夫人一般的聰明銳敏，所以要希望出山，非利用她不可。』於是昔日的決心，重新熾烈。他特地到福氏夫婦轉居地方去訪問病狀，在送了福來司底臨終之後，對於女性有自信的他，終於使夫人和他結婚。因爲婦人的代筆　他所做的論說，在報紙上得了非常的成功，在社裏面已經有人談論，說竇樂哀的文體，完全和已死的福來司底同樣。因爲這種緣故，他也曾相當的受了夫人的攻擊，但是因爲夫人替他寫了一篇攻擊內閣的名文，所以他立刻升任爲政治部長。從此他將名字讀做竇樂哀，以貴人自命。（在名字前面加「竇」，是貴族表示。）一方面和麥來爾夫人的情交，還是濃烈地繼續着。他自己想：『總而言之，那個女子是可愛的情婦，假使讓她逃走，眞是呆人。』

如此，他成爲政界的著名的人物，他每一次作政論，總使維法蘭西司黨的國會議員拉洛休麥丁烏歡喜，而要求和竇樂哀夫婦握手。他也爲着將來的希望，竭力在文字上爲拉洛休吹嘘。這時候，社長夫人對他的戀愛，漸漸加熱，他也竭力週旋，但是一方受了麥來爾夫人的嫉妬，他方因爲社長夫人對他的情熱，差不多像發狂一樣，所以在他反而覺得討厭。其時，非洲摩洛哥事件告急，他的論說，益爲一般人所注意。他利用社長夫人告訴他的秘密，和麥來爾夫人同時買進多數摩洛哥公債，得了莫大的利益。巧巧這時候，他妻子所認識的一個伯爵逝世，依照遺囑，他的妻子可以得到很大的遺產。他起初懷疑到妻子和伯爵的關係，但是到後來終是兩夫妻平分了從伯爵所遺的財產。因此他的產財，更爲增加。

社長也利用摩洛哥事件，得了莫大利益。收買了某公爵的邸宅，陳列了巴黎名畫家作品，招待各界名士，開盛大的夜會。賓樂哀夫婦也在招待之例。在那晚上，賓樂哀看中了社長的小姐。——已經許給某侯爵的休尙奴。同晚，他更看見自己的妻子和當時已經做了外交大臣的拉格休非常親昵，臨別的時候，拉格休將一只小盒子送給他的妻子。他在這時候授了列其洪獨努爾勳章。

看上了休尙奴小姐的他，此後不時的去訪問社長邸宅，社長夫人對他表示熱烈的愛慕，但是他的目的，却在女兒而不在母親。結果當然不會失敗的，他對休尙奴得了成功。但是要將女兒嫁給侯爵的社長夫妻的意志却無論如何不挽囘。

當他對休尙奴熱心的時候，妻子和外交大臣的戀愛，也同樣增高。他探知了之後，某晚帶了一大隊偵探去捉姦，終於因此而和妻子離婚。此後，他隨着社長一家到鄉間去旅行，遂利用機會，帶了小姐私奔。於是他完全成功。社長說：『他眞利害！關於智慧和先見之明，是沒有人能夠趕得上他的，』於是許可了他倆的結婚，但是社長夫人，却依然負氣不和賓樂哀開口。她差不多成爲一個半狂的人。麥來爾夫人知道了他和休尚奴結婚，曾經一度發狂似的妬嫉，但不久依舊做了他的情人。

維法蘭西司報的主筆，現在已經換了竇樂哀男爵。因爲他以金錢所招集的人物，於是這個報，成爲最大的新聞紙。主筆正式結婚。竇樂哀的疾風迅雷一般的成功，是巴黎的一件大事。巴黎的人士，都對他睜着羨慕的顏色。——引自本間久雄的文藝思潮論，沈端先譯文。

這便是漂亮朋友的梗概。

第四章 作爲「社會之敵」的易卜生(Henrik Ibsen 1828-1906)

在本編開端的時候，曾論到歐洲十九世紀思想的流變，因爲自然科學的發達，於是伴隨着這種氣氛而來的唯物論乃佔據了當時的人心。由於偶然之破壞，擊碎了當代的宗敎與道德，奔騰無羈的思想騰跳之結果，乃造成極端的個人主義。個人主義狂躍的結果，雖然有着將人類的思想漸漸拉向與社會實生活距離較遠的傾向；然而做爲反醒之力，使社會主義思想繼續萌發，則個人主義思想的活躍，也是社會史上所萬難免去的事實。小資產階級常是帶有個人主義彩色的，所以如以上所論諸自然主義作家，雖然在逼視現實一方面有着一種大胆；然而究實說來，只是旁觀者，而不是實行者，所以也不過是做着小資產階級的噩夢而已。

關於反抗資本主義社會形態的事，在距離法國尙遠的北歐，斯干地那維亞半島上，崛起了一個作家，這人便是易卜生。他雖然在濃厚的個人主義一點上與歐陸作家有些不同；但是他那反抗的精神則並不讓於尼采氏，而他那歐陸之遊的結果，反使他那反抗的彩色更爲激化。

易卜生在文學上的建樹乃是由於他那言語多而動作少的社會劇。他的戲劇在當時所引起的辯論，以及在舞台上狂熱的受着觀衆的歡迎，可說是前所未有的。

本來戲劇是一種比較直接地影響到人心的東西，而且感動人也最爲深切；它雖然沒有小說的繁雜的技巧，然而在動作上也收到相等的功效。它常是在娛樂中，不知不覺地，敎育世人。

的確，在房裏讀一篇故事，不如在舞台上看那故事的如實扮演；同情於他們的命運，喜怒，悲歡，有時使你自己也化爲劇中的一員。這種接觸不是由於意象，乃是由於舞台上的表演所侵襲觀客的熱情。這種熱情常是强力的催動觀客的幻想，使你的熱情與舞台上的情景相合。所以斯當達爾說，在莎氏比亞的奧塞洛(Othello)公演的時候，劇場中的衞兵看到奧塞洛要去殺代司帝莫娜(Desdem-ona)的時候，他覺得不能容一個黑色男人殺一個白色的女人，於是他開槍打斷了那扮演奧塞洛的伶人的胳膊。由此我們可以見出戲劇給與觀衆的幻想的力與熱情之衝動是如何的巨大了。

戲劇是有着這樣大的感人之力，同時也强烈的敎化了人心；所以易卜生的戲劇也就依樣的將那社會生活之不良以及在這社會中所激成的個人主義思想，去充滿觀衆的心。

戲劇到了易卜生的時代可算得有相當的進步。莎氏比亞的戲劇自有着他自己的偉大，但是在社會的思想與平民的觀念一點上，則可說絲毫沒有，他的戲劇與生活可以說是並沒有跳出貴族與宮庭之外；古典劇除了莫利哀氏對於君權社會有着譏諳的評論之外，幾乎完全自囚於形式之中了；小仲馬的戲劇雖然對於當時的資產社會有相當的批判，但是却流於輕浮與和善，都未能完成社會批判的工作。到了易卜生，則完全改變了已往的徼溫態度，而表露了勇敢，大胆與嚴厲的精神。他用着那深透的視力來觀察整個的社會組織，將社會的腐敗毫無顧慮的揭示出來。在他的戲劇中，把那家庭的分裂，教會的欺騙，支配階級的僞善和敗德，婦女地位的困苦與不平，毒病遺傳的隱憂，完全曝露無遺。他深深地感到在當代社會中，這種腐敗深厚而且普遍；他一想到將這弊害剔除的時候，則覺毫無辦法。然而，在他的作品中確是吹動着革命的氣息和叛道的精神，而歸宿於一種精神的無政府主義。

易卜生的反抗思想與他的生活變動是大有關係的，所以也有值得一述的必要。

易卜生是挪威斯克恩（Skien）村的小商人的兒子，他的脈管理混流着德意志和蘇格蘭的血液。因爲他父親的破產，所以在他八歲的時候便移家到附近的一個荒凉村落去了。在這時他已感到生活的寂寞與冷眼的可怕，他說，『我是被人生的華筵所拒絕了的客人。』十六歲的時候，他到遠方的某處去做藥店的學徒，在那裏，他漸漸發揮他的藝術氣質，他的詩的素養也是在那裏得到初次的成功。這個地方，向例是尊重傳統與門第的，像易卜生這般的漂泊者，哪能不受上流紳士們的冷眼！易卜生對於上流社會的反感，多半是在這時造成的；看他在處女作史劇卡蒂利那（Catilina）中說道：『因爲我們的一切幻想，一切希望，一切生活都被壞了的原故，我們的渴望便是復仇！呵呵，祇有復仇！『他的復仇便是對着上流階級而發，他們運用者世襲的大力與傳統的聲勢，壟斷了社會的物質與精神的一切，因此，擊碎了下流人物的希望與生活的幻想。

卡蒂利那的寫成乃是動機於丹麥的獨立戰爭。當時的歐洲受了法國革命的餘波，處處都表示出自由平等與民主主義的傾向。這種傾向影響了易卜生，使他成爲帶有革命氣味的個人反抗者。他苦心於社會問題的解決，然而他的背景只是他獨身一人，而沒有大衆。

二十一歲，他回到挪威國都度他那賣文生活。他雖然不時的爲命運所迫，却終於使他的戲劇在舞台上露了頭角，並且被推爲劇場經理。後來又辭去了這個職務，專事著作，戀愛的喜劇（Love's Comedy)便是這時寫成的。

在他畢生中表現强烈的個人主義與反抗精神的作品，却都是在遊歐洲的時候所作，這乃是因爲他離開那文化落伍的北國，而擠身到工業區的都市裏面，雖然有燦爛的文明在他的面前誇耀，而他却能進而嚐味社會中的深一層的罪惡。

白朗特(Brand)一劇發表之後，他的文名大顯，此後生活也隨着名望的增高而漸加安逸。歸國後，國民一反昔日之冷眼，對他表示着異常尊敬，但是在這時侯，所謂尊敬已不是易卜生所迫切需要的了。

關於易卜生的思想，且看勃蘭特斯的說法，他在易卜生與般生(Ibsen and Björnson)一書中講道：『使易卜生的名字在丹麥一般讀書界被認識的，是戀愛的喜劇和白朗特兩部反抗性的作品。這兩部作品雖則在內容和技巧上各有不同的地方，但是因爲這兩部書的原故，在一般讀者的心目中，留下了易卜生是非常地鬬爭性的作家的一個印象。戀愛的喜劇是爲着詩和美，白朗特是爲着道德和宗教而對現在社會狀態所發的戰爭宣言。——當然是挪威的社會狀態。這兩篇作品的所寫的鬬爭，是悲劇的。不論這些作品的短長功過，總之，易卜生以厭世家的眼光，去觀察當面的社會，却是確定的事實。不過他的厭世，是哲學的詩的意義的厭世，而不是祇沈湎於憂愁悲哀的裏面，爲悲傷人生中所存在的悲劇的厭世；他的厭世思想，是具備着道德的性質，而對現在社會表示侮蔑憤怒的思想。他不徒事哭泣，而要糾彈社會的錯誤。他對於一切事物，用上述的厭世思想去觀察，所以第一是使他發生反抗的心理，因爲他在當面的社會中，看出了悲痛慘酷的罪惡，使他發現了「應該有的」和「現在所有的」之間的矛盾的原故。第二是使他感到苛酷，因爲他發見了上述的矛盾，所以知道了一切理想，必然的要在這個世界上破滅的原故。』——（用沈端先譯文）。這段話裏明白的講，他這種厭世與反抗的態度，將他造成一個看出了理想和現實矛盾衝突的厭世家，和反抗現實而渴慕理想的理想主義者。他爲了憎惡現實，想着去改造現實，而無辦法，於是不得不走入理想之途了。

他爲什麼以這樣一個强悍的鬬士，而對於惡濁的當面社會便沒有辦法呢？他不是常以社會主義者自居嗎？我們可以說這正是唯心論者矛盾的悲劇。易卜生雖然生在資本主義發達起來的時代，然而却還秉有挪威式的夢想的賦性。他見到社會的惡，他便覺得應該如此的惡。他却不曉得社會的複雜機構，以及由這機構所演化的諸般形態；他認為「人心」應當是諸般形態的御駁者，却不曉得「人心」的基礎就是這諸般形態的化生物。所以，他據此理由以反對政治家說，『但是這些不過是不足道的小事而已。現在只有一個唯一的有效的革命——就是人心革命。』對於社會諸問題，他少似一個研究者，而多似一個身受者。他所描寫的東西，都沒有整個社會的析剖，多半都是他自已的經歷與鬪爭，所以他只好是一個個人主義者了。挪拉一篇雖然在當時算做一篇有關重要問題的著作；然而也是以個人的自由平等之覺悟為立場，最大的功績乃是在將女人的地位提高看做和男人一樣，他並未想到整個社會之改造，他沒有能力提出挪拉走後應該怎樣的警告。其餘的名作也多半是由於他個人和社會的衝突，他為注意毒病之遺傳而攻擊那曾經看他不起的牧師一流人物，於是作了群鬼(Ghosts)，又因為受了大家的反攻，而作了國民公敵(Enemy of the People)，所謂斯鐸門醫生正是易卜生的自畫像。他終於失敗，而這失敗也就是他所認為勝利的了。既是剩了一個人，則他那改造社會的理想更將成為理想的理想了。所以他不能不依於理想的無政府主義之一途，因為他沒有較社會力量再為强烈的氣息之吹動以改造「人心」。

但是在他那大胆的破壞的一點上，不能不認爲是他的大功績。新偶像的破壞也是促起新人生問題之覺悟。從這個人主義的立場，探索社會的病弊，在那時代的社會裏已足重要。他痛惡社會，在無法匡救的焦燒中，却給人間懸出許多未决的問題：他雖然無從解决這些問題，却仍是不停的戰鬥，而不屈服，這是他的眞精神。

易卜生的作品可以分爲三類，其實這三類的分法也是粗枝大葉的，其中仍免不掉有混淆相同的地方。第一類是歷史和古傳記的散文戲劇，如海爾愛蘭特的武士們(Haermaendene paa Hégeland)之類；第二類是劇詩，如戀愛的喜劇，白朗特，之類；第三類乃是易卜生於人類生活與社會問題上有大供献與大警醒的社會劇，諸如少年同盟(The Young Man's Union)，社會柱石(The pillars of Society) 傀儡家庭(A Doll's Honse)，羣鬼 (Ghosts)，國民公敵 (An Enemy of the People)等篇，都是一時的上選，而本書所要提論的也就以這幾篇社會劇爲主了。

依勃蘭特的意見，將這些戲劇的內容分爲四種問題來論：

一、宗敎問題　相信宗教之力是自然的和相信宗敎之力量超自然的之爭。

二、新舊思想　關於過去和未來，老人和少年，舊對新的問題。

三、社會階級思想　關於高下，貧富，勢力有無的問題。

四、兩性問題男女兩性相互間的社會關係，尤其是關於解决婦人經濟道德及知識的問題。

這種種問題之發生，總之不外乎是社會制度發展時所產生的癥結，這種氣運自然是由於觀念的革命；但是觀念的革命乃是由於當時主要的物質狀况而起的社會組織上的革命之結果，這不僅是新的社會學家應當認識的，就是新的美學家也應當有正確的認識。

據勃蘭特說，這種問題，在時代的芽生，一般民衆還沒有感覺到之前，易卜生早已洞察一切，將它們指摘出來使一般社會得以了解，並且易卜生之所以成為偉大，也就在此一點。不錯，易卜生確是感覺到了，由政治腐敗以至政治無用，由婚姻問題以至遺傳問題；然而他却沒有整個清楚的認識，所謂洞察，却不過是片面的而已。易卜生好像並不曉得經濟之力與社會的關係，他只看見了由這經濟組織所構成的精神現象。所以他只看見社會的腐敗和虛偽，而謬解了這腐敗與虛偽的出處。他的結論自然是——以新的理想生活來代替那因襲虛偽的已經死滅的過去的理想，而進步以趨於高尚了。他所理想的生活在當時社會中沒有得到基礎，於是消極的流於對當代生活的深惡痛絕，積極的則成為烏托邦的思想了。

大致說來，他的作品，前期的乃注意於形式的精錬，後期的則趨重於內容的充實，而他的詩人的天才，則是處處騰躍着的。

第一類的代表作，可以推海爾愛蘭特的武士們，這算是他初期的大作，其形式和實質雖然有些古舊的意味，却豐富地含有着近代性。這部著作是以森嚴緊鍊的散文體寫成，和後來的社會劇雖然隔着幾許年月，但是他那社會劇中的眞精神，却也能在這部作裏感覺得到。本書是用一個意志强烈而多情的女人來做主人公，終於演成了一場戀愛的悲劇。哈弗洛克愛理斯曾對於這女主人公西爾底斯(Hjoerdis)加以評語說，一個强烈的熱情的女性，內部充滿着被壓制的精力，然而自然的溢出却遭了封鎖，於是這精力就不得不變形成了噴火山，化作不幸的事件而爆發出來。她幼年遭遇了不幸，父親被人殺害，而自己成了仇人的俘虜品，後來有兩個男子和她發生了愛情的關係，而和其中的弱者結了婚。當着兩個男子中的一個棄了她的愛爾去和另一個柔美的女人結婚以後，她已窺測出來他原是對於自己有着愛情的時候，她說，無論怎樣好的朋友，不能將自己的愛人捨棄了而贈給別人的。因此，她乃感到大痛苦。這個女性也是有着社會劇裏的女性一樣的剛强，然而對於自己的生活與社會地位還沒有深刻的認識。

到了他的劇詩戀愛的喜劇的時代，則兩性糾紛的問題寫得更加露骨，並且做了傀儡家庭的前驅。這篇東西曝露了强烈的近代性，取着一種譏諷的態度來詆毀戀愛的因襲。在這裏和在傀儡家庭裏一樣的顯示給我們那由於虛僞，夫妻雙方的隔膜，以及約定的欺騙，而使家庭分裂。在這一篇中，易卜生認爲在資產階級的集團中，所謂戀愛不過是醜話連篇的表演，並且其中只有失望而冷酷的，欺騙造成的墳墓。此書雖然不如傀儡家庭之態度堅決，却可以表示出來他對於婦女問題已加了注意。詩的結構雖不太精密，形式倒是頗爲齊整的。

他的白朗特乃是他初次表示「一切或全無」(All or Nothing) 主義的一篇詩劇，這種堅強意志的支流後來便匯入他的社會劇內而成爲洪波。本書充滿了想像的幻覺和陰慘的空氣，用爲理想的和犧牲的精神做了主題，這種理想是狹隘的，因之也就成爲個人主義的泉源。本書以白朗特牧師做主人公，爲了他的理想就是將人間的感情與關係都滅絕了也是在所不辭。他經過了許多的艱難困苦，悲哀不幸，終於他那貞潔悲涼的妻子以及他的愛兒都拋開他而死去，然而他還要將他兒子的遺服周濟凍餒的乞兒。後來他在冰天雪地的山上遇見耶穌了，這是他被他的信徒投石所追擊，他鮮血淋漓的逃上了高山，就在他這朦朧的幻覺之中，遇見一個瘋女，他便認做是帶有荊棘之冠的耶穌，於是在雪山崩潰而將白朗特壓死的剎那，他完成了他的理想。愛理斯將這一幕比做利亞王劇中的偉大荒野之一幕，而易卜生給與了一種超　然的聲音。老實說來，這「一切或全無」乃是易卜生思想出發的根本，在他未能體驗社會復雜事實之前的他的理想。他認爲人若沒有理想便不能生活，而這種理想縱是孤立的，也要渡過困苦艱難而達到的，若不叨叨則寧爲玉碎，然而達到的時候多半也是玉碎的了，這却是他的勝利。及至後來他不斷和社會接觸，感得社會環境的不良，正和白朗特的遭遇一般無二，於是他更加相信他的觀察不錯，更加和社會環境奮鬪，乃有社會劇的產生。

易卜生在世界中引起讀者最大注意和最大興趣的，自然是他後期的創作社會劇，而他自己也因此而成爲不朽。不僅他自己在將這些劇作視爲傳世的要品，而這幾部著作的確是鎔化他少年時代的技巧與晚年所得的社會經驗於一爐，而鑄成這對於社會生活的明快的批評。這些作品中的含義，並沒有變更了他的初衷，在其中所流貫的精神，確也是主張個人的合理的自由不應受社會環境的束縛和限制，而對於社會一般的虛僞和習俗加以深惡痛絕。然而他似乎不承認這些現象與社會經濟背景有絕大的關係，他看不清楚這是資本主義與工業制度發展的程途上一種必然的現象。他的因果論不是求之於物，乃是求之於心，所以他主張人心革命。他之所以成爲社會的反抗者在此，他之所以成爲烏托邦的社會主義者也在此。這些社會劇是嚴肅的，其中的行文，用字都沒有遊戲的意味，他的描寫都是平凡而合理的，都是將社會弱點坦白地加以描寫而不虛飾，劇的內容是過於豐富，因爲他的奔波的力量與不可扼止的情緒，時常發現有冗長的對話。因爲有以上三種原因，所以他的劇讀起來比在舞臺上看起來較爲容易。讀起來是很能感人的，並且容易用思索來幇忙，而在上演的時候，則似乎沒有多少使人思索的工夫，因爲是內容太富，而有突然向腦裏重壓的樣子。所以舞台家常以表演他的劇本爲難事，即是前年我在北平一個藝術學院裏看見羣鬼的上演時，也覺得未能如讀起劇本來一樣的滿足。其中對白多而少有動作品的幫助，我認爲不是幼稚的演員一試即可成功的。

少年同盟算是他的社會劇中最初的一篇，他在這裏面顯示他對於當代政治的不滿，並且詆毀當時的政黨政治。他認爲當時英國所實現的政治，雖是向着完全的民主政治的目標前進，然而決不是滿足的。書中的主人斯坦期憂得是以平凡的人要造成政黨的，他雖然受了許多輕侮，他却不會失敗，我們却更可推想他正在向高官厚祿的途上進攻。他認爲自由，平等，與友愛的攫取，不是靠賴政黨與政治家們而得成功的，因爲自由，平等諸名詞在它們趾高氣揚而公開的流行着的時候，已失去它們在被禁止時代的意義了。政治家是不能理解的，因而只是部分的與浮淺的追求，結果是於社會無補的。所以最有效果的乃是「人心的革命」。他認爲民主主義是要將一切的人全都變成貴族，這樣才不會發生貧富的糾紛，這是觀念論，這是烏托邦，並且忽視了社會機構的實象了。

在社會柱石裏他對於當代的教會人物表現了尖酸的諷刺。諷刺教會，就是攻擊那由此而產生的風習禮俗。他指明了凡是在社會中努力勉進而想成爲社會柱石的人，就是『知事，教師，牧師，傳道師』。他將教會中的傳教師做爲風習禮俗的最高代表。然而他並不是抽象地來下立論的，他乃是用着合理而真實的諷刺，所以覺得異常深刻。劇中主人學校教師羅爾蘭得（Roerland）是一個正直而且意志堅强的人，然而他受了禮法之薄翳的蒙蔽，使他喪失了深透明察的力量；他沒有新的理想，也不能絲毫同情於自然的本能和放縱的情緒，只是深深的遵守着宗教的制裁，他的職務便是宣傳他所支持的道德社會的傳統的格言。易卜生所攻擊的並不僅是敎會，乃是攻擊傳統的道德，宗敎界的人物何時何地都是一種因襲道德的重要的權威代表，所以他因爲攻擊傳統道德便不能不攻擊敎士。至於他對於基督敎的態度，我們可以引皇帝和加利利人中求利安的話來說明了。他說，『…無論何人一到了他的手裏，便再也不會恢復他的自由了。我們是像被移植在他鄉的葡萄樹；若把我們再移植到故鄉故土去，我們怕要枯萎了；但是在這一塊新地裏，我們又爲思念故土而生病。』在這裏我們看出他對於耶敎的人性本惡的敎義和强壓政策是表示着不滿的。

現在要談到他的傀儡家庭了。代近世婦女聲述她們那不平的地位，揭破了雙重壓迫的騙人把戲，並且引起近代婦女的覺醒以及社會學家對於婦女問題的興趣的，就是這部傀儡家庭。這部書在世界上發了先聲，警醒了久處樊籠的婦女，起來爲她們的權利地位而爭鬬。據說，傀儡家庭最初在挪威的劇場上演時，一般社會感受了非常的刺激。凡是看了這齣戲的人沒有一個不在家庭裏談論；辯論得激烈的時候，甚至破壞了家庭的和平。婦女問題早已在工業資本社會的母胎裏孕藏着了，它要由封建工業組織中拉向資本工業組織中的不僅是「男人」，而是「人」。這種聲音終於藉着易卜生的戲劇喊向世人了，全世界都在震盪着。因爲這部劇便有人說易卜生是婦女的同情者，這也似乎太過，究實說來易卜生不過是一個矛盾社會中的攝影師。這種家庭叛變的氣氛滿漫了世界而化爲各種婦女運動的團體，在中國，五四運動以後，婦女也起來爭她們的權利與地位了。易卜生是值得紀念的。這部書在技巧上也是很完美的，愛理斯說，『此劇實在是一篇有機的完全作品，各部分都是十分密接的銜連着，劇中開展的程序，步步都有聲色，處處都很自然。』

娜拉（Nora）是生活在傀儡家庭之中的，自幼便受着四周影響的包圍而將她的青春生活的本能窒殺，她實在就是依着羅爾蘭得所代表的那些因襲道德的格言所養成的女人。她和海爾梅爾的結合根本上是錯誤的，她所進入的乃是謊騙的石灰坟墓。她因了丈夫的撫愛和熱情，甘心的做着良母賢妻，熱烈的愛着丈夫，竟爲了丈夫的幸福，做了犯罪的犧牲。這種犯罪的動機是出於愛心，她並不覺得這是犯罪，然而却不蒙她的丈夫的諒解。他是一個嚴格的官吏，謹愼而自私的律師，沒有高尙的情感，有着快活的外貌和乾枯呆板的內心，在他的利益場合中，他竟肯爲了利而犧牲愛。這種結合當然是隔膜的，皮相的了。但是娜拉終於受了啟示，她見到了社會代言人他的丈夫那種嚴肅的面孔，感覺到從前的愛原是虛僞的假面，結婚原來不是結婚，原來是欺騙制度之下的一場買賣，當買主不用你的時候，便可隨時捨掉了，於是她決意離開家庭，離開她的丈夫與子女了。她滔滔的發表她的女權論的講話，她已不是牠自己，乃是婦女大衆的代言人；這不僅使她的丈夫因了這綿羊一般馴順的女人突然地也會拚命吶喊而震驚，實在也使當時社會禮俗的上帝也震驚，他已不是世之牧者，他的綿羊都要逃去了。

這個女性較着易卜生已往作品中的女性健壯得多了，進化得多了。雖然他將那耐人尋味的「娜拉走後」的問題留給世人，——這也許是不能解決或想不到解決的問題，因爲他那「人心革命」還未成功；然而這已經够了。

在羣鬼裏，他又將一種人間的遺傳的退化的凄暗的肖像，由於傀儡家庭的結婚的悲劇而達到羣鬼的遺傳的悲劇，這本書只好算是傀儡家庭的續編了。在這裏，他鄭重宣述遺傳的重要，一輩輩的新人的行動思想中都有一個故去的陰魂支配着。書中的女主人，爲了名譽與地位起見，要將她丈夫生前的酗酒姦淫的醜行掩蓋而藉着慈善事業使他做爲流芳百世的社會的典型；但是當她的兒子因爲遺傳潛伏的病發作了而回到家來的時候，她眼前便覺得處處都是她死去丈夫的陰魂之再現。她看見她這個向來不飲酒的兒子現在也過量的飲起酒來，並且他對於自己父親與人私通而生的異母妹也戀愛起來，正如他父親當年的卑鄙之行一樣。所以她對牧師說：『曼台爾斯先生，我在這樣的想，我們恐怕都是陰魂吧。不僅是我們父母的遺傳在我們的心裏行動，恐怕各種無生命的舊思想舊信仰以及其他種種都是在我們的心裏附着呢。這些東西自然是沒有生命的，可是它們也一樣的仍舊牢牢的附着於我們的身上，我們怎樣也不能將它們擺脫去的。』她覺悟了一切地方都有陰魂藏着，國內世界內，在在都充滿了陰魂的毒菌。

易卜生在這本劇裏達到了技巧的高潮，他只用些日常瑣事與普通人物做爲題材，以對話的方式講出一般人類的行動，而達到了悲劇淨化的頂點。以諷刺論，這部劇算是毫無僞飾的露骨的諷刺，因而極端地暴露了醜惡社會的暗秘之內幕。

因爲羣鬼的上演，遭受了社會的不良之譏評，人們認爲這是極不道德的，一切新聞紙都起來做爲醜聞而加以詆毀；於是激起了易卜生的憤怒。這憤怒便是他最暴烈的劇本國民公敵試作的動機，在這裏他猛烈地攻擊社會的淺薄與僞善，他的個人主義與孤獨勝利說也是充分的表現在這本書裏的。

在國民公敵裏，孤立的斯多門醫生頑强的和四周的欺譑與僞善作着鬬爭；斯多門就是易卜生的自畫像。他和易卜生發現了社會的羣鬼一樣的發現了那作爲都市繁昌之源的温泉場裏的水分含有毒質，於是他便將這事實公佈出來而求救治之方，因此他便遭受了非難，因爲社會的柱石們是要靠着這個來求福利求穩固的，不容你破壞他們的生活靠山，他們就是在這毒性的温泉場下求寄生的。於是他便遭受了弃絶。在這次鬬爭的失敗之後，司多門醫生退隱到自己的家裏去，孤立了！他在這裏看出來一條自由人的出路，他說，『世界上最强的人，便是最孤獨的人』。於是他的個人主義完成了。

這便是易卜生思想的進程，他爲了個人的權利，爲了淹沒已久的眞理而奮鬬，然而結果眞理還是受了淹沒，於是他乃退讓而入於孤獨。於是他這積極的個人主義終於是消極的，他只好在孤獨中享樂了。他對於社會轉爲深惡痛絶，便遠離了那蠢而物質的羣衆。『羣衆的聲音使我害怕，』我不願使我衣服被街道的泥濘沾污。我願穿着節慶的禮服，等待着未來的日子，他消極的退入烏何有之鄉了。

易卜生雖然非難着僞飾的道德，而主張人心革命，他却沒有提起十九世紀的私有財產制度過；他承認了這種制度而反對由於這制度而生的精神現象，他只要淨化道德的氛圍氣而不去淨化經濟的雰圍氣，於是他走得此路不通了。他只好希圖離開社會，完成病態的個人主義，在頹廢的孤獨中，追尋着自己的幸福了。他是資產社會的反抗失敗的忤逆兒，但是他逃避了。

第五章　俄國自然主義三大作家

研究近代文學所不能忽視的，還有俄國的文學。沒有英國文學的典麗莊嚴，不及南歐文學的華美細膩，俄國文學却在能這裏面伸出一隻粗壯的手來，正如俄國賤農（Muzhik）的一隻粗壯的手一樣，散發着農村田壠間的窒悶不平的氣息，挾有樸直而偉大的情感，深沉的引起世人悲憤的感情和咆哮的動作。確是如此，也只有俄國文學纔能如此，沒有人能平心讀下俄國的沉痛之作，時常有感慨與躁動的情緒激蕩讀者的心，由十九世紀末葉到現在，這種偉力已具象化，而且震撼了世界的統治階級，深深的在被壓迫人們的心裏奠下了根基。

這倒底是爲了什麼？具有短短一頁文學史遠不及文明的西歐的俄國文學，爲什麼突然便佔有了如此重要的地位？這個謎幾如俄國社會由封建農村經濟越過了工業資本經濟而突然建樹了蘇維埃是一樣的驚人，一般的難測。

俄國文學所以有這樣的力量與特色，當然是由它所以產生的社會條件。若依泰奴之社會學的文學論之方法，則（1）在種族，北方的斯拉夫民族生就是淳樸壯烈；（2）在氣候，俄國本部在北緯四十度至七十度之間，正是北溫帶，所以居民要有堅固耐勞與剛毅之性；（3）至於時代，則大概是受了歐洲自然主義潮流的影響吧。這種解釋不僅是似是而非，並且也很不澈底。遺傳和自然環境絕不是社會整個機構的基礎條件，泰奴的文學論是社會學的，却不是澈底的科學的，他本是踏到唯物論的邊界而退縮了的人物，所他的說法當還不算澈底。

在歐洲全體說來，俄國本來是一個立國較晚而開化較遲的國家，所以當歐洲進行着產業革命過程的時候，俄國依然保持着貴族與地主統治的農村社會。到了彼得大帝（Peter the Great）的時代雖然吸取了西方的新文明，而其所得以進步到工業狀態的也不過是幾個都市而已。他以着英邁的力量造成了雄飛一世的白俄帝國主義，而實質上於農民生活並無相當的改善，而且日漸增加了壓迫。因了彼得大帝的窮兵黷武，再加上歐化的工業資本主義之侵入，所以農村經濟便日趨動搖，農民生活也便日見困苦。農民的思想雖然因爲歷來宗教觀念之熏陶而成爲卑陋；然而當時貴族階級的叛徒，農民的同情者，便將一種不平的空氣散放在俄國社會之中。統治者極力保持社會的階級尊嚴，農民羣來中却又彌漫着自由解放的空氣；這壓力與反抗力的衝突而形成了當時的貴族，小有產者，農民同情者的意識。在這種場合之下，形成了保守的與進步的底兩種極端勢力。前者則努力保守它那階級統治的固有文化，後者則熱烈的要求着吸入西歐的自由思想，於使這鬭爭便日見尖銳化了。在這衝突的旋風中，統治階級自然佔有優越的勢力，因爲是握着政權，便施行了官憲的壓迫，所以在四十年代左右，實在是俄國的黑暗時代。不斷的反抗，不斷的屠殺，流放，社會簡直是灰色的了。

當時的流動階級小資產份子呢？多半都是旁觀人，而不是當事人，對於社會只有浩歎，而無革命的決心與行動，結果則流於學術思想的抽象的追求，於是好誇大，喜辯論，愛着祖國，然而却不能實行，於是乃流於抑鬱、消極、絕望了。他們希望着後人，如貴族之家中的拉夫爾斯基即是一例，後人却去希望誰呢？老實說來這時俄國人的思想雖然有着社會的傾向，大體上却還是個人的，所謂階級鬬爭這時在俄國還未播下它的母體。這種氣氛在俄國延遲了許久，不僅屠格涅夫的巴札洛夫是個人的虛無主義，即是到了阿志跋綏夫的沙寧和綏惠略夫也是由個人主義的基點上出發的。

基於這種走頭無路的現勢，在俄國自然主義文學中表示着兩種氣氛。一種使表示苦悶而無所得其解救，深覺這一時代是無用的了，便去深深希望着後人；或是口頭上講着革命，不去實行，結果却胡裏胡突的死了。——這是深藏着消極的調子的。其次便是目擊農民生活的困苦，和社會制度的不良，而以良心與宗教來做救世之倡導的。前者的代表是屠格涅夫，後者則是托斯退夫斯基和托爾斯太。這三個作家在近代中都是佔有着重要地位的，寬格一點說，都是社會藝術家。在他們的作品中，我們見到濃厚的小資產階級的人道主義的理想——雖然他們不盡是小資產階級者——現在雖然過去了，並且在某一觀點看來都是反革命，然而在助長現代社會思潮的發展與行動化確是有着偉蹟的。

一、屠格涅夫

勃蘭特批評屠格涅夫之爲人的時候，他說，『在屠格涅夫的心裏，有一種深刻而廣汎的憂鬱思潮。…』這種思潮究竟是從哪裏來的呢？辛克萊（U. Sinclair）認他爲『俄國的哈孟雷特』（Russian Hamlet），這種憂鬱之網又是怎樣織成的呢？

造成這種憂鬱氣氛不外是他那光明的理想與陰暗的俄國社會生活的衝激之結果。因此，他爲了生活的不安，而逃往法國，並且在這裏他度過他畢生中三分之二的生活；一方面因爲他那「歐西派」的理想不能在祖國實現，而使他那具有流放性的生活佈滿了憂鬱的彩色。

伊凡·屠格涅夫（Ivan Turgenev 1818—1883）是生於莫斯科（Moscow）西南的奧利渥爾市的一個貴族家庭之中的。他受有俄國的完全教育，却感到不滿足，因此便到德國去求深造。其實因爲他本是一個敏感的人，對於俄國社會的不平，抱着改革的心腸，同時西歐黑格兒哲學思想的輸入，掀動一般青年的浪漫的與民族的熱情，屠氏當然也難免受了這種潮流的激動。他懷有滿腔的青年的熱血，情感在激盪着，而日常生活則爲痛苦農奴之呻吟所圍繞，欲着受改革則又無力，這的確是青年的一種難耐的關頭；於這熱情馬上便會由積極轉入消極，四周的現象立刻使他感到恐怖與慊惡，所以他終於逃脫了。他曾這樣的講，『或者在坎坷的路上，循着共同的軌道，一趨一步的行去，或者回轉身去，冒險地將那在我心靈裏所寶貴的東西丟開，我覺從了這後者。』又說，『我投身在「德國之海」中，使我得淸潔，得復活，及至我由海中探身出來的時候，我便成了西方派，永遠是西方派。』這足以證明他和國內保守派的抵觸以及其厭棄的心理，也可見出與托爾斯太一流作家的不同。

屠氏的文學事業開始於他第一次的國外之游，但是當他在國內大學做學生的時候，也曾受有「世紀痼疾」的影響，極力去模仿拜倫的曼弗萊特，這時所寫的不成熟的詩劇，雖然得到嚴厲的批判，却已在文藝界中露了頭角。於此，可見屠氏的名作雖然具有寫實主義的傾向，這乃是僑歐時所受的影響，而在那文化落後的國家裏所先接受的則是浪漫主義的思潮，並且俄國的國民文學之樹立，也多半是受了這種思潮之推動。

一八四一年屠格湼夫自國外歸來和一八四〇年代的理想派倍林斯基等相契，於是形成西方派的壁壘。原來當時俄國的青年進步團體也還分着兩派，一派是西方派，一派則是斯拉夫派，這兩派全是以改造俄國社會解放農奴爲主旨，前者是理想的，後者則比較實際些，於是中間也難免發生着衝突。屠格湼夫自然屬於高視闊步的前者，這是勿須說的，在他的主要六部作中都是憧憬着一種改革的理想，而結局又都是失敗而無結果，不過遺下了憧憬的希望而已。

使他得以名世的第一本小說，是由二十五篇描寫農奴階級生活的短篇小說所集成的獵人日記(Sportsman's Sketches)，極力替着農奴抱不平，然而在一種温和的人道的感情之下，也不過是同情而已。屠氏起初便不是一個激烈份子，到底也是温和的。温和多情則易受刺戟而少忍耐，易消極而多憂鬱，所以這位紳士便不能不僑居國外去了。

一八五零年屠氏因爲母喪歸國，却做了兩件比較驚人的事情，第一件是將它所屬的農奴一一釋放自由，其次則是爲文弔郭戈爾(Gogol)之死。解放農奴是破懷社會制度，往大了說則這種風氣足以顛覆俄國的封建社會；弔祭郭弋爾無異對於俄國政治給與攻擊，因爲郭氏的作品多半是攻擊這社會的政治形態，以及寄生於這形態中的「死人」(Dead Soul)的。於是屠氏遭了逮捕。二年後因友人保釋得自由，便又出國做寓公去了。

此後便是他出品最多之期，洛丁(Rudin)貴族之家(A House of Gentlefolk)前夜(On the Eve)，都是在這一期間裏出版的，並且博得社會的佳評。一八六二年父與子(Fathers and Sons)出版，他的思想之表現似乎更進了一步，而同時兼受保守與革命兩黨的非難。烟(Smoke)與新時代(Virgin Soil)是他最後的巨作，其中厭世的思想更濃，社會的批評，則似是毀譽兼有。

他的一生是不斷的過着寂寞生涯，並且又大半是在外國過了的，他雖然時念故鄉，而不能回去，因爲他對於故鄉確是有點深惡痛絕了。他在法國的青年批評家法爾多的家裏作食客，並且與法爾多夫人相戀，半生就是這樣過下去的。平生眺望着自己的戀人做人家的妻子，而沒有斷然的辦法，而且也不能，讀者於此已可見出屠氏的爲人了。勃蘭兌斯說，『他的性格是高尙的，是優美的，却是優柔不斷的。』這話有些相像，屠氏在他的巨作中時常批評這樣性格的主人公，其實也就是他自己了。

一八八三年八月他病死在法爾多先生之家。

屠格涅夫的爲人，依前文勃蘭克斯之言，說他是優柔不斷，自是十分相像。我們從他的傳記和作品中間來看，他起先確是一個溫情而熱心的人物，後來因爲痛感本國社會政治的不良，農奴制度的慘無人道，又醉心於歐西的工業化了的社會，所以想着用歐西的方法來做他的人道主義的工具，後來他終於不能見容，所以流爲消極的憂鬱的紳士。他的一生確是對於農民懷着熱心，甚至因爲解放了自己的農奴而遭縲絏。然而一時的個人努力是不能動搖全盤社會的，所以他懷着解放農奴的心而逃居國外。他沒有別的道路了，只好是懷念着，希望着，他說，『我在前面並不見有其他的道路。我不能呼吸於一種空氣裏，而與我所嫉惡的共同存在；這也許是我缺少堅忍性質的緣故。我必須從我的仇敵那裏退後開來，使我能在遠地鼓起氣來做猛烈的攻擊。……這敵人即是農奴制度。……

我到西方去也是爲着奉行我的誓言。』想做實行者而終於成了旁觀者的屠格涅夫不能不陷於憂鬱了，他從仇敵那裏退後了，雖然奉行他誓言，却是在西方了，所以他終是一個温情的紳士，不是一個生活與惡制度有切膚關係的無產者，他却逃往西歐的堤上，可是拖在水中的農民，他終是無法挽救，只是呼救罷了。

當一八五七及一八五八年間，俄國正在預備改革，他和許多俄國志士聚在羅馬，討論農奴制度問題。他建議用社會全力扶助政府解放農民，我們誰都能曉得他這好心是終成虛語的，他步上改良主義者的橋，農奴終於不會解放的，若沒有「十月革命」，如他這般温情派的思想到底也不過是空想罷了。

老實說來，屠格涅夫不過是一個温情的人道主義者，在新興資產階級之羣裏，豎起温和理想的旗幟，來反對俄國的封建階級。他眼見西歐的勞苦大衆，爲人權說所激動，由農村走向城市，爲國家，爲資產階級的政府，拚命作工，將封建的社會制度擊碎，他認爲這是俄國人自救之路，於是揮起他那指揮與理想的鞭子驅着俄國社會追步歐洲。他覺得只有這樣才能解放俄國農民，他受了封建社會的駁斥，他的主義終於不得實行；即使實行了也是不能如他所期的逃救大衆。他不曉得無產農民的解放，不是仰着資產階級的鼻息可得成功的，他也不曉得解放只有在自己的鬬爭；主人與奴隸在一起談談話，少要一些租金，時常對着奴隸和顏悅色，這於他們是沒有益處的。然而他的動機到底是不錯的，固然是他坐在巴黎的客廳裡可以盡量誇着同情農民的海口，但是巴黎客廳裏的人多了，像這樣的人還少見得很呢！

屠格涅夫的作品是以明切的反映時代的特點而被人重視的。大文學家就是時代思想史的撰述人，名垂不朽的作品不會失掉它的尊嚴的；所以凡是偉大的人，不論詩人或史家，都是掙扎在他們的時代裏，收集這時代的精華做為他們最大的收穫，但丁描寫十三世紀的意大利，喬塞刻繪十四世紀的英吉利，左拉記述第二帝政時代的法蘭西……全都對於他們的時代盡着忠實的責任。屠格涅夫不僅是握住他的時代，不僅對於社會大動搖有着敏銳的感覺，而且在他那以獵人日記為基點而陸續寫成的六大作，簡直是俄國四十年代以降的社會思想變遷史；他將這龐雜動搖的大時代，用着纖細微妙的藝術手腕，分着階段的描繪出來，在你讀這全部作品的時候，能悟到這大時代變化的波線。他不僅是一個小說家，且像似是一個史家。獵人日記自是實行他那一生同農奴制度宣戰的宣言，繼之而起的代表空想而不着實際的路丁，以忠厚無足而屬望未來青年的拉夫爾斯基為主人的貴族之家，以至前夜，父與子，烟，新時代，都是描寫時代思想之進展的。

農民生活的痛苦，是屠氏常常不能丟開，而縈縈於他的小說之中的。獵人日記不用說是專為農民解放之呼籲而寫的；即是在其他六部之中至少也是暗示着的，他實在是不能忘懷於農民，而同情着，焦急着的。

然而他終於不是農民階級，他是一個比較有錢的知識階級者，他在小說裏表現着同情於農民痛苦，然而也不過是同情。真正的農民生活他並未嘗受過，而對於農民的出路他也不過是在空想，所以結果也只是隔岸觀火而已。他愛俄國，可以說是爲農民而愛俄國的了，解放農民便是救了俄國，但是他的主張怎樣呢？在這整部的巨作，屠氏並未給我們以清楚的道路，他所指示的也只是時代思想的糾紛，他的主張，除了理想之外便是希望後人了。

屠氏無論如何是一個紳士，這是勿庸諱言的，坐在巴黎的客廳裏又怎能曉得農民生活呢？他那去國以後的六大作，描寫農民生活的地方很少，而主要題材多半是紳士戀愛的悲劇，屠氏對於戀愛的滋味大概是深深知道的，並且在他的後半生全是嘗着酸苦的戀愛的滋味的。他將時代思想的暗影插入這種紳士戀愛悲劇的題材中，確是聰明，是容易引人咀嚼的，但是我們一想到作者的生活時，便承認這種成功是僥倖的。

至於他的技巧方面確是值得佩服，在近代小說家中，他算是在技術上最有鍛煉的文學家中的一個。他在技術上確是講究，並且也有閑，絕不像托斯退夫斯基之等着稿金「買米下鍋」。他的筆是諷刺的，沒有什麼激烈的份子存在，因為他是有着溫和性格的。因了這溫和，他便不常有發氣的表現，縱是憂鬱，其中却帶有光明的氣氛。在題材的緊鍊與主題的集中，也無人及得他，他的作品是少有失敗的。並且他的文體也精細美麗，特別在描寫女人性格時，更見長處；他的筆眞如一個盡職的家庭女教師，它能忍耐的，輕柔的，伺查着少女的行動，而牢實的記下。

屠氏的創作很多，長篇的有前文所舉的七大作，較短的則有"The Jew","A Lear of the Steppes", "The Duellist", "Mumu", "The Songs of Love Triumphant", "The Inn", "The Tryst", "Clara Militch", "The Tide of Spring" 等作。本文原是着重他的長篇與時代思想的，所以只將七大著概論如下，其餘的，為了篇幅與論旨的關係只好割愛了。

屠氏在當時雖然是一個政論的藝術家，都並非民衆運動的實行者，解放了自己的農奴不能就算是做了運動。他既然不能由他的主張收得實效，又沒有毅然奮鬥的氣質—與其說是氣質不如說是階級所賦與的，在社會上與政治上又未取得一定的地位；但是他却不能忘情於他的改良思想，不能遁居於藝術宮內而自甘寂寞，於是為責任之心所驅，乃決意在文字上與農奴制度宣戰，而獵人日記便是一篇為農奴解放而發的宣戰書。本書是由前期的短篇集合而成的，其文筆的優美已臻絕頂，中間充滿了人道主義與同情之感，映畫出屠氏自身的階級地位。此書並不以悲哀之感見長，藝術彩色也不甚濃厚，只是用一種真摯的力量表現農奴制度社會的全景。從毫無憂慮的浪漫派卡里尼奇起，到煩悶嚴肅的派留克止，所描寫的人物皆如寫真一般。這部書不僅是光榮的藝術技能之寶物，却是對於俄國社會自覺的發展上和解放運動的準備上都有着重大的關係，永遠地保持着歷史的意義。由此屠氏便成爲俄國社會思潮中的重要作家。

路丁是描寫俄國四十年代的典型人物，當時黑格爾的學說在俄國社會急劇的流行着。一般俄國青年皆醉心於歐洲的新思潮，而以說談爲快，路丁就是這般人物的代表。他們宣傳着封建制度破産的因子，却不能實行；因爲這種思想是和專制的封建主義相反對的，凡是對於本國政治界抱有改革熱望的人，都遭了打擊而陷於苦悶，因之感到孤獨寂寞而傾於自暴自棄。在這種失敗之餘，這般夢想着國家的將來的青年男女們，不得不屏絕政治，而趨於遠離現實的空想世界，而集中其精力於哲學宗教藝術等的考察，而和現實界遠離，結果只有成爲話匠和思想匠了。所以一身如浮萍，對於一切表着不怎樣關心的態度；而由他們放言高論所生的結果和反動，激起來青年的熱氣而想去脚踏實地去做的時候，他們反倒棄去批評或領導的責任而冷淡的退後了，所以他們終於成爲空想家；而這種現象也成爲歷代知識份子中的通病。

路丁以大言壯語得娜它利亞的傾愛，兩人便私訂白首的盟約。不料女郎的母親聽了，大怒不許，並且禁止他們來往。娜它利亞却是一個膽大而有毅力的女子，便和路丁在樹林內相會，打算偕逃。路丁是一個極無決心而且冷淡的人，反勸她服從母親之命，於是使這女郎失望而與之相絕。此後路丁乃浮萍般的漫遊到法國，死於革命的戰役。屠氏在這本書裏極力批評主人公路丁，說他是極聰明而在實際上却極空虛的青年，至爲恰當。當時俄國青年多半都是如此，好大言而不努力，他這大言所播下的種子雖然收有效果，自己却未看見。總之這般人的語調太高而毫無堅强的意志與決心，甚至對於性愛的關係都沒有決心，不僅俄國的青年如此，即是屠氏自己也免不掉這種毛病，所以屠氏對於路丁的責難，也有幾分自己批判的意思。

路丁派的人物出現了幾年便落伍了。於是有一派比較實際的人物起而代興，另開闢一種較新較廣的局面。在貴族之家裏便唱出一種這舊時代將終的悲調，代之而興的人物之典型則是主人公拉夫爾斯基，他具有着同情與人道的情感，心裏充滿着高尚而正直的思想，但是他這類思想全是着重於個人幸福的慾望上面。他本是有着高貴思想與情感，却因爲他妻子的不貞，而感覺爲人生所棄絕而陷於悲觀與懶惰。他在表面上似是一個懷疑主義者，然而他確不是的，屠格涅夫藉着米哈雷費赤的話批評拉夫爾斯基道，『你不是一個懷疑主義者，也不是一個厭世主義者，更不是一個弗祿特爾的信徒；你是一個流氓，不是一個純粹的流氓，而是一個故意造做的流氓，不是一個單純的流氓呵。

單純的流氓是臥在房裏不做事的，因爲你不知怎樣去幹事，也不是籌思什麽事情；但，你是一個有思想的人，你却也臥在房裏，你是能做事的—你偏不做；飯吃飽了，懶懶的臥起來，並且還冷眼的看下去說：「最好是這樣的高臥着，無論誰做的全是糞土，是歸於無有的。」在斯拉夫主義乍興的時候，確是有這種現象。這派人是愛俄國的，却不知怎樣去做，即使想着去做，思索一番便覺無意思了，他們自以爲聰明，然而對於事情却並未看透，他們沒有了解農民的立場，也不知自己的地位。他們承認着自己是聰明人，其實却是徬徨着，這正代表了時代變革中游離的知識階級之思想。

所以拉夫爾斯基終是跳不脱個人主義的圈外，個人的利益與社會的利益永是在衝突着。他從國外歸來，政要洗心去做農村的工作，又爲變愛的事情所牽吸，便重復爲個人幸福的慾望所佔據。失戀之來，使他突然受了打擊，於是又想到社會事業，又悟到在個人幸福方面失望了，重理舊日事業是有益的，於是在這裏求得滿足，屠格涅夫在這裏寫道，『……他已經着實變成一個很好的農人了，他已經實地學習了怎樣去種田，並且他的工作不僅爲着他自己；他已經盡所能的造下了他的佃農福利的堅固根基。然而他老了，他深感過去時光的荒廢，來日的工作方長，他不得不建築希望在青年人的身上，他懺悔了，『歡迎呵，寂寞的殘年！毀滅了吧，無用的生命！』這是他最後的話；然而他終於比路丁進步了。

前夜一書指示着新時代的降臨！這部書所用的漂亮名字，也是暗示着革命前夜的意思。這是俄國改革以前的新時代重生的暗示，在伊凡諾維尼回答蘇賓『我們還沒有什麼事業，我們還沒有這種人呢。』的時候，他說，『等着吧——這些人快來了。』這明顯示新時代即要降臨的預言。在著者的意思，書中的主人公葉林娜和殷沙洛夫這般的英雄，是俄國社會中所希有的。這時的俄國只有些思想家，著作家，藝術家，如蘇賓等類都不是時代中所需要的，所需要的，所需要的乃是脚踏實地去做事的人。女英雄葉林娜具有着奇特的志氣與剛毅不屈的心胸，很看不起這般理想主義者，却傾心於保加利亞的愛國志士殷沙洛夫，終於和他結婚，同到保國去爲國家盡力。著者在本書裏極力希望着未來的曙光，切慕着打破曙光前之陰霾的新人物。

父與子是代表俄國改革前新舊思想衝突的頂點，這時，俄國的保守派因爲擁護舊有的制度，異常頑强；而新青年對於黑格爾的哲學思想的浮而不實漸漸起了懷疑之念——一切偶像於是破壞。這不外是歐洲唯物思想流入的結果，力與質成了議論的中心，精神之説爲之破產，懷疑的結果乃成了虛無主義。虛無主義（Nihilism）這個名詞是屠格涅夫在父與子這本書內開始使用的，這種主義後來應用到政治上便是無政府主義。本書主人巴札洛夫是一個有獨立個性的人物，他除了自然科學教給的學理與法則之外，否認了一切的抽象原理的權力。他什麼都不相信，並且非經試驗概不承認任何價値，是破壞歷來的一切信仰與理想的極端的偶像破壞者；這種虛無思想乃是當時的時代思想之一面，也就是個人主義的極端。在俄國眞的也有這樣的作家，即是皮沙列夫，他的破壞的主張是從根本上推翻歷來的理想的人生觀。他從極端的功利主義的立場，提倡藝術即娛樂之說，想以藝術權威來替代科學權威。屠氏所寫的巴札洛夫大概就是皮沙列夫的典型，此書是以巴札洛夫的言行做骨幹，而以他也彼得老人决鬥做爲新舊衝突的頂點

烟是描寫濃艷的戀愛故事，一方面顯示着俄國當時社會之混亂。態度比較是消極的，而且離着社會問題也較遠了。自然，屠氏是善於描寫戀愛的，而多半都是失戀的。這一篇將結束時也是淒凉的，主人列托希諾夫在戀愛場中退了出來，從車窗裏眺望着雲的往來、喊道，『烟呵，烟呵！』他的半生以及俄國人的生活都等於這烟，幻化得很呵。但是在本書中所描寫的那不務實際的社會改良家，無知的貴族，用筆都很有力。

新時代是他最後的長篇小說，也是遭受攻擊最利害的一篇。他的思想在這裏却是進步了；不過對於俄國社會實况則益隔膜。書中描寫當時的國民運動，樹着去與平民爲伍的旗子，中間充滿劇烈的熱情，具着人間公理快能實現的信仰，這是値得令人興奮的。但是仍有不切於社會運動的實際之處，還有猶疑的魅力作祟；然而離着新時代漸漸近了。

屠格除了小說創作之外，還有散文詩集，以他那種精美的藝術手腕，寫出一種平心靜氣的散文詩來，真實流暢得很，不但値得一讀，也足以做爲學詩者的模範。其中所寫，有關於命運，懷國，社會小問題，市井瑣事，還有一篇工人與白手的人是寫工人對於革命的知識階級的不能諒解，他覺得羣衆離他很遠，而且工人還是無知的。

關於這位『俄國哈孟雷特』的介紹大致如此，讓他做着那時代的預言者，和知識界的代言人吧！

二、托斯退夫斯基

屠格涅夫所描寫的四十年代思想的頂點——虛無主義，証明了西歐個人主義的思潮已流注於樸誠而封建的俄國，並且發生激化。但是這種思想是個人的，偏激的，在集團的意義上不久便會失敗，尤其是在一向篤信宗教而富有情熱的俄國。功利主義的巨波到了一八七〇年代已漸因社會的不滿而化爲淺流了。一般人覺得單只追求物質的意義與利益如皮沙列夫之流已不能滿足人類慾望，而其斤斤要求的則是精神一類的東西了。這種要求給與宗教思想以復活的集會，而這種思想的出發仍是基於「愛他」。基於這種思想的立場而倡導愛他主義，首先引入於文藝之中的則是托斯退夫斯基。在資產階級的澎渤的物質慾發達到頂點而不能自保的時候，時常是有那情熱而敏感，慣於犧牲自己而兼愛他人的小資產階級者來替他拆台，這是資產社會中所恒見的事情。托氏是屬於進步的小資產階級的，他雖然處境不減於無產階級的窮困，他却具者小資產階級的意識與温情；他雖然時時有被資產階級所雇傭或委託，然而同時却有他的良心牽繫着他使他遠避那罪惡之淵藪。在這衝突之中，他的生活也陷於艱境，而其精神生活則爲避免這艱境而遁入宗敎信心中去了。他愛着人，尤其是愛着窮人。他爲了祕密組織曾上過斷頭台。他曉得世間只有窮人最苦，最受蹂躪，也曉得爲窮人而殺人是無罪的；然而拓終於認爲這是有罪，而且應當懺悔。到哪裏去懺悔呢？在靈界是良心，在人間是政府。托氏素日對於政府本是極不高興，然而却在無意中替政府做說教了。小資產階級的思想與觀點是恍惚不定的，認識善也認識惡，然而對於二者都沒有決心。堅毅的力爲温情之靄所蒙蔽，放棄了客觀的立場而以良心來權衡是非，攻擊統治者，同情被壓迫者；那裡曉得被壓迫者正沒有醉人之良心的需要，而統治者却心願以這「良心」來作壁壘，以實行它那敵抗大衆，緩衝大家的策略呢！托氏的愛他主義雖有若是之失敗，而在他那暴露俄國統治者的罪惡一面，則收有莫大的成功。舉凡政治的腐敗階級的殘酷，可謂曝露無遺。特別待遇知識階級的監獄的殘酷，描寫的更是深刻，因爲這是他親身遭受的事情。關於這一點辛克萊曾說，他所接受的正如現在加利弗尼亞與華盛頓政府社會思想者的待遇一樣……然而比之中國虐待思想界或革命界的領袖還算好些，中國思想界或革命的領袖的處罰只是「死」，有許多人不曉得怎樣都會失踪永遠不見於人世，在某一方面講或者覺得痛快些。

托斯退夫斯基(Fiodor Mihkailoritch Dostoyevsky 1821-1881)於一八二一年生於莫斯科的一個醫院裡；因爲他的父親是有着大家族擔負的外科醫生，所以他在兒童時代便飽嘗了寒冷與飢餓。他素性好動，却極深沉，無論做什麼事情都抱着熱心。他備具着小資產階級的憐憫與熱情，懷有人道主義的愛他的觀念。他對於被蹂躪的勞動者十分同情，所以他在二十四歲的時候便蹲在一間頂閣裡寫他的處女作窮人(Poor Folks)。這本書是描寫兩個受難而喪失意志的人，非常的逼肖和生動，同時也是俄國階級制度下的一幕犧牲悲劇的寫眞。這本書風行之後，他得到了「新郭戈爾」的稱號；白林斯基批評說，『毫無遺憾地對於俄國人性格的特質作了得未曾有的描寫』，表示了十分的讚揚。

於是這書的作者便進入了當時被認爲革命漩渦的文藝界了。他虛心地接受了佛利哀(Fourier)的思想，加入激烈的組織，終於在一八四九年與同黨三十人被逮，並且上了斷頭台。在生死關頭的剎那中，由俄皇處來一道赦命，然而同時處刑中的一人已由驚悸而瘋狂了，托氏頗爲之傷心，以至在他的著作裡屢次講着這次事變。

他被流放到西伯利亞去做苦工；一羣要犯住在一起，嘗着鞭笞與折磨的滋味。運磚，掘地，在牢裡聽六絃琴，在曠場中向着天空噓氣，眼見着官憲的腐敗無與能，而還要仰着他們的鼻息，這樣的生活繼續了四年之久，才被放到西伯利亞軍營裡去當兵。他在死室中之回憶裡寫道，『這四年，是完全在棺材裡活着的。無限慘苦之連續永是不會寫出來的，一刹那，一瞬間，那慘苦有如沉重砌石一般的在壓迫。』

及至他蒙召歸國之後，他還是過着文丐生活。他雖然收到不少的金錢，而因為手下徒來甚多的原故，所以還是不够用；他常過着借貸生活，啼饑號寒的聲音時常震動他的耳鼓。所以他不能不用一種可驚的速度去寫作，永沒有停筆校對的工夫。他永是病着，每十天要犯一次癲癇病，這是因為他曾受過「九條繩」的酷刑而做成了的病根。凡是他的所見與所遭的這些現象都寫在他的作品之中；他所用的人物是醉鬼，癲癇病者，白癡，等類的人物，一經描寫，則栩栩如生。

托氏的作品很多，在量的方面來說有許多作家都及不得他。在不及三十年的短短創作年頭，他公然能寫得這許多東西，大概是受了環境的壓迫，他的勞動早已履行了資本主義社會的商品化的條件了。除了窮人之外，他的長篇名著則有被虐害的人們 (The Downtrodden and Offended)，死室的回憶 (Memories from a Dead House)，罪與罰 (Grime and Punishment)，白癡 (Idiot)，卡瑪卓夫兄弟(The Brothers Karamazoff)，這些都是四十萬言以上的巨作。

讓我們先來研究罪與罰吧。

這是被認爲托氏作品中最偉大的譯本小說。因爲在別的作品裏所表現的都是醜惡社會的現象，和散漫的人道主義；惟獨這一本則是托氏思想精髓之結晶，他的意識，他的希望，以及他的人生觀都整個的藏在這些篇幅之內，人是一口同聲的這樣講着。

我對於文藝的態度除了用比較合理的眼光來評價之外是沒有什麼偏見的，所以當我聽見看見許多批評家在癲狂一般的捧着早已化灰的大作家的時候，我常是冷靜的。自然，尸骨化灰了是與其生前作品沒多大關係的，偉大總是偉大；然而你也要留神 當尸骨化灰在進行着過程時，那時代也在進行着化舊灰而轉爲新體了，你務須注意這一點！如雷恰次（Rechards）教授前年在北大英文系講俄國小說時提到托氏的作品，則曰托氏的詩不敢謂之詩，托氏的小說不敢謂之小說……究竟謂之什麼，則不知道，震撼的了不得；像這種瞠目震撼於人家之偉大，不知講什麼才好的態度，我是不敢接受的。話拖得長了，還是講罪與罰吧：

這本東西是講述一個隸屬於當時知識階級的大學生的故事。爲挨餓的逼迫，苦痛的拆磨和野心的衝擊的他曾想着謀殺一個放高利貸的老婦而掠取她的金錢。這種動念使他陷於苦痛。終於他得到結論了，他以爲這老婦是人類的剝取者，是該殺的；她的錢可算得是不義之財，是應當取來用的。他到底表現了這種行動而得了成功，同時也感到了極端的可怕。後來他逐漸爲懊悔所征服，他的心更添了一層深酷的磨難。他遇見一個社會的犧牲者——爲了免除全家凍餒而操賤業的姑娘；她勸他到警廳投案，她並且也隨他到亞伯利亞去過流放生活，於是他的靈魂乃全爲愛心所超脫了。

這東篇西在技術上雖然表示的很是雜亂，而在思想上則顯示的異常淸楚。罪與罰明明是表現着有兩種思想在托氏的腦子裡衝突着，即是當時的唯物思想和個人主義的合流與宗教的人道思想的衝突。當這青年人起了殺死老婦之動機的時候，他覺得殺了老婦不僅可以解決了自己的麪包問題，並且也可以減少對於貧苦人們的剝削。他在這動機之後又追加了一種確認：

他以爲人類可以分別兩個階級。一個是由有創造新思想新事業的天稟及能力的人們所構成的高等種族。一個是由劣等人類組織起來的，他們只能生殖他們同種的人類。這兩種階級有着截然不同的區別。屬於第二階級的大概是秩序的保守者，他們是甘心在服從狀態之下度日的，他們必須服從，因爲這是他們的命運所注定，所以他們並不覺得羞耻。屬於第一階級的，乃是打破了法律，或在努力打破法律秩序的人們。他們的犯罪，當然是對的，雖然有種種不同，但是總起來說，不外是他們爲的要建設新的，所以非破壞舊的不可。假使爲着實行他們的思想，雖流血亦所不辭。總之第二種人是人類延續的基體，第一種人則是人類生活改進的責任者，二者是共存的。

這意思顯然說第二階級是人，第一階級則是超人。他對於階級的觀念還未淸楚，且不曉得羣衆的力量。他只知道人道主義是愛人的，也只有第一階級才配奉行這主義，這是英雄思想。個人主義失掉了立脚的重心，是容易動搖的，容易失敗的，果然這種依然唯心論的見解支持不住了。

如果為了因果關係，為公理正義而殺人，始終是坦然的，然而他却為「殺人」的意象所苦。他愈恐怕事體發覺，而愈容易說出危險的話，也愈容易走到危險的地方，在這危險焦急的描寫上，作者驚心動魄的筆底下，顯示着人道主義的貧困。於是這事件釀成的主人公只好在宗教良心的圈子裏打轉，而終於屈服了。

這部書是一本宗教的宣傳册子，作者相信俄國人民與上帝有着密切的關係，這關係是中世紀受難與服從的教權治下的遺風，以悔改與自卑為高貴，以傷毀遭害為光榮，在人間能耐苦，能忍辱，則靈魂被舉在天堂之上。這種思想是不容許物質文明的個人主義之闖入的，即使來了也逐漸遭了征服，所以這大學生為殺人的惶恐所警醒時，他並沒決心用清晰的頭腦來辨別是非，他忘記了他是隸屬於破壞法律的一階級的，他毫不思索的到警局去投案，把己身交給那比己身罪惡重得百十倍的官吏的手中，而請求給與他的定罪。一個乾脆用百萬罪惡造成的政府公然便將祗犯過一次殺人罪的坦白青年發配到亞伯利亞去，基督之愛哪裏去了？人道主義哪裏去了？那虔誠的基督也只好化身做娼妓陪他到亞伯利亞去了吧！宗教是役使人的，政府却役使宗教。這是汎愛主義的結果。

所以本書得了三個結論：

第一，不論怎樣的墮入深淵，時常有自覺的光明在前閃爍，還是和浮士德有着一同嗅味的；然而這心靈的慰安終是在忘記社會的夢境中。

第二，由困難中才能鍊出精金美玉，這的確是俄國人所具有的中世紀氣味的性格；但是像拉斯考爾尼可夫一般的鍊出來而做了惡毒官吏的犧牲，雖然是精金美玉，結果也等於廢銅亂鉄。

第三，不僅由義務的觀念，也依彼此堅固的愛情來做結合。這確是十九世紀的俄國人；廿世紀的俄國人已曉得互愛是發生於共同的利益與幸福，必如此才能穩固，片面的愛，未曾清晰辨別的愛，所換來的還是憎。所以現在的俄國是不愛他們的敵人的。

被虐害的人們和死室的回憶是他度過四年罪役生活以後的作品，時間却在罪與罰之前。這裏面所記載的全是他的生活經驗中的事實，他被流放到西伯利亞和一羣要犯在一起生活着，他遍嘗了鞭笞拆磨的滋味，做苦工，渴望着自由，在門縫種偷看野地的草綠，深沉的捉摸各種異常性格的人們的心理。此二書雖然不及罪與罰完全表現着托氏的中心思想與人生觀，然而對於俄國大衆的影響却獲得了以外的成功。在這裏面深透的顯示着俄國被壓迫階級所遭受的奇苦，俄皇政治的暴虐，監獄制度的參無人道，官吏的貪婪腐化，由這被壓迫階級者的呻吟使你聽到被幽囚的俄國民衆的監嘯。

白痴的題旨是使基督的精神化爲白痴，這種虔誠與堅信的風範可以與罪與罰互相映照。書中主人是一個神秘的，患神經病的基督徒的化身，他深沉地由屈辱中求得解脫。受苦太容易，沉思則過難！捐棄你自己在癲癇病的戰抖與恐惶之中，而呼做上帝，這是太容易了。

卡瑪卓夫兄弟是我前年在山中歇著的時候讀過的，這樣八百頁的一本大書，幾乎使我費了一個月的工夫方才讀完。有幾個弟兄，他們時常縱飲而且迷戀一個蠢極的娼妓，便揮霍起來了。他們的老父親有錢，所以兒子們都懷着覬覦的心腸；顯然有一個兒子進行謀殺他了。還有一個寺院住滿了修道士，他們也是彼此仇視着，還有一個可敬愛的聖徒，在他的精神性裏，使你希望尋到俄國與人類的救星。但是這可做榜樣的聖徒死了，素以愛他爲宗旨的卡瑪卓夫幼弟對於上帝的信仰對於人道的希求便都成了泡影，因爲他所希求的奇事並未實現，這虔誠可敬的信徒的屍體原來也和別的屍體一般的發臭！這類作品全是主觀的，宗敎的。

其餘的作品很多，不在這裏講了。

總之托氏的思想是小資產階級人道主義的，他對於一切貧窮病困與夫被壓迫的人們都表示着同情，他認爲人類是不應該受侮辱的；然而他却也沒有宣傳統治階級的應該被推翻，惡人應該被殺。他是汎愛主義者，一切人都應該是一樣的，在人類中不應該有階級，不應該有苦痛；假若有了這種反常的現象，發生了幸與不幸的事情，則受苦的人們是有福了，這福則求之於上帝。總之，他是想使用精神道德造成階級協調的，大家都在懺悔狀態之下合作，然而他失敗了，然而他却有福了。

他確是有着中世紀殉道者的遺風，由此而造成了他那精神的悲劇。

我不願托氏的讀者爲了他的傳說的偉大而去瞪目驚視，也不願墜入他那病理的神秘的深淵中，而恭維，而做了資產階級的說教——「托氏要算做最眞實的敬神的了。」然而我也不希望讀者因爲托氏描寫捐棄和容讓而和他反對，也不希望因他的人物是熱病的，精神病的，而和他辯論。他有他的時代，我們不願把來當做痴呆的頌贊去讀；而願從一種能講解他的科學家的，或能援救他的經濟學家的觀點去讀，我們自會明白他的存在性了。

三、托爾斯太

「那末，你看見一個毒打嬰兒的惡人，你將怎樣對付呢？」

「去開導他。」

「假若開導他了也不聽呢？」

「再去開導他。」

「那惡漢是當着你的面前在折磨着嬰兒的呵。」

「那是神的意志了。」

以上的對話是托爾斯太受着人家質問而巧妙的作着回答；無疑地，由此可以鑒明托爾斯太的宗教思想的出發了。托爾斯太的思想和托斯退夫斯基的思想是同出一源的，後者原是個人的人道主義的，前者則演進而成爲一種無抵抗的社會主義的了。

這種豫言式的社會主義在新時代的曙光期中乃是一種應有現象。這雖然可以說是有促使無產大衆感覺得階級的缺陷的功勞，然而這種主義若越過他的時代而向羣衆中漫散的時候，則難免是走着扭曲之路的。

在舊時代的中心裏，生出時代的天才兒，他們站在舊的傳統隊伍中，想徵着舊時代的經濟組織的動搖，以反抗舊的世界；但是要注意，他們對於舊時代，則持着抽象的眼光，以理想化的形式來眺望，這乃是不可諱言的事實。依據這種觀點來觀察托爾斯太，我們便得到一種見解，即是，縱使托爾斯太主義是同情於民衆，取締反動的護民官，揭起反抗資本主義的革命的旗子；然而仔細想來，這種主張除了有幾分是曝露着社會不安的狀態之外，論到實行，則除了給與變像的資本主義走卒黃色的孟雪維克一層欺騙大衆與柔化大衆的護符之外，並未見有什麽別的作用。所以在社會革命史上，他的主義只能算是一種豫言。

現在我們只能將托爾斯太注意認爲是極古的伊賽亞的預言，對於這社會是沒有什麼用處的。假若我們相信現代的帝國主義的資產階級還能因了正義的輿論而畏縮，因了大衆的良心的愛的感化而懺悔，則托爾斯太主義自是有用的。但是現在資本主義直似一個轉動的輪子，機械地，以至自己都不能收得住它，所以人們若不伸手閉了它的轉動機關，空自在旁評論它轉動的不當，這才是不當的舉動呢。並且現在連有產階級的自身都放棄了掩蔽野獸的面貌和辯護極醜的惡行的政策，所以勞苦大衆也無須自飲那愛敵愛國的麻藥了。托爾斯太主義到現在確是落伍而且反動的。

若從托爾斯太的時代來看托爾斯太，則他確是有些冤屈，因爲在十九世紀中葉，雖然無產大衆的生活已成了水深火熱，但是人還看不見大衆政治的存在的主因。托爾斯太對於自己階級豎起反叛的旗幟，想要拯救俄國，所以只好尋找別的路徑。他是宗敎的虔誠信徒，他自然否認一切暴力，他相信以暴力來克制惡是有罪的，他又認爲改革資本主義社會的缺點，唯一的方法乃是個人道德的自己改善。因此，他便否認了對舊俄國保守勢力的大衆經濟的政治的鬥爭，却反來宣傳說他已復活於自己所改造的基督教。這無非是個人的生活的基礎，在於勞動，趣味，習慣的極端節制，而對人們施行善事。在某一方面來講，不是替資產階級馴服大衆的嗎？於是他的主義當然成爲世界的重大問題，一切資產家及其御用學者便用着和憎惡馬克斯主義一般的熱烈來歡迎托爾斯太主義了。托爾斯太成了偉人，他的主義反倒成了貧困的哲學。

我們雖然認爲他的主義已告絕望，然而在現世裏還是流動着。資產階級除了剝削和搾取之外，是缺少那揮着什麼仿佛是自己主義的東西，積極地闖到民衆面前去的勇氣的，於是他們也歡迎社會主義，又利用馬克斯主義；不過是做爲皮毛的講話，先說到和有產階級的階級戰，這不過是裝裝門面，因爲最終要講革命的休息，就將事物推移，委諸運命之手　無產階級有忍從，節度，整齊的義務。社會主義派孟雪維克即做爲這種利用的工具，你若能看見在這社會黨上竟能裝上一個立憲的君主，便會一切都明白了。這和托爾斯太確然不是信奉着同一的主義，然而在革命的氣氛上確是一樣的。還有近來專講社會政策的美國的進步基督徒也是藉着改革工人生活的口號來壓制工人暴動的，他們說，「美國工人的生活都很好」，其實幾百萬失業者向社會號叫着，難道他們竟未聽見嗎？

想到托爾斯太的反暴力無抵抗的社會主義，則令我們憶起現代的兩大家。

說着『托爾斯太是世界的知識階級之父，而當他自己走進攻墓時，便以自己的地位任命於羅曼羅蘭了』的話的約翰克里斯托弗的作者羅曼羅蘭（Roman Roland）不是自認爲托爾斯太的嫡嫡親親的信徒而兼繼承者的嗎？由大戰時候起直到今日，這位和平奮鬥的大作家在歐洲還是有着相當的權威。爲了巴比塞批評他未能了解革命暴力的組織化和民衆勢力組織化的重要性的事情，便公然擁護無抵抗的主張而和巴比塞宣戰了。然而究竟他這種反對暴力究竟是替無產大衆做宣傳呢，抑或爲資產階級做說教呢？他自己也許還未懂得。

其次，托爾斯太的主張也流行到亞洲來了。印度聖人甘地，也是曾經轟動一時的人物。他是印度民衆的指導者，他的戰術乃是托爾斯太式的戰術。這兩個人在枝節上雖有不同，而在大體上則甘地即事印度的托爾斯太。他用了這些年的勤勞辛苦，受遍了殘酷的折磨，仍是伏處於英帝國主義之下的；最近的新成績，除了得到圓棹頭上坐了坐之外，還有什麼呢？

托爾斯太終是一時代的偉人，因爲他的主義至今仍在流行着，但是愈加流行則愈顯着絕望了。關於他的思想影響於現代的諸要點似乎說得太長，已不像本文的冒頭了。讓我們來研究他的本身吧。

（一）　他的生活

出身於俄國貴族的托爾斯太（Leo Tolstoi 1828—1910），他的生活可以分做兩部分來敘述，前期乃是貴族的天才文學家，後期則是有意甦解民生的宗教家。

這成爲兩半球的一代偶像的俄國文學長老於一八二八年生於莫斯科近郊的葉似那葉·波蘿納地方，三歲喪母，九歲喪父，由伯母的養育而成長。年十五入大學，卒業後入軍供職。一八五二年，這青年軍官的處女作幼年時代以"L. N. T."的署名出現於現代人雜志上，這時便給與屠格涅夫以注意了。一八五四年少年時代發表後，屠格涅夫便給卡爾巴星(Karbashin)寫信道，『我見了少年時代的成功非常歡喜，惟祝托氏的長生。……這是一第一流的天才。』由此可見當托氏初次踏入文藝之疆的時候，已經如何的邀得當時第一流文豪的注目了。

一八五四年，參加克里米戰役(Crimean War)，在戎馬倥傯之中，寫成了塞瓦斯托波兒(Sevastopol)。一八五六年戰事終了，解甲歸來，飽受彼得哥勒諸文星的歡迎，於是他乃有決心從事於文藝的志願。兩次出遊外國，大受十八世紀偉人盧梭思想的沾染—他原來也就是喜愛盧梭的，愛彌兒乃是他案頭的書籍—歸國辦教育，不久被禁。這時他和瑣菲亞(Sophia)結了婚。他的事業雖然中道摧折，而他和當時的農民生活已發生了關係。此時他陸續完成了戰爭與和平(War and Peace)，阿娜小傳(Anna Karenina)，已是一八七七年了。

此後他因爲感懷社會民生的困苦，籌謀解救的方策；然而究竟因爲不能透澈的了解大衆的政治上之重要及其力量，乃轉社會主義的方向於宗教了。在這轉機的千鈞一髮的時候，懷疑的心理以二倍的力量來向他襲擊，他深爲社會矛盾現象所苦，終於在上帝面前尋得了光明之路，標榜了原始的基督教思想和無抵抗主義。懺悔祿(My Confession)便是這番苦鬪的結果。

此時他認爲藝術乃是傳達宗教人生的工具，所以後期作品如伊凡伊利其之死（The Death of Ivan Illichi）復活（Ressurection），主人和僕人（Master and Man），都是代表他晚年之思想的。一九一〇年他的老境來到，更爲思想與實行的矛盾所苦，於是他欲脫離這種矛盾，乃在十一月的夜裏，逃出家庭，想到異地去過勤勞的生活，求靈魂的慰安。但是走了不遠，便患了肺炎，死在阿斯塔波佛（Astaprovo）的僻壤中了。

（二）他的思想與藝術觀

托爾斯太的生活如前所說是分做前後兩期的，而他的思想與藝術觀以及他作品的表現也是依此而劃分的。俄國的農村社會與政治制度的黑暗，驚破了他那豪華生活的美夢，於是他乃陷於苦悶。以這發揚藝術天才探索人生之迷的藝術界的驕子，爲了經驗與思索的努力，於是都會和農村的矛盾的恐怖以及舊文化的崩潰之豫感，同來苦惱他，顯示着生物之無常與不滅。他從前認爲藝術是歡喜而不滅的東西，現在感到無用了。他覺得現有的東西都不能拯救俄國，世界，與人類，所以必須要另謀出路。死的觀念成爲恐嚇這芳春和復活的樂天詩人的惡夢了，他相信要免除這惡夢，即在將自己的生活加以農民化，基督教化，捨棄生活的快樂，離開魅惑的藝術，用以贖罪，而淨化已瀆的精神；並且他也以此敎訓世人。所以他後期的思想乃是以宗敎來代社會主義的思想。在個人完成與個人變革的氣氛中，他將藝術做了宣傳新人生的工具，看了他的後期作品自會明白，這時已不是純客觀的的寫實，而是托爾斯太主義的狂烈宣傳了。所以他的結論是改革現代制度要由個人生活做起，而其基點則是注重人心，使基督教將人心醇化；藝術則應失掉其通常的魅惑性，來替宗教做改革人生的宣傳。

現在爲了使讀者清楚的了解起見，將他那藝術論的本質寫在下面：

托氏以新的見解，不遺餘力地將古今一切的「爲藝術而藝術」的藝術觀加以鞭打而喊出下列的口號：『這些定義所以不正確的起因，因爲在各種定義中，—形而上說的定義也是如此—以爲藝術的目地是在得到快樂，而不以爲他是資助人生與人類。假使要正當的下藝術的定義，應當先不要把他看做快樂的方法，而視爲人類生活條件中之一份。如此，我們便可以看出藝術是人與人交通的一種方法啊！』

據這這種意見，他認定藝術不是爲快樂而使用的，乃是爲表現人生而使用的，換句話說，就是以此做爲傳達作者的經驗與其所生感情的工具，將這種經驗感情以一定的記號傳給別人，使別人也得到和作者同樣的經驗感情的意思。他主張以這種傳達做爲聯合人類的方法。

但是，藝術高下的區別要用什麼來做水準呢？他主張是依於其所傳達之經驗感情的善或惡，他說，『人類所能達到的最高最美的感情，不外是從宗教意識所流露的感情，所以將這最高最善的感情給與藝術，藝術纔能成爲高尙和偉大』。他顯然是主張了人生貴善，宗教爲善之源，藝術是善之導，這簡直就是露骨的宣傳了。他又加以解釋說，『無論在什麽時代，在什麽社會裏，必有一種和那時代及社會相當的人生觀，這種人生觀就是社會所要求，時代所渴幕的唯一的標示。一代的宗教意識，不外是這種標示或這種人生觀而已。譬如水流着的時候，一定有一個流去的方向，同樣，社會存在着，也非有一種指示前路及使之進步的方針和目標不可。宗教意識就是這種方針與目標的別名。所以，以傳遞這種從宗教意識所發生的感情爲唯一目的的藝術，於人生纔有價値。』

準此，則他已將藝術視爲宗教的宣傳工具與附屬品了。他這種理論是在晚年成立的，在這時他已不是一個貴族天才藝術家，乃是一個人道主義的宗教家。他重視宗教而輕視藝術，他之所以認藝術爲宗教的工具者亦非無因。所以他在鞭打了前人的藝術理論，而創生了自己的藝術觀點之後，他已明顯的表示着藝術功利主義的傾向了。他對於將來藝術爲論如下：

『將來的藝術的題材是將人類拉到結合的一條路上的感情，或表出已經結合他們的感情；將來藝術的形式是公開於一切人類的。所以將來完善的理想，不是少數人所能達到的獨占性，却是他的普遍性，並且不是冗繁，曖昧和複雜的形式，却反而是明晰，單純與簡潔的表現。只有藝術達到那種地位，纔不像現在的害人，使他們費去許多勞力，却藉着宗教意識所指示的路去做傳達宗教的、基督教的意識從理性和智慧的範圍到情感的範圍裏的轉運車，並且眞正把實生活的人類拉到更完成更合一。」

他所說的宗教意識，據他自己的見解乃是互愛與互助，是二千年前基督所倡導的教義之眞諦（有人說，基督教由耶穌種植，由路德開花，由托爾斯太結實，大概就是因爲他闡明了基督教的真義。），因之這當代宗教意識乃歸根於原始基督教義，藝術的終極就是傳達這種意識的感情，這叫做基督的藝術，又因這種藝術的目地是互助與互愛主義，則這種藝術必須任人都能了解，是普遍的，是一般的，換言之，一般的或普遍的藝術即是基督的藝術。

在改變藝術的觀點，鞭打了已往享樂頹廢的自我藝術的主張，積極的，重人生的方面看來，托氏的藝術論是値得同情的；他能大胆將藝術這一形態作爲改造社會的一種動力，姑無論其無抵抗的改造也罷，良心敎訓的改造也罷，却是能够將藝術引入功利主義之途的。但是在他陷入玄學的基督教的漩渦中，只能見到社會現象的弊害而未能透察宗教與藝術與社會政治經濟背景的諸複雜關係的一點上，則只可認他是一個空想的社會改良家，而不是一個激進的社會革命者或文化鬭爭的戰士。

托氏對於社會機構的認識一起碼便錯了。他不僅認爲藝術是隸屬於宗教的，甚至連社會基礎及其諸意識形態都彷彿是逐着宗敎而轉移；却不曉得社會一切意識形態都是建築在經濟基礎之上的。我們且將那人人曉得的馬克斯的名言引用一下吧：

『人當爲了生活而行社會的生產之時，每發生必然地與其意志獨立的一定的關係，即與其物質生產力一定的發達程度相當的生產關係。這生產關係的總和，形成社會的經濟基礎，其上有法律政治等的上部構造；而與此基礎相當者，則有社會意識的一定形態。人間生活過程上政治社會精神各方面一般的特性，即由此物質生活上的生產方法以決定。故決定人之意識者，實非人自己的存在爲其社會的存在。』

這無非是說，社會的構成乃由於某種生產力與生產關係所建立的經濟基礎，人類的意識以及社會的諸意識形態都是建築在經濟基礎上而居於被動的地位：所以當社會變革的時候，經濟基礎顯示了動搖的朕兆，而上部諸構造便依此趨勢而轉變。宗敎與藝術都是上部構造之一，所以也要依照這種定律的。

但是，我們將托氏的藝術主張一加研究，則發覺托氏的人生藝術之說乃極力使藝術與社會改善問題接近；然而他方纔渡入社會藝術觀的門徑便又退出去了，這便是他將社會改造淺解爲良心改造，而改造的根基則建築於宗敎上了。宗教也是和藝術一樣的成爲社會的一種形態，雖然和藝術有着相互推進的效果，並且有着推進社會根基改造的力量；但是社會基礎若不舉行總崩潰，則無論如何不能在人的身上產生新的「良心」的。托氏不明了社會組織與階級構成，雖然他的學說可以被一時代的統治階級所推重，所利用，但是結果終不免走入貧困之路的。托氏的藝術反映人生之說已將隨托氏死去，現在已來到藝術怎樣反映階級意識的問題了。

三、他的作品

托爾斯太的文學不是前後一致的，却是隨着他的身世年代而遞變的；所以要打算明了他的作品的真意義，必須連帶的研究他的生活之變幻。

他的身世可以分爲前後二期，因爲前後環境變化的緣故，他的人生觀與藝術觀表露着顯著的不同。前期的托爾斯太（一八五二—一八七四）還在少年氣盛的時候，放蕩不羈，過着貴族豪華的生活；喜歡參加跳舞會，常和妓女往來，從軍高加索，參加克里米戰爭。因之，他的心目中所崇拜的是英雄，美人：愛名譽的心也極盛。所以那一期裏他的文學在寫英雄豪傑的悲壯生涯，家庭的幸福，父子兄弟夫妻之間的愛，劇烈的戰爭。他的作品具有一種貴族的氣韻，雖然是坦白的寫實，而藝術手段確是高明，這是因爲他不等着賣文吃飯或償債，他有閑，他曾令他的妻子將那經過修改的二千餘頁的戰爭與和平謄清過七回，沒有如托斯退夫斯基這種情形—『沒有錢，須急於起草，所以文章是有瑕疵的。』他的每字每句確是經過相當的修鍊。

後期的托爾斯太（一八七四——一九〇四）思想經歷了劇烈變化，道德和宗教的觀念極盛，時時存着懺悔的心靈。他厭棄都市的貴族生活，而隱居故鄉和農民爲伍。這時他的思想不是英雄的，乃是平民的，而他的目的乃在以藝術爲宗教的手段來改革農村生活。所以在他的後期作品裏不時的發出社會問題的疑問，而思有以解決之道。這時的作品則偏重內容，技巧則是餘事了。

托爾斯太在作品中所反映的思想的轉變，雖然我們給劃分爲兩大階段；然而在他的幼年時代的回顧（1903—1906）一書中，托爾斯太從善惡的差別觀點，來通覽自已的一生，乃把來分做四期，就是幼年時代，獨身時代，到生活一轉期爲止的家庭時代，精神的更生時代。除了最後精神更生時代已被我們劃入生活後期外，則看出在前期中也有着三次小轉變。現在我們循着這一路徑，將托氏的作品略加檢討吧。

在幼年時代和少年時代裏表現着他那天眞愉快的氣氛，靜化的詩意。這時正是軍隊生活將由莫斯科的貴族之場曳入嵐氣迫人的高加察山中。環境的改變，使他發現了思想感情的新天地，他厭棄了曾以爲幸福之源的娛樂場，而『願得體力上精神上的安靜。』

以『使自己完成的不斷的努力乃是人類的使命』爲信念而創作的幼年時代，深受着盧梭的愛彌兒的影響，取材以鄰村地主爲主要的描寫，同時也記憶着他的母親；在這裏描寫農村生活則是事實，追憶幼年失去的母親，則有架空的弱點了。

青年時代和地主的淸晨這連續的兩部作已開始注意到農村生活的挽救了。擁有小農的，新從大學三年級回鄉的十九歲青年尼卡留夫，以爲農村的弊病乃在於小農的赤貧生活，要打算匡救這弊病，則必須用着勞動和忍耐，這可以說是托爾斯太社會思想的奠基。尼卡留夫要提高勞動者的精神和生活，乃立起農村經營的法則，然而却不是成功的。看了地主的淸晨中的光景，當尼卡留夫聽了羣集的小農的訴說和要求，經過詢問，允許之後，這青年地主懷着羞愧，無力與悔恨的糾紛感情，回房去了。他苦悶了，他覺得農村生活應當改進，同時却又似乎少了力量，沒了辦法。改進農村確是地主沒有辦法的事，這因爲怎樣的讓步仍是利害衝突的，農民的解放是不能靠賴地主的。托氏在這一點上尋出路，也在這一點上得苦痛，終於逃入宗教裏面去了，他越關心大衆，同時也距離大衆越遠。

創作了青年時代的時候正是他的生活轉變期，同時在思想上也起了大的變化。生活在高加索的駐兵村，離却豪華生活而擁在自然的懷抱裏，更在出入於生死之境的托爾斯太，乃脫離了貴族思想與卑俗欲望而表示着悔恨了。這時除了青年時代，還有襲擊，塞瓦斯托波兒(Sevastopol)，隊中逢莫斯科舊識，二胸甲騎兵，計數人的日記，阿兒波特（Albert），露沙奈（Lucerne）等。

這時他所表現的苦悶，乃是追悔靑年時代放蕩生活的罪惡而發生的苦悶。這種意旨在計數人的日記中描寫的最爲深刻。出身於貴族階級的純潔靑年，因爲屈於環境的試誘而墮落，成爲被迷於撞球場的熟客，涉足娼寮，迷戀妓女，終於喪失了純潔的精神；一經悔悟，便圖自殺，遺囑道：

『上帝給我以人類所希望的一切，財產，名譽，智慧，以及高尙的觀念。而握要行樂，將在自己心中的一切善事，擦入汚泥之中，加以蹂躪。……殺却了自己的感情，智慧，和靑年的意氣。……』

他對於往事表示痛悔，他承認貴族是優良的，並且不應該這樣卑劣的生活。

這時，他也喜歡描寫一些爲人所不注意的有着原始派頭的人物：唱小曲的人，塞瓦斯托波兒的兵士，純樸的哥沙克人，都是接觸自然的飄流者，粗野，誠樸，簡單，有着太古風。

第三期的小轉變便是我們所說的生活前期的最末一階段了。這正是他立志成爲文人的時候，他退伍歸來，和一般文人相交，進一步退隱而和周圍的人們絕緣去過那幽居的生活。這時，做了幸福的丈夫，父親，地主的托爾斯太，正過着潔白的家庭生活而賞味其中的快樂。生活舒服，有閑，心情好，所以他寫了許多的東西，並且以技術之高妙垂於不朽。

這是他的巨著產生的時期，戰爭與和平（War and Peace）與阿娜小傳（Anna Karenina）都是在這時寫的，而以家庭幸福作爲跨進這一期的導言。此篇以婦人與母親爲主角，其所注意的焦點乃是結婚、家族、生產、父母的義務以及愛情諸問題。筆調是取温雅的屠格涅夫式的，家庭紳士的態度十足。

戰爭與和平稱爲歐洲文學的空前巨著，全書二千餘頁，在百萬言以上。他因爲想作一篇歷史小說，描述十二月黨之亂。於是着手搜集當時的故乘，軼事，做爲小說中的點綴。不料搜集到拿破侖的戰史，以爲這很可以藉着創作一篇代表俄國國民思想的巨著，遂發願來著此書。戰爭與和平的題材是利用着托氏的三血族的家譜的；不獨外祖父 Volkonaki，生母，姑母 Iergolskaia，祖父 Tolstoi 祖母和父親，連自己的新婦 Sophia Andreievna 也做了書中的人物。這本小說的內容，是用一九一二年的俄國戰事爲背景的貴族及地主生活的描寫，貴族的各層狀態，都是正確而深透地被表現出來。在每行每頁中，都映出貴族社會的出身，而且露骨的表現了貴族的作者之姿態。

戰爭與和平一作是社會光明一面的明快的寫實，其描寫的逼真和用語的平白且有考究之處是無人及得他了；但是以托氏的關心於民間生活而竟未能將農奴法的暗黑面描寫出來，頗是值得驚異的事情。他描寫了那一時代，却將其暗黑面大半丢開，所以因爲他只是描寫了社會與時代的一部分而致不滿的人們向他置問的時候，他回答說，他不是不曉得時代的精神是什麽，他也知道在他的創作中看不出時代精神來。他承認時代精神原是農奴生活的暗黑面，是統治階級種種暴力的結實。但是憑他的像想而得的時代精神是不真實的，所以也不想把來描寫。他只願將他所親身經驗的殘忍，暴戾的事實，加以描寫，因爲這是真的。他又說他所描寫的時代有一種特質，是起於上流社會和別流社會的非常的間隔，也起於教育，習慣，及其他關係。所以他要竭其所能來揭示這種特質的。

看了以上的大意，我們便笑道托氏在當時的主張和思想是怎樣一種情形的了。人各有其立場，這是無可勉强的，而且這立場也時常依環境的感染而轉變，這也是必然的。托爾斯泰這時不過是一個有知識的貴族，對於農奴生活的暗面還未能十分接近，所以他的話也並不是僞飾，他開始注意社會大衆的生活以及這種轉變思想之表現可以在他後來的作品中見到，他這時只認識了社會中有懸隔的上下兩階級，對於下一階級未能深透的了解，所以他只能描寫上層生活。但是這階級隔閡也許給他以什麼新的啓示吧，且看後來。

總之，戰爭與和平雖然不是什麼不得了偉大的奇書，但是在結構的緊嚴，囊括的豐富，刻畫的入微諸點上，確是值得敬佩的。

阿娜小傳在托氏的前期創作中是次於戰爭與和平而被稱爲偉大的。以「主說，罰是我的。」爲口頭語而開始敍述一個爲了誘惑而造成悲劇的阿娜．克萊尼納的痛史的阿娜小傳，是更加偏重於宗教之氣氛的。

這部小說是復有悲劇之意味的，它是將我們由那在家庭幸福和戰爭與和平中聽到華美的青春的戀愛的耳語裏，牽入戀愛的喜悅，悲哀，悔悟的世界之中了。與他的丈夫以彼此相愛自誓的阿娜，爲了戀情的吸引，而背叛了約言，放棄了一切，將生活娼妓化了，終於，爲了丈夫的愛情日薄，而自投火車之下輾死了。這種材料使托爾斯太表現了他的結婚，家庭，戀愛和嫉妬的諸觀察，並且將田園與都市的生活加以對照，而顯示着都市的貴族和鄉村的地主的生活。

康斯坦丁·李文(Kanstontin Levin)的不安，戀愛，企業，都會生活的嫌惡，計畫自殺的精神上的危機，以及尼古萊·李文(Nikolai Levin)與其愛人的言動等，凡是出現於這小說中的一切現象，都是有着那家族親睦的托爾斯太之故鄉的氣氛的。

這篇東西依然將陷於愛之旋渦之動機，生產的重要關頭，以及母性愛，用了非凡的技巧描寫出來。這時，已經有了九個孩子的托爾斯太，家庭生活影響於他的深厚不問可知了。阿娜和他的兒子相會的一幕，極盡悲劇描寫的能事，感人欲哭，若不是深解母子之愛的人是不能寫得出的。同時，在康斯坦丁·李文的世界觀上，也是顯明地輝映着地主階級的利害的。

阿娜小傳作爲托氏末期的文學與思想的機紐，由於它的宗教興味的提高，而做爲『精神更生』

時代的源頭。他立意以宗敎來超生活者，即根據於在阿娜中對於社會問題的徬徨無定。帶着許多孩子而在農民中過活的李文乃是托氏的化身。他對於農民的公道不過是消極的公道而已，他雖然並未對於農民加以壓迫，但是農田的弊制他却也不能解决。我們看李文平時懷念着農民問題與社會的不平，及至沃勃朗斯基 (Oblonski) 根據此點勸解他將土地分給農民的時候，他却以沒有推讓土地之權來做遁詞了。他雖然迴避了社會問題的解决，然而這種動念常是使他苦惱的；於是爲了脫除生活的矛盾，乃在宗教中去尋他安身立命之所。

由此乃達到他所謂的精神更生的時代了。他的藝術觀點爲之一變，從前以寫實的態度來刻畫貴族社會的生活，現在則以煽動的態度來宣傳宗敎的人生了。排斥那象徵生活的歡樂的藝術，從新給與藝術以建設那爲人類最高目的的愛之國的責任，而使之成爲宣傳宗教的工具了。

這是托爾斯泰一生中的最重要的一時期，他由此成了兩半球的偶像。此期的重要作品有復活 (Ressurection) 伊凡·伊里契之死(The Death of Ivan Illichi) 克利賽莎娜達 (Krentzer Sonata) 黑暗之勢力(The Power of Darkness) 等此外還有藝術是什麼(What is Art)和一些其他的宣傳文字。

他的藝術論已在前文講過；後期創作中可以代表他的中心思想的則是復活。

復活一書敍侯爵奈克留道夫(Nekhliudov)少時曾與伯家的侍女加志沙相聯並且發生了肉體關係，後來却將她捨棄了。加志沙因之墮身於娼妓生活。後來她因爲受了謀殺案的嫌疑，被捕，在法庭裏開始受審判。這時奈克留道夫適爲陪審官，憶及前行，乃大爲悔恨，極力爲加志沙設法脫罪；但是終於無效，依原判流放到西伯利亞。奈克留道夫隨囚犯同行，在路上不斷護侍加志沙，藉以懺悔前行之非。終於，加志沙受了同行的犯婦感化，成爲善婦；而奈氏也因爲在這困苦生活的嘗試中，感到政治制度及監獄制度的缺陷，而由聖經中去尋解決的辦法，於是這充滿宗教意味的戀愛悲劇小說，乃由一種積極的態度之下終場了。

復活的全篇可以分做兩部來觀察，前半是描寫始戀終棄的一幕戀愛的悲劇；後部則因爲點綴主人的懺悔經過，連帶敍述一些社會制度與問題，成爲問題小說。由於社會問題之解決，乃能極端的發揮托爾斯太主義的精神，所以是本書最精彩的地方。

最精彩的一段要算是主人公奈克留道夫由於注意當時的社會問題，而覺醒到當日監獄組織決不能解決人類相互間的道德問題和人道問題，同時對於人道上有着重大的迫害，換句話說，即是不僅使人類互相愛護而爲善，却足使人性愈趨卑惡，這正是代表了托爾斯太的社會思想之中心。在這裏，主人公奈克留道夫對於監獄組織發生了五個疑問，即(一)長年的監獄生活，不僅使他們感到父母兄弟妻子離散的悲哀而致精神傷害；同時却因爲官費贍養的關係，沒有勞動的機會而養成了懶惰的習慣。這是說監獄制度可使人們離開他們的生活。(二)可恥的法律的待遇，使人類喪失其名譽，廉恥與高貴心理。(三)監獄裏殘酷的刑罰，使囚犯的性格化爲殘酷。(四)善人與惡人長久的關在一起，也要爲惡化所傳染。(五)政府在監獄制度之下所施的暴亂行爲，得到上行下效的結果。

托爾斯太的人道主義便由此得了它的出發，乃引起了各文明國家的注意，直到現在，監獄制度雖然經了不斷的改進，而在囚犯的立場上看來，所謂殘酷的待遇並未見減除。

托爾斯太的代表奈克留道夫雖然對於社會問題加以探索與注意，結果却在宗敎中去謀出路了，終不免流於探空和貧困。不僅是廿世紀，哪一世紀都是如此，仗著聖經去革命終不如仗寶劍的有效：仇人是不容許仇人之說服的，正如鯽魚將開口向梭魚盤問眞理時，却突地被梭魚呑下腹內去了。

第四部　自然主義的反動期

——從世紀末的頹廢思潮到新理想主義的思潮——

第一章　世紀末的歐洲社會與其文藝思想

一、「世紀末」這名詞

「世紀末」這名詞不僅是做爲十九世紀的最後的解釋，却也暗示着當時的絕望生活的氣運。這名詞是由法文 Fin de Siélcle 迻譯的，含有 Decadent 的意味。Decadent 是文藝頹廢的意思，其實在這時，不僅文藝上表示着頹廢的氣運，須知當資本主義的物質文明發展到某一階段時，一切都矛盾，一切都不免衰微。這種傾向，即是人類滅亡和世界滅亡的觀念支配一代的人心，並不是以十九世紀爲始創；在十一世紀的時候，羅馬人的心中已有了人類滅亡的恐怖。然而這兩種觀念却有着根本異趣的地方；十一世紀的羅馬人雖然痛感世界的將亡，於絕望中還可以享樂主義爲補劑，他們說，天命不可知，只好盡情的享樂吧，世上的一切，只有婦人與醇酒，可見在那時享樂人生的天地裏，還含有積極的慾望；在世紀末的頹廢之羣中却沒有這種積極的要素，乃是極端絕望的心情，在大體上說來，都是有着將死之人的嘆息的情調，是不可救藥的絕望的表現。

「世紀末」這名詞是起於法國的。因爲佔法國國民大部分的拉丁民族，從十九世紀中頁起，逐年減少，於是在法國人之間，發生了極度的恐怖，他們以爲照這樣現狀繼續下去，拉丁民族不久即有滅種的危險，所以有多人將十九世紀的終結當做拉丁民族的終結。於是「世紀末」這名詞乃得普遍的流行，成爲日常事物的應用術語了。曾被諾道(Max Nordau 1849—1924)引入他的變質論的，法國報章所載關於應用「世紀末」的實例，是常被文學史家引用着的，現在我們也把來抄在下面：

『有一個國王，辭了王位，住在法國巴黎，但在政治上還把持着一種權力。某日，在游戲的時候，失却他全部的財產，他沒有法子，祇好和故國政府談判，將政權以一萬法郎的代價賣却，自己永遠地做了一個庶民。你看！這是何等「世紀末」的國王！』

『殺人犯蒲朗其尼被處死刑，有一個監刑的官吏，剝了他的皮來做自己和朋友們的烟草袋和紙牌盒子。這是何等「世紀末」的官吏！』

『有兩個美國男女在瓦斯工場裏結婚，結婚之後，立刻坐了輕氣球去作新婚旅行。這是何等「世紀末」的結婚！』

『某官立小學校的兒童，和兩個學伴一同散步，偶然走過去他父親因爲欺詐破產而入獄的監獄，於是他含笑和他的同學說：「那處是我爸爸常去的學校呢」！這是何等「世紀末」的小鬼！』

『兩位同學的良家姑娘在路上散步，其中一個歎了一口氣，她的朋友問她時，她說：「我和洛爾互相戀愛着呢？』

「那不是很好嗎？這樣的好男子；你爲什麼還要歎氣呢？」

「因爲他沒有財產，所以爸爸媽媽一定要我嫁給有錢的男爵，……那蠢猪一般的東西！」

「有什麼不好呢？你和男爵結了婚，再使洛爾君做了男爵的朋友，……」

這是何等「世紀末」的姑娘們！」

看了以上的例子！雖然這「世紀末」應用的滑稽有味，而表現當時生活觀念確是很深。這種只顧現在不顧將來的情調已深入人心了。以上諸例雖然含着「只求現在」的似是而非的樂觀思想，其實乃表示着對於一切的絕望。沒有偶像的幻影，沒有思想的中心，沒有言動的標準，只是空虛的生活與絕望的心情，這乃是知識階級應有的心理之反映呵！

那末，這名詞在文藝上又如何呢？日本昇曙夢氏曾說過屠格涅夫的貴族之家也是受有這種思潮的感染的，主人公拉夫爾斯基在悲劇的結末是用「歡迎呵，寂寞的殘年！燒毀了吧！這無用的生命！」來表示絕望心情的。這種解釋是很牽强的，拉氏始終就是一個斯拉夫主義者，他是愛俄國的，雖然他的是沒有什麼成就，却希望着後來的青年，並不是完全絕望。「世紀末」的思想乃是毫無希望的，不但是沒有大衆，沒有國家，即是自身與將來的世界，都不在他們的意念之中的。他們是沒有主義和希望的，所有的只是對付着過日子，怎樣都沒關係。我們再看王爾德的杜蓮格萊的畫像中的一段吧：

『假使我們女人不因爲男子有缺點而戀愛時，你們怎辦呢？怕沒有一個人能够結婚吧！大家都會變成苦惱的獨身者呢！但是，即使變成了那樣，你們大概也不會有什麼大變化吧，現在也是一樣的，結婚的男子和獨身者一樣的生活着，獨身者也和結婚者同樣地生活着呢。』

「眞是世紀末！」亨利怨着說。

「眞是世紀末！」主婦也說。

「我以爲還是地球末的好呢。」杜蓮格萊一邊歎息一邊說：「人生是大的失望！」

這確是消極人生否定的重要表徵。所以這世紀末的思想的中心，是無信仰的懷疑思想，充滿着悲哀絕望的心情，這便是 Decadent 的傾向了。

讀者至此可以明瞭世紀末所含的意味了，並且這種說法與諾道的變質論在原則上也無甚出入。但是關於世紀末，也有與諾道持着相反意見的，則是英國的加克生(H. Jackson)。諾道所主張的世紀末乃是消極的人生否定，恰與此相反，加克生則主張是積極的人生肯定。

據加克生說，世紀末思想是將要告終的十九世紀爲着要補足它已往九十年智力上藝術上的單調，而發生的最後的努力。據他看來，這種現象並不限於十九世紀，每個世紀告終都有與此相似的事實。譬如十八世紀末有法國革命和拿破侖當權；十六世紀末，在英國有莎氏比亞一類的人才倍出；十五世紀末有古學復興及美洲的發現。所以每到一世紀的末葉往往有民族的本能流露，使國民得到反省。

由這種見解出發，加氏以爲在十九世紀末葉也是一個思想發花的年頭。在這時，除了智力增進，思想自由，物質豐富，國家發展之外，並且强烈地要求社會事業及自治的個人生活的時代。他爲了證實這種理論，舉出來許多事實。他說，在一八八〇年，有一種歡喜用新字做形容詞的流行，如同新藝術，新婦女，新快樂主義一類說法，在這時不新和不好是有着同樣的意思。他又舉出來一八八九年的造船所的罷工，一八八一年社會民主同盟成立諸事實，以爲佐證。並且他又說，同時，以美和藝術來美化自己提高「自己的教養」的要求，也非常發展。

加克生與諾道的兩種相對的學說，成爲一時討論的目標；但是我們將怎樣處理呢？

依著者的見地看來，（一）這兩種學說，並不是根本衝突的，乃是差別於時間的廣狹；（二）不僅加克生陷入了目的論的錯誤，諾道也是犯有目的論的嫌疑的。以下是著者的意見：

一、若單就這兩人見解來論，除了時間的不同外，是難有其他根本的矛盾的。諾道的世紀末是一八六〇到一八八〇；加克生是一八九〇到一九〇〇。在加克生所準的時代，確有着新理想主義的發生；但在諾道所準的時代，也實有絕望的氣氛。不惟如是，即在加克生所準的時代中的藝術思想，雖然有着新理的憧憬，却也是遠離現實的東西，縱是有的在表面上好似逼近現實，其實也是把捉不定的。如當時的唯美派，新理想主義者，哪一個不是憧憬於個人的藝術的美，有誰積極於社會大衆的生活批判呢？所以無論何派主張怎樣相反，結果都是一種皮毛之論，所舉的事實也都是在消極人生觀的範圍之內的。

二、諾道根據變質之說以解釋社會思潮諸色相，雖然是目的論的，有時還有見到之處；至於加克生思想發光於世紀末之說，簡直是無根之談。怎能用一二事實，來附會社會的變動是劃分於不多不少整整百年的一「世紀」呢？除了他所舉出之外，從紀元前十世紀到紀元後十幾世紀每世紀都有怎樣的巨變，他並未指出，他也未想到他這種論法，是否能應用於任何世紀。他這種議論和王爾德的藝術創造時代之說相同，全是毫無根據的。他不明白經濟一元論，他未研究社會的機構，他不知道在某種社會條件之下可以產生莎氏比亞，文藝復興等等，以百年的世紀，做爲研究社會思想的根基，凡是廿世紀裏有點知識的人都不肯相信的。

三、加克生所舉的英國唯美派，後來再加詳論；但無論如何，這仍是屬於頹廢作家之羣的。關於世紀末的新運動，加克生自己也說，『……在實際上，却毫沒有統一的活動，一切人們，不論在思想，在情緒，都是一種向着個人自擇的方向突進狀態……』足見加氏所謂的這種積極，也不過是個人空想主義的發達，憧憬着無物而已。這是頹廢到極點的迴光反照，正如資本主義發達到極點而出現了法西斯主義一樣，若以為是積極於大衆生活利益的，便遠了。

二、世紀末思潮的來路——時代生活暗面的解剖。

這種頹廢的世紀末思潮從什麼地方來的呢？人們既不能無端地變了質，又不會自告奮勇地為了完成世紀之末而共同採取了某種行動；然則欲追究這種思潮的出發，必須另尋別徑了。

頹廢思潮的出發，是由於都市生活的疲憊和厭倦，這種解釋大概是不會被駁倒的。因為科學發達的結果，新的生產力衝破了舊的生產關係，於是新興資產階級乃得伸其物質文明與機器工業的巨手造成了十八世紀末葉的突變，這似是勿須反覆說明的事實了。這種突變的結果，成全了人們的願望，科學化與物質化的結果，乃使物質生活成了人生的中心。滿足物質生活乃是十九世紀初葉的人們希望之頂點，以為如此則已往農村的枯瘠生活可以免除，同時物質生活則大加豐富。但是結果又引起人們的疲倦了。因為發明了科學機械雖然使工商業極臻興盛，衝破了農村的生產關係，將一般的小農由農村驅入都市嘗受賃銀勞動的滋味。比利時詩人愛米爾·凡爾哈倫(Emile Verhaeren 1855—1916) 感到田園逐漸地空荒絕滅，城市則日見澎漲，他用一種無限悲哀的調子來描寫凄凉的田園和觸手的都市道：

「平原是悲凄的，它的茅屋，它的倉房，

它的墻垣朽爛了的農家，

平原是悲凄而疲倦而不自衞護了，

平原是悲凄而絕滅，城市吃着它……

這是觸手的都市，

猛烈的蛸和堆骨處，

和莊嚴的枯骨。

而這裏的路無限地

向着它去。

他將這種變化看做了悲劇的事件，其實也是農村破產時的實在情形。

將解放了的佃農驅入理想樂園的都市爲什麼還演着這樣的悲劇呢？原來佃農雖脫去了地主的奴

役，來到城市出賣他們的力與能，這種市場競爭的結果，使他們生活更趨貧困。因爲大衆的勞力都被龐巨的資本給吞噬了；工廠，銀行，證券交易所都是吞噬機關，所以資本主義合理化的結果，一面是生產過剩，同時也發生了一種矛盾的現象，便是失業人數增加，財富仍歸少數人所私有，不過是換了一番新面目而已。都市發達，生活程度提高，佃農跑到都市中受着更重的壓迫，自耕農不僅未能使生活更爲豐富，反將原來的靠山失掉，於是勞苦大衆的生活益發感到疲勞。

這種疲勞同時也壓迫着小有產階級的知識份子，特別是文學家，都市的繁亂的生活已驚破了他們那閑逸的迷夢了。他們不再能謳歌自然的風趣或田園勞動生活，不得不追隨着勞動大衆來呼吸於都市的汗臭之中了。踞坐在斗室裏，紅白色的樓房遮掩了一切自然遠景，空氣異常窒悶，開了窗子，則見不可數計的工廠烟囱櫛比的矗立着，好似資本主義的鐵鞭，斷續的向着人羣發出嘯聲，塵灰和烟屑撲面飛來，雜踏的足音，叫賣聲，汗腥氣，在在都象徵着生活的苦悶。在這種焦灼的生活中，他們還要嘗受着市場的競爭滋味，因爲他們的頭的勞動之結果都變成了商品，爲了吃飯而去寫詩歌，小說，戲劇一類的東西是何等討厭的一種文人的刑罰呀！於是他們爲了生活的逼迫而苦悶了，而暴怒了，或是頹廢的享樂而厭世了。再沒有華茲渥斯一般的田園文學，都會的文學全帶着神經衰弱的氣味。只有咒詛沒有追慕了。十九世紀末葉，大半的知識階級者是爲這種思想支配着的。

投機和企業的機關隨着都市的人口而增加，於是都市的空氣更爲浮囂。勞動階級流了汗的結果，供給了中上階級的投機賭博。人們運用着，增進着他們的心計，造成了得意的狂喜，失意的懊惱，狡詐的手腕，神經過敏的症候諸現象。於是都會生活越繁雜，人們越往都市裏擁擠，爭逐；雖然因了過度的刺激是疲勞，却仍是不絕的奮興着，希望不在激烈的競爭中失敗。這樣的生活，自然使心力衰弱，而且非成病便不算能休了，除了普通的天災疾病可以致人們的死命之外，又加上精神上的酖劑了。普通都會的死亡率，比諸全人口底平均死亡率要多四分之一，這是由統計證明了的事實。

都會因爲物質文明的進步，生活狀態遠離自然，成爲人工的，因之身體減少了對於自然界的抵抗力，成了懺弱的，容易受傷的了。只有精神成了敏銳的，於是造成了所謂都會病的精神病的狀態，這幾乎是近代人共有的傾向，甚至到現在這種傾向還在流動於人們的血液裏。

三、諾道的變質論

根據這種現象而判定幾乎全體的文學家藝術家都是精神殘廢者，用來非難近代人的便是諾道。

以醫生出身的諾道乃是奧國的猶太人，他由病理學的觀點來攻擊資本主義社會的物質文明，他認爲文學家的天才是一種病態的畸形發展，他們只是發達了精神的能力，儘這一方面伸展開去，則便衰退了別的能力，這是生活的病態，這種病態是來源於物質文明，於是他乃持着功利主義的態度，對于資本主義的惡影響大加攻擊。現在將變質論的內容大概述說一下吧。

據他所說，近代由生活疲勞而產生的變質人物有下列的特徵：

肉體上的不完全，——臉面，頭蓋，左右的發育不平均，耳朶的形狀也不完全，眼睛斜視；過細的檢查起來，總有不完全的地方。

精神上的不完全，——這乃是說他們自我的觀念很盛，處世接物好以自我做中心，堅持己見極爲頑强。意志且薄弱，容易反應一時的衝動，因此有常識的欠缺。道德觀念薄弱，失去善惡的標準。易爲情感所動，可以無端哭笑。

他們且以這感覺的銳敏來自己誇耀，因爲這不是俗衆所了解的，於是自鳴得意。因爲他們太踞傲，所以凡事一意孤行，毫不顧慮；及至打擊臨在頭上，則又退縮，墜入厭世悲觀，對於宇宙人生都表示着恐怖，因爲他們的生活是懶惰的，所以毫無精神，疲倦了只是伸腰吁氣。見了人的面孔，便說他是痴愚，同時却不認爲自己是淺薄的人物，而只是自己咒詛着；因之，將凡俗視爲草芥，自己成爲超然而遠離社會的東西了。

他們時常沉於憧憬不定的空想中。他們因爲腦力的衰弱，不能長時集中注意於一件事上去判斷推究而創造一種新思想，只是沉耽在漠然的，無次序的，不可捉摸的幻想之中。他們對於一切，强烈的表示着懷疑；對於各種問題，要由疑惑去尋求它的根底。不能解決，則便煩悶；不能滿足於現狀，則高唱革命改良，可是不能去實行，只是唱高調，即使實行了，也永遠是半途而廢的。

諾道氏認爲這便是近代變質者的特徵。這雖然只說着病理上的現象，而未能追溯其社會條件，但在大體上看來，這種現象確是道著了近代人的心理。因此，由這人們的心理研究上，便可看出時代的徵候了，確是一個不可救藥的絕望的時代。

諾道由於這變質者的分析得到時代的結論：『這時代的特質，真是異常的複雜。其中有熱狂的不安，笨重的失意，可怕的預言，卑屈的絕望，無論何時都感到彷彿世界即將消滅。世紀末是一種懺悔，也是一種憤懣不平。在古代北方的信仰中，含有一種神們的黑暗的可怕的教義，到了現代，人的思想雖則有了進步，但是各種叫做國民的黑暗的茫漠的苦悶，還是存在。在這種黑暗中，一切太陽，一切星宿，都漸次的失了光明；人類則到現在造成了種種制度，但結果還是在向死的世界不斷的進行。』

這種判斷雖是失之於表面的；無根的，但對於當時生活的表像則描寫的頗爲中肯。

四、刺戟·肉慾·官能·審美。

諸道氏以人類的變質爲十九世紀末頁的時代特質，他所說的「敏感的」與「感傷的」，乃是指明人類在受大疲勞得大刺戟之後所生的結果。人們終日在生存競爭，投機，諸奮鬭場合中，時時感受着得意，失望，狂喜，重憂的激情，這種激情常是在腦裏打着旋風，於是一方面陷於精神疲憊，一方面則是過敏，所以諸道說當時人們的心理與精神是病態的，這當然是合理的話。

生活中自然的刺戟，長久只能使人感到疲勞，亦即神經麻痺。所以在生活場中惡戰苦鬭的人們，一方面感受生活的絕望，一方面則需要强烈的刺戟，即人工的刺戟；同時因爲鎭定興奮的神經，也是要用麻醉劑的。在醫藥學上說，這種有刺戟性的毒品，少量可使人興奮，過量則使神經麻痺，所以雖然有飲上三杯五杯酒或吸上一隻兩隻烟，可以使精神爽快的事，但若是多用的時候，便可以使人入於麻醉狀態，因之人們也時常藉着這一類的東西去尋求精神上的安息。神經病了，則求刺戟，刺戟，則神經愈病。在這種供求互爲因果的狀態之下，酒和煙草的消費量在統計表上一年年地激增，甚至鴉片也在被人使用着，於是這種頹廢的精神便强烈的反映到文人身上來了，頌讚醜惡，而被稱爲惡魔派的詩人波多萊爾，因爲要鎭定他那太銳敏的神經，便吸鴉片，求爛醉的心地於迷茫的烟霧中，在朦朧中找到人工的天國。總之，當時人們的神經已爲窘迫的生活糜亂到了極點，輕度的刺戟，已不足應付需要，所需要的乃是愈强烈的刺戟愈好。

神經過敏與疲憊成爲需要强烈刺戟的原因，其實這種現象，却是由於生活之過於單調和無味而成的。生活的單調直可稱爲近代人的共同的苦痛。這種苦痛，在從前，人們還可藉着夢，藉着空想來免除的，如同在浪漫主義時代，人們雖然感歎着物質生活的逼近，還可以藉着夢和空想，創造精神上的樂園；這時則不然了，物質文明運用着它的巨手擊破了人間美麗幻夢，好似風吹雪花入泥濘立刻化爲污水一樣。人們再沒有空想的餘地了，沒有了一切的信仰。夢境的打破，使人只能感到木板也似的當代生活的枯燥無味，而又沒有別的方法使這單調化爲複雜，於是往日對於精神快樂的貪圖，無可如何地只好委之於肉感的慰藉了。在近代人的生活中，肉的快樂與性的快樂之重要，可謂古所未有的了。所謂英雄美人的騎士時代的戀愛早已消失了蹤跡，被前人所視爲獸慾的性慾，已成爲人類生活的中心，現實主義已侵入生活的各罅隙之中，處處都發着物質的臭味。這種肉的精神反映在近代文藝中亦至重要，在自然主義者莫泊桑的小說中，每篇都充滿着肉慾的香氣，鄧南遮和安特列夫(Andreff 1871-1919)等人的作品也是深厚的描寫着肉慾的。肉慾的極致成爲色情狂，於是漸加發生肉體上的慘虐的事，王爾德和凡爾倫(Verlaine 1844-1896)爲了厭倦女色，貪圖男色而入過獄的事，即可做爲這種理由的明證。這色情狂的成因也可以和使用刺戟物品作一樣的解釋，初試物慾快樂則覺快樂，久之，則接受此快樂的神經也顯示痲醉。肉慾既不足醫治人的寂寞生活，終於得了咒詛，但是在這時候除了肉慾又有什麽更能調劑生活呢？由於不能滿足而强求滿足的結果，便陷於色情狂的變態了。

人類的欲望不僅在於刺戟，不僅在於肉慾，一切官能上的快樂，都成了物質生活疲憊了的這羣人們的唯一的慰藉。在陰暗的生活與悲淒的失望中的人們只有在官能上追求興味了。所謂唯美主義，享樂主義，以及新快樂主義，在表面上看來似是較頹廢主義爲積極；然而這種積極也不過是及時努力追求官能上的快感而已。王爾德便是這派人物的代表，在他所作杜蓮格萊畫像中表現了他自己的人生觀。這本小說描寫一個廿歲的絕世美男子，因爲趁着年輕，趁着美貌，努力享樂而享盡了快活的人生；及至老年來到，髮白體衰，乃在自創的刀光之下，發出他最後的嘶鳴。這年輕的主人公杜蓮格萊以爲世間最可貴的便是官能上的，肉體上的美；因之，人們必須及時追求着肉體上美的享受雖至做了殘暴的事情亦在所不惜。這便是王爾德的主張。所謂官能的快樂，乃是廣義的意思，色彩，味道，撫摸，聲音，一切感覺上的接觸，都是可以增加快樂的。象徵派也常常表現着官能的交錯。波多萊爾說『香、音、色、是一致的』，也是這個意思。

在這人類欲望的突變過程中，無疑地，審美的標準也要變遷。

審美的標準乃是依着時代的生活精神與人們的階級意識而規定的：同是一樣的美色與美音，有時則尚纖弱低微，有時則尚粗壯宏大。這時代是病的時代，小資產階級是徬徨岐路隨着時代而呈現病態的，所以審美的標準也是病態，好着奇，羨賞着人所不能美賞的美，正是這時代審美的特徵。有如繪畫中流行的印象派，用着強烈的彩色，做極端的主觀流露，這種見所未見的色調與章法，不期然的爲人所贊賞了，可見大家都在好着新奇，正和一切東西與名詞上都被冠以「新」字是一樣的意思。又如在德國泰爾曼的詩中說：

「我愛那血紅之脣的，肺病似萎弱的那爾斯基的花。我愛那痛苦的思想和那被刺穿而受傷的心藏。

「我愛那蒼白的人，和那有着燃燒似的，且把東西燒盡似的情慾的火燄，却又面貌奇醜的女人。

「我愛那嬡娜而冷冰冰的蛇。

「我愛那悲嘆煩惱的將死之歌。」

時代發生着神經病，這是因爲經濟現象所生的矛盾的影響；人們承受了這份遺產，而發生讚美死與病的呻吟。

這便是「世紀末」生活的實像。

五、俄國的『陶斯卡』

十九世紀末俄國文學所含的一種『陶斯卡』的厭世思想，也是代表了這一時代的悲傷淒絕的極致○陶斯卡(Toska)即是英語 Heart-ache 或 World-sorrow (心痛或世界苦)的意思，乃是表示着世紀末思想的名詞○關於這名詞的意義，可看英國人狄隆的解釋：

『原名的陶斯卡，就是完全沒有昂格魯．撒克遜的健全思想的意思○在英文沒有適當的譯語，所以祇好用 Heart-ache 或 World-sorrow 等語來替代○這種陶斯卡的心理狀態，是厭世思想和精神過敏等各種原素雜然混合時所生的結果，不論什麼人走進了這種心理狀態，便會對於現世一切事物，失却了穩健的興味，對於目前的實際目的，拋棄了追求的慾望，而祇是苦心焦慮的要解釋人生的啞謎○他們祇是焦慮，而毫沒有整然的理路，所以結果是一方厭惡現世，他方毫無目的地憧憬虛無，終至痛感於人生的無常悲慘，將一切成敗，當作鷄蟲蠻觸，而澈悟到最後的死滅○在這一點，可以看作一種宿命論的狀態，所以到了這種階段，似乎上述的厭世思想，可以完全消滅，而實際上却並不如此○這種宿命論，可以比做一種湖上的冰結，一朝機至，表面的宿命論的冰層消解，原來暗淡寂寞的心境，從新出現，元氣消沉，幻像消滅，對於實際生活的一切潑剌的感覺完全絕跡○他的結果，不外是沈溺於絕望的深淵和發狂兩種○』——沈端先譯文○

以上所論已說得十分中肯，在物質生活的旋風中，因了生活艱難與其色相的醜惡，自然要激起這種思想來的。但是我們不要被他騙了，就是不要認爲這專是俄國思想的特質，而在昂格魯·撒克遜民族中則是沒有了的；在當時這種思潮原是普遍着的，並且思潮的變動原是隨着時代經濟環境而變，並非是依着民族而變的。在這時代，即是英國也沒有積極的思潮，所謂積極追求着美的王爾德一流人，也是受着這種思潮的激染，而去做着極樂世界的幻夢，並不是積極追求社會人生的共同新方向的。

代表這種絕望思想的，文學史家常常舉出來的是高爾基（Maxim Gorky—1886）氏的"Toska"（世界苦），日本的譯名則爲憂鬱之蟲，乃是表示着憂鬱之蟲已鑽入了人心的意思。這比較長篇的作品，是描寫粉店主人企風，爲了偶然發生的事，忽然心境趨向沒落，對於人生發生了極端的懷疑與煩悶，縱是在一種極微的瑣事，也足以警醒生活之乏味。是這樣描寫着的——

主人公企風有一天在路上看見一行靜肅地進行着的葬儀行列，其中導儀的人，隨行的僧侶，以及送葬的一切人等，對於這可悲的死亡，似乎毫無感覺一般的走着，於是他的心裏大大的震動。他想着探求自身靈魂的究竟，何處是它的來源，哪裏是它的歸宿？結果這種探求歸於絕望，心靈幻滅，陷於陶斯卡的心境之中，對於他所遇的事物都表示懷疑，這個問號是始終脫不下去的。

『不錯！他們的靈魂是和死的一樣的了。不過，這也不外是因爲職業的原故，他們的一切都集中在職業上面了，所以對於靈魂的問題，是沒有工夫去思想了。但是靈魂偶然地……起了騷動。橫竪總有一次要死的，何必流着汗水去勤勞呢？不論怎樣勤勞，無常一到，還不是要死的。死了之後，空着手是不好去見上帝的，沒有靈魂是不行的。所以靈魂對我們下了警告了。噲！大家可以醒醒了！幾時死是誰都不能知道的。……』

這種心理正是對於現世一切事物，失却了穩健的興味，對於目前實生活拋棄了追求的慾望，而祇是苦心思索着不可解的人生之啞謎。

至於狄隆所說的『痛感於人世的無常，將一切成敗都當作鷄蟲蠻觸，而澈悟到最後的死滅』的極端宿命觀念，則可以書中的流浪者密西亞爲代表，這種思想較企風的宿命思想尤爲到家。原來密西亞乃是俄國 Casuals 階級的代表，這種人是賤農的一種，輾轉流徙的替人家耕種田地，行止是無定的，生活是勞苦而不安的，是馴服於地主階級之下的，是將生活目的委之於天命的；所以他的宿命觀要較小商人更爲澈底是無疑的了。看他嘲笑企風是怎樣說法吧——

『總而言之，人類是可憐的東西。世間這麼樣大，和蟲子的種子一般小的人，不論怎樣想，都是追求不到的。世間的事情，沒有一樣不是依着方法在做，所以苦勞一點，也用不着裝哭喪樣子的。人類是從小孩子的時候，就被剝奪了一切的，所以多活下去，除出多加一點罪孽之外，是沒有好處的。人的境遇，假使祇能成爲自然所支配的一般，那麽儘讓它去支配就是啦！這個就是天理，不論誰都不能違背，——天理也不會給你們違背的。人要背叛天理，祇要依靠知識，但是，知識本身也是逃不出天理之外的。不是嗎？沒有另外的道理的。所以做人祇要聽天由命，焦躁是沒有用處的。假使你焦燥得不好，運命倒轉來，包你喫一塲大虧！運命是由各人的慾望造出來的，性癖和慾望混雜的地方，就是運命的眞相。……這是天理，是人的智慧所及不到的道理！誰都不知道！世界上都是黑暗！所以說祇要聽天由命，不要怨人怨己，另外是沒有別的道理的。』

高爾基是過着流浪生活的人，所以他對於小農人小商人以及流浪者的心理十分明白，他看見當時這種憂鬱之蟲已侵入社會人心，所以不憚煩瑣的作這下層階級生活觀念的描寫。然而他所描寫的只消極方面，雖然只是赤裸的寫實，一部也表示着戰前高爾基的曖昧思想的。這種陶斯卡思想不僅存於高爾基的作品之中，遠在契克夫等人的作品中，原是早已有之的事了。

六、偶像幻影破壞的結果

在前部中論自然主義的時候，曾說明物質生活破壞了舊日的偶像；還有着 Decadent 意味的世紀末思潮，便是偶像破壞的最後影響。在浪漫主義的時代，人們都有着種種理想，有着夢也似的憧憬；但是到這時代，全如彩虹一般的隱沒了。浪漫主義時代雖然也有着「世紀痼疾」之說，智慧階級對於已往的自然社會之追慕，其中却含有着浪漫的調子，可以藉着感情的詩歌的空中樓閣來排遣內心的塊壘，所以雖然感到煩悶，尙可於憧憬中去尋安慰；十九世紀末却不是如此虛浮的了，乃是爲空想所拋棄，爲現實所逼迫的悲哀。

產業革命以後，資本主義社會飛速的澎湃，給與人以下述的諸影響：一、產業革命後，歐洲的勞動者由破產的鄉村挾着無窮的希望跑到都市裏來，結果不僅生活仍是受着壓迫，而且特別困難。二、法國政治革命以後，熱中於政治的得莫克拉西的革命者，悟到了他們的政治理想是不能實現的。三、明確地證明了機械的人生觀，感覺到機械的生活衝破了自由意志的壁壘，覺悟了人是被動的，社會是主動的，人們是在經濟環境的宿命之下機械地活動着。四、已往對於宗敎的迷信之網，今已揭開，一切宗敎信條與敎義，知道都是欺人僞語。五、從前以爲是神聖的男女關係，如精神戀愛一類的事，到現在已證明了是一種醜惡的事實。一切的偶像之幻影都如烟雲消散，人生失去了一切的控制，於是對於凡百事物都發生了懷疑的悲哀。一切都不相信，便失去了依託。時常陷於徘徊與不安，不僅不能斷念，且也不能信仰，鎭日在懷疑苦悶中掙扎而苦鬬，意味着這世紀末的悲哀的生活。

在這種生也不好，死又不能，悲哀的岐路上徘徊着的人物，蘊成了消極的厭世觀。他們痛感着現狀的惡劣，而不敢去實行改造，所謂飽經創痛的靈魂，不敢與現實謀面，正是這個意思。在這種普遍的氣氛中，人類的色相可分做以下三種：

一、因爲看穿了機械的人生觀而成了否定自由意志的决定論者。他們什麽也不管的，什麽也絕望的將身子委之於命運之前任它指揮，毫無與命運奮鬬與自然相抗的勇氣，他們覺得人類在世界上沒有什麽使命，只是對付着的，持着冷觀而嘲笑的態度的，苟活下去。這正和在病榻上閉目待死的病人一樣，有時呻吟出一兩聲死之歎息，表示他知道自己是將死的人了。

二、或有一部分人雖然感覺生活之絕望，却不甘寂寞，於是便自暴自棄的追求肉的快樂。

三、厭惡人世生活之惡濁，不敢與現實謀面，乃將其積極的心理去探求美，探求夢，如唯美派一流人，主張在精神上逃避現代生活，自隱於寂寞的詩美之鄉，求個人精神之滿足。

關於(一)，除開看出了社會解放須由下層大衆的反抗運動上做起的一派人之外，大多數都是屬於這氣氛之下的。關於(二)，則這種快樂的追求和十一世的羅馬人迥然不同，乃是肉的一致的，前文已詳論。關於(三)，則是與新浪漫主義有關的，因爲這主義也是應合此種氣運而起，主張避肉向靈，或以靈救肉，這在表面看來是積極的，其實是消極的，因其注重精神的解放，走入個人主義的極端；及至個人主義破滅的時候，則一切皆成幻影。所謂象徵，印象，神秘，唯美，諸主義都是屬於此類的。

第二章　新浪漫主義的興起

世紀末的思想既不能如諾道所論至一八八〇即行中斷，也不能如加克生所說至一九〇〇隨着十九世紀而告終結；社會思潮乃是隨着社會經濟生活之變動而變動的，這是無須反覆說明的事了，所以在資本主義勢力崩潰的前夜，其社會精神現象永是要取着悵惘游離的態度。世紀末思潮宣告了十九世紀自然主義的抗言書，却並不是到了十九世紀末年便告終止，所謂繼之而起的新浪漫主義，(Neo-Romanticism)也是在同一氣氛之下醞釀出來的。所謂對於物質厭惡的事，以及對於新的靈性追求的事，都是含有着共同的原素；沉耽於物質深淵而不能振拔，不得不歌頌着醜惡以自解，與夫躲避現實的齷齪而憧憬於無何有之鄉，其根本都是不能戰勝自然，而持着消極態度的。不要譏視着頹廢一流人物的不長進，而讚美着新浪漫派的激進的理想；其實都是一般的空虛，後者不過是將醜惡的生活加了一層紙糊的外套，於醜惡生活的本身是沒有改善的。所以它們深藏着一樣的頹廢之芽，即是不敢與實生活謀面，我所說的一般的頹廢便是此意。在廿世紀初期這種思潮仍是繼續着，直到現在還未除盡，這裏無須多說，觸目於現代社會的人自會明白的。

那末這種思潮的來頭如何呢？

一、科學的破產與唯心的傾向

如前所說，科學發達的結果產生了物質文明，征服自然，破壞偶像，於是科學成爲萬能的了。但是這科學好像並非有着完全系統的組織，它只能解釋部分的現象，尙未能解決整個社會的生活。科學本身原是好的，然而受了資本主義者的自私的誤用，其方向便陷於扭曲而入窘境。如同懷疑乃是進化之本，及至用科學來做援手的時候，偏又受了惡制度的影響而不能解決懷疑。分工是可使生產增加的，生活却更其困難；電氣是可奴隸鋼鐵節省人工的，勞動者却越加疲於奔命，都是好例。

實際說來，這時所謂科學萬能，乃是資產階級的自誇，科學到現在還沒有發達到萬能的地步，並且社會生活一日走着畸形的路，則科學一日不會臻於萬能。如此，則在當日科學自身即帶來了破產的徵兆，因爲它起首便否定了全知全能的神明，自誇萬能；但是除出某種範圍之外，實在有無論如何不能用科學來說明的事物，因之，法國批評家勃廉諦爾，乃喊出來『科學的破產』。德國生理學家雷蒙在認識的界限，世界七不可思議一文中說，對於運動的起源，生命的本源，感覺及認識的發生，物質及力的本質，科學全沒有解釋的力量。因爲當時走到末路的科學，到處有碰壁的危險，所以也遭了厄運。於是科學產生了物質主義，物質主義連累了科學的破產；至此，爲科學所虐殺的宗教與哲學，又從新抬起頭來。

科學信仰失墜的結果，演成了非物質的傾向，新主觀主義。本來科學的精神，以及因之而生的自然主義，都是立脚於物質主義之上的，不論世界觀與人生觀，都過於注重物質方面。如觀察人，解釋精神，都是從物的一面着手，而不能窮其終極。所以因了物質重壓了精神與心靈，反動的非物質的傾向便抬起頭來。

非物質的傾向，即是唯心的傾向，主張說人不是單靠「知」而生活的，應該注重的還有主觀方面的「情」。梅特林克（Maurice Maeterlinck）在他的靈的覺醒一文中說，『靈的靜眠時代自然是有的，但到現在，靈是顯然大爲活動起來了。靈隨處出現，有如受了絕對命令不容片刻猶疑似的，在急迫的情勢中，更如得大威力。』這便是靈的覺醒之明證。

這種非物質的傾向在文藝上成了新浪漫主義，同時在哲學上成了新唯心論，而成爲唯心論的先驅者則是實驗主義的精神。

實驗主義是十九世紀末葉美國皮亞斯所倡導，而由哲學家詹姆斯有組織地加以考究的，簡言之即是主情的主觀論，也就是說眞理的標準，在於情意在生活上的效果。將人的心分爲知和情意兩個方面，而主張知是根本的，便是主知論；主情意論則與此相反，以爲沒有感情和意志的作用，便沒有知的存在，在表面看來雖似心物調和之說，實則還是到家的唯心論。實驗主義對於生活的態度，是以情意爲主的。知之產生由來於情意，所以它的本身並非獨立的東西。對於情意生活沒有關係的知識，學問，以及哲學，是毫無用處的。所以在實驗主義的見解，所謂認識，所謂真理，乃是由於情意底選擇而主觀底創造出來的東西。

和實驗主義取同一徑路來屏斥唯物的機械觀而倡導新唯心論的，乃是德國的尤堅 Rudolf Euchen 1846—）教授。他的哲學是帶有宗教性的，因爲他看見近代的思想界中，只注重科學給與的真理，對於信仰則毫不顧及，所以他特別要注重信仰的一面。他說人並不是和其他動物一樣，這種差別即是在於人類是具有心靈的。唯物論者以人類相同於其他動物之說，而推翻了萬物靈長之論；但尤氏以爲，如人類和其他動物並無差別，則不致有文明的發展與學術的進步。做爲唯物論之基礎的科學，其根柢是成於心靈的活動，即科學是由心靈之力而產生的。人若不是心靈的存在，則一切學問都沒有的，遑論科學？人類非僅爲物質的存在，眞理可以直覺來確信！這確信是沒有東西能够打破的。生命不是單由外部的力便能發展的，至少，高等生物不是單由外部的刺戟便能發展的，發展的力乃在內部。這內部的生命乃是心靈的。無須外部是怎樣的限制，怎樣的支配，人們從內部得了力，由於自己的努力，可以實現人格。文化的發達，學術的進步，都是由此而來。因爲當代機械生活的蔑視人格，所以尤堅極力主張自我，主張人格，主張自由意志。他還主張自由的創造力，主張無限的進化，與柏格森（Bergson 1859—）很爲相似。

柏格森在新唯心論的場合中是被認爲當代權威的。他的認識的方法，和實驗主義多有共通的地方。他的方法有兩種：其一是從外面觀察事物的觀察法，這叫做外察；其二是從內面觀察事物的觀察法，這叫做內省。外察是由於理智，內省是由於直覺；直覺爲主，理智爲副，所以他的哲學是直覺的哲學。他將生活認做變化而無片刻停留的一種東西，他又說，我們的情態不斷的變化，情態的本身也不外是變化的。他將這樣的宇宙與人生認爲純粹持續，沒有停息，就是我們生存着，便是不斷地進化着流動着，匯集了過去的一切，現在的我活動着，以未來爲創造之總滙。生活總是變化，創造總是翻新，他說，生存這件事就是變化，變化即成熟，成熟便是不斷的創造。總之，他的哲學要旨是促進生命力的發揮，精神力的發揮的。緊張那純粹持續，必須克服物質的抵抗。因爲越是精神，則持續越緊張；越是物質，則持續遲緩。克服物質抵抗，必須不斷地創造、進化，必須努力奮鬪。晚近的哲學在屬靈方面求猛進的，自然是要推他的了。

二、靈的復興

上述科學破產，隨着便產生唯心的傾向，這是必然的事實。但是雖然唯心傾向與靈的注重在表面看來似是走入哲學的世界，其實還是心物二元論的，即是一爲求物質之滿足，一爲求精神之愉快，在世紀末的氣氛中，這種色彩是爲幾乎各派的學者所保有的。本來在社會組織顯示矛盾的時候，人類生活是不能不起矛盾的，爲了挽救這種矛盾，即反動，其實就是調和。這種調和是沒有實在根據的，所以結果仍不免發生矛盾。

當時的人，因爲科學所給與的力量，不能解决人類的生活，總以爲這不是因爲科學力量的薄弱，乃是哲學力量的欠缺，於是前此由科學中得來的失望，要從哲學中求補救了。科學由萬能以至迷夢以至破碎，人們由此中醒來，撫摩生活之瘡痛，乃極力追求靈的安慰。因之，由科學的研究，進而爲哲學的研究，較注重理智，更爲注重直覺了。以科學家出身進而研究哲學的也有好多實例；如柏格森之由數學，而病理，而哲學；詹姆斯之由生理而至哲學，即是。在這裏我們也可尋出另外一種意思，即這羣哲學家對於科學之研究仍是片面的，其所理會的多半是屬於自然科學一系的，並未注意到社會科學，所以無論這種畸形現象怎樣發展，在個人的精神上怎樣給與慰安，其於社會問題之解决，是無從談起的。

心靈之研究，在這時也算是一種靈之覺醒的極度的表象。在歷來思想上所斥爲迷信而委棄不顧的如催眠術，降神術，千里眼，之類的學說，反被大家鄭重地加以研究了。宗敎的信仰也漸漸抬起頭來。這種種說法，在明眼人自認爲是無稽之談，但是這種傾向是不能不注意的。

由唯物到唯心，由物質到精神，這種傾向在藝術上也是很顯著的。自然主義文學是由科學所養肉的文學，但由於世紀末思想的變遷，它的立脚點已漸形崩潰。於是在靈的思想之下，化爲象徵主義，唯美主義，享樂主義，神秘主義，由客觀的自然主義的，移向主觀的新浪漫主義的，不僅求肉的狂喜，也求靈的歡悅，這便是藝術的新傾向。

以靈的覺醒爲出發而實現的新浪漫主義的文學，也是向着唯心傾向取着積極態度的。西蒙士(Symons)說，『隨着人們思想的變遷，文學在它靈的眞髓上也劇烈的變化了。對於物質的考察和調理，這世界使它的靈的方面久感着飢餓了；現在因爲它的靈之再生，便發生了新文學。就是眼見的世界，已不是現實，眼不見的世界並非是夢想的一種文學。』

所以，我們見到所謂新的文學，也是本於「以直覺解釋宇宙，以哲學批判人生」的說法，仍不能出於私人御用之學的範圍之外，其去實生活，則漸遠；其去低級羣衆，則漸隔膜，所謂憧憬於象牙之塔，或最不得了的進而徘徊於十字街頭者，都是難於社會生活中尋求新途徑的。

三、新浪漫主義與浪漫主義

自從物質文明挾着自然主義來到歐洲的新天地，便風吹敗葉似地將浪漫主義一掃而無餘了。瀰天的由機器傾吐而出的煤煙，蝕滅了美麗的詩與美麗的夢。人間再沒有憧憬的理想，而排列於作家的冷眼之下的只有凄苦的現實。理智壓抑了情緒，使人們失掉了心靈的生活。

新浪漫主義是由於物質生活疲憊的結果而發生的新傾向，可以算做浪漫主義的復興了。新浪漫主義在情緒的，理想的，諸點上，是和浪漫主義共通着的。但是却有一種差別，即是新浪漫主義乃由物質文明中跳脫出來的，它受過自然主義的影響。浪漫主義是夢的，太玄虛了，所以對於個人生活，也多有隔膜之處。新浪漫主義反抗着自然主義，重主觀，重直覺，重情緒，重感情，希圖建樹新的浪漫的世界。但是其不能忘懷現實，純全地憧憬於理想之鄉的一點，則和浪漫主義有別。若是將二者的差別分開來說，則：

一、浪漫主義只是忘我的盡情歌唱，沉醉於夢幻的冥想之中，和現實生活游離。新浪漫主義則是經驗了自然主義的洗禮，不能完全與現實游離，且閱歷懷疑和苦悶，容納了科學的精神，成爲一種唯心的較爲積極的文學。

二、浪漫主義的神秘，是出於夢幻，不切實際的。新浪漫主義是從痛切的懷疑思想出發，而追求新理想的。

三、浪漫主義重主觀，重情緒，乃是狂熱的，感傷的，空想的。新浪漫主義則是沉靜的，享樂的，官能的。

以上三點，是就新浪漫主義全體來立論的，自然不僅限於文藝；浪漫主義經過自然主義的陶鍊，確是改易新的面目了。

四、新浪漫主義與自然主義

依上所論，新浪漫主義是浪漫主義的復活，當然和自然主義持着相反的態度的；這主義乃是自然主義的反動，似乎無須重說了，暫讓我們是分析它們的不同吧：

一、自然主義是物質主義的寵兒，所以是依據物質與直接經驗的，其描寫的態度，只是注重事物的表象與機構；關於靈或精神一方面，因爲認做是物的副產，向例是不與特別注意的。在這一點上，新浪漫主義恰恰持着相反的態度，以爲不僅看到事實的表面，還要搜求根本的意義。這裏所謂根本，是含有神秘意味的，也許就是靈。這意義，據說是在超科學與知識的神秘之境裏潛伏着。因爲痛感物質生活之苦惱，這羣游離的小資產階級或資產階級，便要向靈之中探求新意義了。怎樣探求呢？是否定客觀，而代以主觀的直覺。

二、自然主義對於一切事物，是以科學的態度，來思考與處理的。其集中之點，是知識的，研究的，客觀的。新浪漫主義總是有着二元論的嫌疑，在以情意爲體以知爲用的一點上，是很可使人藉爲佐證的。比注重理智更注重直覺，比注重客觀更注重主觀，比注重知識更注意情義的，就是新浪漫主義。

三、自然主義是現實主義的，將事實只當做事實來研究，其所努力的標的，即在求得其眞相。左拉．弗洛貝爾一流人都是這樣，實相以外的事物是不去理它的。新浪漫主義認爲將事實只做爲事實而求知，是不够的；却要去感覺潛伏於該事實中的某種東西。其研究的方法，即以某種東西的內秘爲對象，以主觀爲體，以科學爲輔，去感知那手觸不到的世界中的內秘，這才算是根本的意義。

總之，自然主義的本質，前文已經詳論。至於新浪漫主義確是反應着自然主義思潮而起的。當十九世紀末以至二十世紀初，這一種變像的頹廢思潮籠罩着人羣。人們意想不到改造社會生活是要從基礎上做起，而去在精神中探求生活的極致；結果探求自探求，生活之壓迫依舊，精神之苦悶依舊，一面資產階級還可藉此以轉移羣衆的視線。無論怎樣說得積極，其實不過是小資產階級的悲鳴；但是，改善物質生活是要用力的，徒自悲鳴又有什麼用處呢？

五、象徵主義

十九世紀末葉，一般反應着自然主義而起的偏重情意與唯心諸般藝術派別，都是屬於新浪漫主義之羣的。讓我們先來檢討象徵主義：

象徵主義是一種情調的藝術。

它的主要意義，是用客觀的物象描寫主觀的情調，這就是以客觀做爲主觀的象徵，象徵之名即由是而起。因爲情調本是渺茫而難以捉摸的東西，所以象徵情調的詩不尙自然主義一般的細微的描寫，却在暗示與渾漠的氣味；因爲音調善變化，所以象徵是比較詞語過於重視音調的。因之，象徵主義以情調爲中心，由此生出兩種特質，即是(一)氣味的渾茫，(二)音節的注重。

象徵並不是比喩，這也是値得注意的一點。象徵是以外物象徵內心，並不是以外物做爲比喩。假若象徵就是比喩，則象徵派以前或以後的各派作品全是用比喩的，豈不是混淆不淸嗎？比喩是明白而確定的，象徵則是渾然不可捉摸的，只能給讀者一種神秘的影，而不能令人做淸晰的推敲。

比喩是我們所習見的，如「春野艶如錦」，「白雪之白」一類的話，可以很淸晰的見出比喩的意味；象徵則渾漠細微的以至無可捉摸。讓我們引來幾節散文詩做爲例證吧：

『因影與幻夢而熟，在他們底皮裏有金的汗液正浸潤而出，過去的果子們在夢與影底園裏掛下，落下，一個一個，又一個。

『溫柔的暮色沉褪下去，又時常藉射到樹間的一線蒼白的日光而復活，後來又有風一個一個地一樹一樹地吹到美麗的果子們身上，果子們搖動而攢擊，其暖而蒼白的金體當風已吹過了他們而暮色沉寂之時還依然顫動，於是落下，一個一個，又一個。

「悲哀在我們的幻夢們之沉寂的園裏弄熟了她的陰影之果，在這個園裏，過去睡了，又起，又再睡，其一睡一起與熟的果子穿過死之忘記而落下的聲音相應，一個一個，又一個。」——柔妞，某人想到某時們與年們，劉延陵譯文。

這幾節譯文固是生硬，但原文的晦色則更其强深。這詩說的是人生悲哀的頻繁，但是由這幾節中則不易推敲出東西來，這乃是渾漠的象徵。

依着德國象徵派的先驅巴爾對於 Decadent 的藝術所發的議論，我們可得三點做爲研究象徵主義的參考。(一)這種藝術是注重情調的神經的藝術，不是思想或感情的藝術。(二)這種藝術的主旨是竭力注重人工，避免自然，遠離自然。(三)這種藝術是渴求神秘的，時常表現深潛於事象裏面的神秘。由此可見，情調，人工，神秘，實爲象徵主義的要素。

如上所論，所謂象徵，是將有形的東西，具象的東西，用來表現無形無象的東西，即是用可以感覺和觸到的東西來表現心靈的境界。所謂象徵靈魂的窗戶，通過這個去發現窗內的神秘事物，因此成立了象徵。

象徵的內容與外形是有機的、不可分離的東西，內容便是外形。由象徵喚起一種情調，那情調便依樣的做了象徵的內容。這正如音樂一樣，音底旋律刺戟神經，給與一種震動，這乃喚起一種情調；這情調的本身，是音樂的內容。所以在單以傳達情調爲目的的一點來看，音樂和象徵主義文學是一致的。

象徵主義對於詩體的解放是有着功績的，因爲詩的精神既已解放，謹嚴的格律便不能表現自由的精神，於是便生出自由詩。自由詩的創成以凡爾倫(Paul Verlaine 1844—1896)的力量爲最大：一、法國的 Alexandrine 格式的詩，每行須有十二個音組，不能或多或少，凡爾倫則首倡伸縮其數目。二、古代形異音同的音組不能押韻，凡爾倫取消這成例，主張音同即可押韻。三、古詩中不能有兩個母音先後密接，凡爾倫也力斥其無理。象徵主義一起，作詩不拘定形的音節，而要依作者的性情，風格，情調隨意創作，在這一點，象徵主義的功績是不可埋沒的。

『不要爲沒有錯誤地選擇字眼而勞心！

『只有沉醉的歌，此外便沒有什麼，

『這里，「朦朧」與「精確」結合了。』

觀此足見自由詩體是如何的解放了。但是由於這種主張的說頭，又見出其表現的曖昧。表現的曖昧乃是象徵主義的一個重要的特徵。因爲過於注重情調與人工而輕視實相的緣故，自然要流於這種傾向了。波多萊爾說充滿自然色彩而實際的女子的面龐，反不如繪畫上的女子的面龐更足引人愛好；眞實的水和樹木，反不如舞台上常有的假造的水和假造的樹木更足引人發趣。觀此，足知象徵主義怎樣地具有着技巧的僻性了。

老實說，象徵主義的藝術所以能取悅於人者，正是在於它的曖昧與難解，假若把這渾漠的軀殼剝落，則空無一物，所以這種風格是爲這一派人永久擁護着的。象徵主義之父馬拉梅（mallame 1842—1898）明快的說，明明白白的說明了事物，已減去詩的興味四分之三，只在它一點點的顯露去推測它所暗示的意義，才有詩的興味。所以十分的意思只說三分便夠了。其餘七分則由讀者去體會。鑒賞的人，是半帶着創作性的，用着銳敏的感受性，向黑暗中摸索，其所得乃是真正詩的興味。所以馬拉梅又說，『詩，必須是謎。』爲了要表現神秘、情調，便不能不用這渾漠曖昧的謎。象徵派因爲言詞可以使事物的意義淺狹化，所以厭忌言詞，因之，認言詞是詩的疾病，所以梅特林讚美沉默，重視無言的美。但是有一個疑問出來了，即是若無言，則詩是否能成立？感情能否社會化呢？於此，象徵派常是避免提及，實在也是十分的中了資產階級觀念論的垢病，不僅是象徵主義，世紀末各主義之羣隊中大半都是如此的。對於此點，以淺明文學爲要義的托爾斯泰曾激烈的攻擊着的，由多波萊爾到馬拉梅都不能脫免他的鞭笞，看他說，『我們不是常常聽見人家說到那藝術品是好的却是很難了解嗎？我們常常用這類主張，但是說這件藝術品是好而大多數人却難於了解，不是等於說這件食品是極好的，而大多數人不能吃它嗎？大多數的人也許不歡喜那少數顚倒嗜好的人所珍重的腐敗的乾酪或腐亂的松鷄；却是麪包和果實。一定要大多數的人歡喜才可以成爲良好的食物。藝術也是如此。顚倒的藝術也許不喜歡大衆，但是好的藝術常常歡喜一切的人。」人生派的藝術論者已對此痛加駁斥了，若以新藝術的觀點看來又當怎樣，想讀者自會理解的吧。

至於象徵主義者也有他們的辯解。如馬拉梅主義者西蒙士說，『「明指的，是破壞；只有暗示，才是創作的。」這是馬拉梅的主義。又在詩中應該歌詠那「不是樹木鬱茂的森林，是森林的可怕的樹葉間在漂蕩的靜寂的響聲。」』又如戈恬說，這種文體是進步到言語這東西所能達到的最高的地步的，言語本身的最後努力。其實還是想着表現，而又只能表現一點點，其餘的只好待人們摸索去吧。這樣便離着羣衆越發遠了，藝術更成了貴族的，與希求解決生活的羣衆們毫無干係，近代的神秘主義的各派都是如此的。

六、享樂主義——爲藝術的藝術

在十九世紀末葉，點染在生活中的享樂主義實爲一般的氣氛。這種主義之產生乃由於歐洲資本的澎大，與勞動的煩苦。因爲機械生產的原故，資產階級統治的形勢暫告安定，富利大增，而這些富力不僅是集中於上流階級，即中等階級也成爲富裕，於是乃漸度着安逸的生活。這種安逸的生活，不僅限於衣食住的程度特別增高；在娛樂方面，亦呈現着非常奢侈的現象。至於勞苦的群衆，富的增加既與他們無干，而勞動的苦作則無時或減。他們在疲勞中之所得僅爲將可糊口的工錢，同時却又因爲不能滿足於機械的奴隸，單調的勞動，於是不得不以喚起的刺戟或娛樂舒解日裏的疲勞，實在他們能對於人生有所賞味者，端的賴此。總之，上中階級因生活的餘裕而閑暇較多，故而追求娛樂；下層階級又因疲於生活的單調，爲求一時安慰，亦不免出於娛樂的追求，於是特別在歐洲的都市中，一時成爲享樂主義的天地了。社會的一般現象既如此，自然不能不反映到文藝上來了；所謂享樂主義唯美主義，便是由此出發的。一面表現着生活的頹廢，一面表示着快樂與美的追求，不僅是十九世末的文藝如此。實乃當時的普通生活現象。

試引斯各得·詹姆斯的近代主義與羅曼斯中的一節做爲享樂主義的說明：

『近代的科學普及，首先，打破了宗教上的信仰，使在物質方面、感覺方面尋求一切價值的泉源。這傾向甚至於使虔敬的哈代（Thomas Hardy 1840—），都觀察到了人類的狹隘與人類獸性的淺狹。因此他所描寫的人物，都是爲現世的苦悶所煩惱而感疲憊的人們。他又否認了神的存在。但同時以爲，「神」既不是恩惠深厚的東西也不是善良的東西；較爲深情親切的東西，反是人類。這種傾向日漸增進，於是有了懷疑神，同時也懷疑人，懷疑神的道德，同時也懷疑制定道德的人類。這是頹廢派。這派的人，如此懷疑了一切之後，終於，在快樂中發現了人生的歸宿。他們，因爲現代的社會是乏趣的，醜惡的，難堪而極不愉快的，所以只想者滿足自已的快樂。』

由此可知享樂主義在文學上是發端於頹廢派的，到了它的最後，這種主義乃最强，做爲唯美主義的要素。所謂『因爲現代的社會是乏味的，醜惡的，難堪而極不愉快的，所以只想滿足自已的快樂』，這乃是享樂主義的精神。在精神上不能滿足慾望，只可以將這飢渴之慾在肉體上發洩了。頹廢派的吸鴉片，酗酒，都是這種表現，即是到了唯美主義時代，這種官能的享樂雖似有了光明之意，但其動機却是一樣的。

享樂主義的因素既成於世紀末的初期，自屬發源甚早，及至到了唯美派王爾德之流發揚光大的時候，則其態度頗有變易的地方，也是値得注意的。享樂主義的起因，由於世人痛感物質生活的壓抑，而設法逃避人生的苦痛之態度，所謂忘懷現實，懼怕現實，沒有和實生活苦鬭的力量，即是此意。不論美與醜，善與惡，只要能畀人以强烈的刺戟就好，這種態度可謂消極的到家了。到了唯美主義的時代，這種鬱悶的氣氛化爲快樂的，樂觀的了。以前的沉溺於强烈刺戟中的享樂，乃多有咒咀實生活的意味；到了唯美主義時代，則生活已有了目標，即是一易沉溺於官能刺戟的生活爲追求理想美的樂園的生活。這便是新浪漫主義的代言人所辯解的『從踏過那該陷入於死或絕望的地方，去開拓那有新的效果的世界的努力這一方面』的意思了。也便是竭力貪圖樂慾，建築幻境的樂園，尋求一切新的感覺，新的刺戟以完成主觀的享樂了。

雖然在徼末關節有著徼末的不同，在大體上仍是一致的。世紀末作家之羣，一言以蔽之，都是超現實的，個人的，消極於實生活的，這原是無可辯解的事情。在這種物質發達財富澎漲的時代，社會一切現象起着矛盾的變化，所以這種矛盾式的與自私式的藝術，乃得被統治階級所役使，投其所好的佔領了大衆的趣味立場。這種藝術既以極端個人的美的觀點爲出發，其目的自然是爲藝術而藝術的了。從事於藝術以完成藝術本身之美爲標的而棄人生與社會於不顧者，正是此類。這種藝術流行的結果，使讀衆喪失其物質生活之自覺的能力，走入空想的哲學之鄉，減消了社會鬭爭的力量。然而病態神經的當代的人，却酷嗜着這種墜落的作品，無怪王爾德大吹特吹的說，他那本杜蓮格萊畫像，『銷路大增，這是能保證的了。』

讓我們再將享樂主義大家王爾德的宣教辭引用一下吧：

『審美，比倫理更高，因爲這是屬於更爲靈的之世界的。美的鑑識，是我們所能達到的最高的最微的一點，如色彩的感覺，比諸正邪之念，在個性發展上有更重大的意義。』

於是，唯美的、叛道的、個人的，這享樂主義的三種內容都被我們認識了。

七、新理想主義——爲人生的藝術

在情意一點上和享樂主義共通，而採取完全異樣的方向爲出發的，則是新理想主義的藝術。新理想主義的藝術和爲藝術的藝術的態度持着相反的見解——爲人生的藝術；在基點上是愛他的社會思想，在藝術上是爲大衆生活作宣傳。其與現代新興藝術不同之點，即是該藝術雖然有接近大衆的趨勢，却未能十分重視大衆的物質生活，而徒以提高人類互助博愛的精神爲原則，輕視了物質的力量；所謂將入社會學革命之門，忽地便退開去，悵恍於哲學之鄉，正是此意。一面喚起着勞苦大衆的同情，一面則不自覺的受着資本主義的役使，所以它的態度，仍是灰色的。

新理想主義的發生是基於愛他的思想，這是不會錯的。愛他的思想乃是個人主義思想的反動。自然主義一經發生，則個人主義便加速的前進；在這樣澎湃而不可遏止的瀾流中，人類是不能踏出私慾之外一步的。在人類生活中見不到愛的影子，這是多末悲凄的事情！一朝有明眼的人，沉痛地受着這環境的刺戟，倡導了愛萬人的愛應當在這社會中找到它的最高的位置，這的確是驚人的事件。但是要曉得在一八四七年以後，社會思想有系統的伸入民衆中間的一件事，便可斷定這種博愛思想的醞熟是不爲無因的了。若不是沉溺於官能的享樂迷醉初醒的人們，不但對於這種愛他思想沒有絲毫瞪目震撼的表示，却將認爲是陷入資產階級的觀念論之中不能振拔的思想了。

自然主義的眞髓雖然是個人主義的，但是在左拉的作品中有着痛切地詆毀着社會機構的事，已暗示着個人主義將來的歸宿了。本來個人主義的終極是死路的，碰到壁上的惟一的轉舵之路只好是愛人，所以有人說愛是自我精神的擴大。這不是偶然的，乃是必然的。『自己的生命和許多別的生命同由某一本源而派生的時候，自己便不是和別的分離而孤立的』話，似乎講懂了這種意思；其覺若從社會學的觀點來講，人一生下來便逐漸的發生了社會關係，則豈能脫離大衆而孤立？在個人主義極盛時代，人與人間的社會關係未能因個人主義者之「藐他」而減殺其密切，及至人覺悟到愛他的重要時，不過彰明這種關係而轉移其生活目的之方向而已。因之，要改善自己，非改善大衆不可；要愛自已，非愛大衆不可，乃成爲風行一時的學說了。

在「爲人生的藝術」的一點上，新理想主義和自然主義有着相通的地方。其不同之點，不外是積極的與消極的，精神的與物質的，樂觀的與悲觀的。自然主義，在它的背景中橫着那由機械的人生觀得來的消極的悲觀主義；與此相對，新理想主義，是由於竭力積極地肯定人生，愛護生命，努力改善它的意志而成立的。自然主義，多半是旁觀的，甚至拋棄意志與感情，以毒刻的失望的斷念的眼睛，挾着悲哀而咒詛的情緒向着客觀的現實眺望。他們認爲理想是無用的，精神是空虛的，因之否定了人生。但是人類是不容易連自己的生命都否定的，所以在絕望中不能不想法尋求出路。這事不僅在新理想主義時代才顯露着的，即是被稱爲自然主義文學之鼻祖的左拉，也不見得就是冷眼的旁觀者。他對於人生根本的態度上，然燒着志士的熱誠，就是社會改良的慾求，成了他的藝術制作的根本過因。個人主義之强烈如易卜生，他雖然以倔强挑戰的態度去否定一切，但是其暗示的意思，却通着社會主義之路的；不過他不認識大衆與其心理，所以結果陷於孤立，然而在他後期作品中，個人主義的彩色中潛藏着社會思想的苗頭。所以在「人生的」這一點上，自然主義和新理想主義實多有切合之處，稱新理想主義爲蠶的復甦以後的自然主義也不見得就算牽强。

作爲新理想主義的第一人而與自然主義深切溝通着的托爾斯太，在前部裡已詳細講過了。和自然主義的植根柢於物質主義相對，他的思想出發於精神的要求，在描寫手腕上純全地取着自然主義的態度，背後却深藏着强烈的主觀的就是他。他的心裏懷着非改善現實不可的努力，這努力雖然使他扭曲了方向，捨棄了藝術，遁入宗教的玄門裏，成爲貧困的哲學家，但是他的藝術正乃新理想主義的最好的典型。自然主義的藝術雖然也以人生爲標的，但是易流於消極的人生觀，所以和新理想主義不同，甚至有的流於「爲藝術的藝術」。新理想主義似是專爲矯正這種缺點而起的。托爾斯太不惜將一切藝術至上主義派加以鞭打，以新的見解闡明新的藝術理論者，正是這種事實的明證。

總之，新理想主義可謂世紀末思潮最後的色相，其原理可說是生命與人道與愛。生命是相對的物質；人道是反抗頹廢時代的殘酷的享樂；愛是來調解物質生活中的冷酷氣氛。繼續愛護這生命，爲這生命而戰鬬的，是自認爲托爾斯太嫡系弟子的羅曼·羅蘭。照原狀地觀察人生，愛護人生，愛護自己與萬人，這是羅曼·羅蘭的宣言，也是新理想主義的思想與文藝理論的中心。茲引羅曼·羅蘭在民衆劇所發表的宣言中的一節來做本題的結論吧：

「藝術，爲自我主義與無政府的混亂所煩惱。少數人握有藝術的特權，使民衆站在和藝術分離的地位上。……要救護藝術，非攫取那停滯了藝術的氣息的根柢的特權不可。非使萬人都能進入藝術的世界不可。就是，非高揚民衆之聲不可。欲行萬人的戲劇，非萬人的努力爲萬人的喜悅而經營不可。建築起下等社會咧，知識階級咧，這種一階級的立場，不是當面的問題。……中流人的藝術，已成了老人的藝術。能使它生存及强健，只有民衆的氣力。我們並非由於讓步而「到民間去」。並非爲了民衆而顯示人心之光，是爲人心之光而呼喚民衆」。

新理想主義的「爲民衆而藝術」的理論就是這樣；於是，積極於人生的，全民的，以理想爲歸宿的，這諸般特點，我們也領教過了。

第三章 「世紀末」的作家之羣

一、頹廢派

頹廢派的一般的特點和象徵派極爲近似，並且頹廢派的領袖人物如波多萊爾（Charles Baudelaire 1821—1868），凡爾倫，馬拉梅，却算是象徵派的若祖若父，所以兩派極易被人視爲混同；其實在發生的年代和內容都有着區別的。頹廢派是發生於十九世紀中葉之後，最初起於法國，有人說波多萊爾是浪漫主義的殿軍，也就是因爲他的時代和浪漫主義相距不遠的意思。頹廢派文藝團體的正式成立，是在一八八二或三年，青年文學者之羣在巴黎拉丁街一家咖啡店的地下室裏集會而成這時叫做「希斯魯巴斯」，頹廢派的名稱是後來才改訂的。象徵派起於一八八五年以後，這是頹廢之羣裏的一部分人覺得原名的不雅，又改正了的；然而在內質上也確是有着變易了。在內容上也是相異的，據西蒙斯說，頹廢派有極端的自已意識，過度地精妙的洗鍊，和道德與精神上的怪癖，乃是文學上的邪道；象徵派則是將美的事象向永遠的美中導引，乃是王道。實際說來，在情調，技巧，主觀以及唯心諸點上二者確是有着相通之處；但是在美惡的嗜好上，積極與消極的態度上，狹隘與高遠的思想上，已見出後派較前派進展得多了。象徵派雖然不能稱爲積極的文藝派，而悲痛、咒詛、破壞、諸氣霧則較前者氳得多了，同時對於理想之鄉，心界的眞理的慾求，也增了强。所以年代的演變，前後稍異其彩色，也是自然的事。

頹廢派的特質，依據諸道的見解可得下列五點：

一、非科學的　莫利斯（Charles Morice）說：『科學奪去了神秘，奪去了眞美，喜悅和人道，所以我們現在非反對它從侵入者叛逆者的科學裏去取出神秘主義不可。換句話，就是我們要那偸去的一切，不，或者可以說是要奪取科學本身的一切財產。』觀此可見在當時思潮上反對科學的激烈了。本來在社會經濟背景發生了矛盾化的時候，受了資本主義養育的科學是有着喪失權威的傾向的，從前人類對於自然界一切事象都用科學的眼光去觀察，現在人們失望了，所以要憎惡唯物論的機械觀念，而宣告了科學的破產。這不僅是頹廢派的要素，乃是在世紀末思潮的氣氛中普遍存在着的。

二、崇拜自我的，不僅否認了爲科學所打破的偶像，即是科學的人生觀也被否定了；因此除了自己之外便沒有可以倚賴的東西，生活完全以自己的情意爲根基，因之崇拜自我的風氣乃大爲高漲。巴雷斯（Maurice Barrés 1862——）曾講過這樣的話，即是，人在世界上能知道並確是存在的：就是自我。宇宙的善惡美醜乃依主觀的情感而存在，所以自己是重要的。返於觀念論，是世紀末文學的特色，所以非貴視自我不可。

三、重技巧的　排斥客觀如實描寫的方法，而採用人工技巧的態度；忽視現實，重視印象，可做爲頹廢派的第三特質。這種原因其實也是起於反科學的精神的，科學告訴人要如實的描寫，要言之有物；既是反對科學了，當然要取着和科學相反的徑路的，相反的路即是空虛，所以非物質主義的文學家自然要向空虛中去追求了。王爾德大聲疾呼的主張着架空的藝術，架空是 Lying 的意思，可知其虛幻和技巧的重視到怎樣程度了。

四、無利害關係的 頹廢派標榜着無感覺(Impassibilité)的口號，所謂無感覺者，並非字面的解釋，乃是固執着自己的藝術，忽視社會一切制度法禮道德宗教的意思。波多萊爾對於詩的意見是——詩在自身之外，並無其他目的，也不能有其他目的。除了爲快樂而作的詩以外，不算眞詩。藝術至上主義，快樂主義，唯美主義都是這樣主張着的。

五、醜惡之題材的 頹廢派的取材，强半是採用人生的醜惡與暗面的，所謂波多萊爾一流的惡魔派(Diabolist)就是富有這種嗜好的代表。在描寫醜惡與暗面的一點，似乎與自然主義文學相似，然而其趣味的標準却完全兩樣。自然主義的醜惡描寫，是暴露社會的醜態而表示憤激的；頹廢派則是沉醉於這醜惡之中而追求美，追求享樂的，這裏已顯示着意識上的完全不同了。依着這一點，也可以和象徵主義劃着分界的，因爲象徵主義是多有美的傾向的；這大概是因爲頹廢派與自然主義派較爲密接，所以都從生活的暗面着手，及至象徵派興起，乃覺醜惡之可厭，便進而向詩美之鄉開拓其前路了。

總觀以上各點，則頹廢派之爲非物質的，個人主義觀念的，架空的，超世的，消極的，已是十分清楚的了。作爲德國頹廢派與象徵派前驅的巴爾(Hermann Bahr)對於頹廢派的特色也有所論例，可引來參考。他說頹廢派有四特點：(一)頹廢派的藝術是注重情調或神經的藝術，不是思想或感情的藝術；(二)頹廢派注重人工，遠避自然；(三)頹廢派不重實象，渴求神秘；(四)頹廢派是好奇的，對於平凡的事件不予注意。這種議論和諾道之說相較，並無原則上的背謬，如巴爾的「人工」正是諾道的「技巧」，「好奇」正與「好醜惡」一脈相通，「注重情調」與「渴求神秘」則是「科學」的反動，超越自然，所以和社會的關係，也便有淡薄的傾向了。

表現這頹廢氣氛最强烈的，要算是波多萊爾了。

波氏生於巴黎，幼小時即有天才，青年時代，過着耽溺放蕩的生活，所以不久便被驅逐而逃到印度。重返巴黎之後，仍是照舊放縱，耗盡了自己的家產，日與頹廢派文學家相聚，飲「亞休」，吸鴉片，雖然時常缺乏金錢的享用，而放縱的生活依然如故。他對於美國的鴉之歌的詩人阿侖，波(Allen Poe 1809—1849) 的詩非常傾倒，翻譯了三卷，自己也深深受着這時的影響，並且也間接影響了歐洲許多名作家。

論者常說波多萊爾是浪漫派最後的人，這無非說是復興了浪漫主義的非物質的文學之氣氛。關於此點，不能不就歐洲近代詩之變遷一述其大略。

到了十九世紀中葉，舊浪漫派的詩風已及風燭殘年，其豪邁之風已不見於作品之中，維尼等人的詩歌因爲過於耽溺的原故，便發生了許多弊竇。這一般詩人的繼嗣戈恬已從情熱轉移到自然派。放逸的詩風，漸有精嚴的傾向。當時出現了高踏派（The Parnassian School）揭着與自然派小說家徽似的旂幟，和浪漫派的詩人相抗。他們多爲外物的描寫而不抒發內心的感情；其描寫入微，有彫刻繪畫之美。但是到了十九世紀末季，康德（Kante）黑格爾（Hegel）叔本華的觀念論的思想又漸漸在法國抬起頭來，於是高蹈派便不能立足，表現自我描寫情調的文藝乃隨之而起

波多萊爾與其說是浪漫主義最後的人物，不如說是復興了的非物質主義文藝的開山人物。因爲他的精神是和已往的浪漫主義有着顯著差異的。第一，他有明亮的智力和可驚的銳敏的神經，不似一般浪漫主義者的那樣沉醉。他雖則也尋求美和浪漫主義者一樣，都看到了美之中潛伏着可怕的魂。他因爲求美而得醜，求善而得惡，求神而得魔，於是他乃恐怖，他乃悲哀，因而感得人生根本的矛盾。但是他的悲哀並不似浪漫主義憧憬的悲哀，乃是由於神經頹閟而成；浪漫派多半是理想社會的追懷者，他則是物質社會的犧牲者。

波多萊爾藉以永垂不朽的，乃是一八五七年所發表的詩集惡之華（Les Fleurs du Mal 英譯爲 The Flowers of Evil）。這本書含有長短詩篇八十首，都是以病態的不健全的感情和情緒來描寫病態的和不健全的題材的，其感覺也和普通道德的感覺相距太遠；因爲是完全描寫着醜惡的享樂，所以被稱爲和「聖經」相對的「罪經」。有人說，『但丁是向地獄裏去的，波多萊爾是從地獄裏來的，』實則波氏的生活經驗，因爲時代先後與環境變異的原故，較之但丁複雜得多了。

他的詩風一時流行於歐洲的詩壇，從凡爾倫以降，歐洲近代詩人沒有不直接或間接的受了他的影響的。現在將死之歡喜一詩的大意寫在下面，做爲參考：

「潮濕的泥土，蝸牛成羣的所在，我自已鑿了很深的墓穴。

『在這裏埋下我的老骨，恍惚地睡下了，有如鱶鮫沉於水中。

『我忌遺囑，我厭墳墓，死了，求人的淚，還是活着時招了鴉來，從我的腐敗之處使它吸血

『無耳無目暗黑的朋友！蛆呵！敗子，放蕩的哲人，自由的喜歡的死人，都來此處。

『不痛不苦吮食我的死屍，蛆呵！你倒問我，在無魂的死裏，在死的腐敗中，是否還有苦痛？』

死和頹廢，腐肉、燐光和敗血，都是他的詩境，他是謳詠醜惡的美或恐怖的美的詩人。這種惡的情調震動了美國批評家休耐克（Huneker），要將勃朗寧使少女歌唱樂天的信仰之結句『上帝在天，世上平安』裏的「上帝」以「魔鬼」來替代，作爲波氏的箴言；其恐怖的氣氛激撼了于果的神經，他給作者寫信說：『波多萊爾君！藝術的天國，因爲你而有了一種無比的悽慘的光輝，就是，你在藝術上創造了一種空前的戰慄。』於是歐洲的新作家多半都感到這種戰慄了。

他有着過敏的神經，而因爲慣用强烈的刺戟來激惹他的過敏神經的原故，乃使他的神經更加過敏。更加過敏，則肉的氣味愈重，技巧愈工。以描寫醜惡爲能事的自然派小說家弗洛貝爾也曾給他寫信說：

『我將惡之華一句一語地，反覆地讀了數遍。我對本書所要說的話，祇是本書使我愉快，使我魅惑而已。你用你的色彩，將我征服。在全書中最使我表示敬意的，是你完全無缺的技巧。你是在不絕的讚美着肉感。』

這愉快，這征服人的魅力，不外他那人世的悲哀，所謂被悲哀之蟲咬了心，正可象徵波多萊爾。看他這悽慘的句子吧：

『雖在倦怠之中，我的心靈已然破碎。

『敲打的聲音，遍渡這黑夜的寒空裡，

『漸漸地低弱漸漸的消失。

『這最後的呻吟，不是負傷者

『被棄在血湖岸上，山積尸體之下，

『肢體不能動，死的，悶死的聲音嗎？』

這足見其心靈的窒悶與戰慄到如何程度了。比利時的大詩人凡爾哈侖批評波多萊爾說：

『現代的悲哀，在波多萊爾的詩中，有了異常的發展。人們一見之下，或者要說這不過是將悲哀的名詞改爲鬱悶，但在仔細考察之後，可以知道已經是完全的變更。他將悲哀常作誇耀，將悲哀安置在詩章的龍蓋帳中，使她像黑衣的聖母一般的放恣於繪畫般絢爛的夢思，彫刻般整美的幻想，而賦以生動的氣魄。在這裏，好像是一個絕美的獅身女首獸。他酷愛悲哀，前無古人。常常讚歎悲哀的詩趣，而自號爲「悲哀的煉金道士。」』

又說：

『前人的泰半，都是煩惱地心境不定地將對於自然的悲苦獻給自然本身，而哀泣平常的失意，但是波多萊爾却完全不是如此，他是都市的兒子，他是巴黎叫喊地獄的詩人，他是陳訴胸奧間的悲哀而反叛人世的放浪者，所以他大聲地歌唱。他的心境像夜間一般的暗澹，雖則汚穢醜惡，却有一種美感，正像濁江底裏的雙眼，，放出哀憐悔恨的淒光來一樣。」

凡爾哈倫所提出來的變質，其觀察己和諸道相同。這種變質，即由於物質生活犧牲下的悲哀所釀成。自然派和頹廢派都是科學世界之身受者，一是理智的，所以用冷眼的觀察作深刻的寫實；一是情感的，所以用悲嘶的歌唱作哀憐的傾吐。無論消極與積極，都是暗示着資本主義社會生活的病態。我們讀了波多萊爾的詩，感到一種悲傷沒落的悽情；然而不要忘了，這正是時代的影子，這正和凡爾哈倫歌詠觸手的都市有着一樣的意味。

關於頹廢派的技巧與情調也是時常受着非議的。法國美學家居友（Gugau 1854—1888）譏訴頹廢派說，這一派的精神，乃是喜歡猥褻的想像的，他們所認爲愉快的，總有些和自然相反。其文體也是極不自然的。他們在陳腐中求新奇，因之而陷於煩悶。他們的作品强半都是悲觀的。他們從「惡」裏追求發洩鬱悶的逸樂。

這種批判與非難雖然有些道着是處，却沒有認清時代，及其必然的產物。頹廢派不是憑空掉下來的，乃是有着他時代的背景。尋求異常而不得則易陷於煩惱，痛苦悲哀搔着他們的心則易流於沒落，這自是他們的缺點；然而我們一億及沒落的時代必產生沒落文學時，也就奈何它不得了。

被稱爲象徵主義之祖的凡爾倫，也是屬於頹廢作家之羣的。他雖然對於法國的自由詩之創生有着極大的供獻，但在他的生活以及其作品的精神上而言，仍是波多萊爾一流人物。

凡爾倫是一個法國軍官的兒子，畢生過着反社會的孤獨者和流浪者的貴族生活，在他的詩裏，可以見出那一面受着俗人和資產者的嘲笑，而其眼中仍一面燦輝着極端的感激的淪落了的知識分子的歌頌。他也是苦於靈與肉的矛盾的人，一面渴慕肉的慾望，一面有着强烈的靈的要求，在這點上他承襲了波多萊爾的精神。因爲他是資產者社會中痛感着孤立而與社會無關的人，所以不斷的追慕過去，追懷中世紀的神秘憧影，「世紀末」作家之羣大致都是這樣。枉自追懷而不能脫出實生活的羈絆，於是他乃在官能上追求其內的快樂了。他酖於强烈的醇酒，使心身愈成病態，迷戀青年詩人拉姆薄（Arthur Rinbaud 1854—1891），結了男色的關係，携手作汗漫遊，飄泊於英比兩國之間，後來因爲嫉妬，鎗傷了拉姆薄，因之坐了兩年監獄。脫離了鉄窗生活不久，又因脅迫母親的罪名重復入獄。回國以後，所謀輒無成，於是這流浪者的運命，便犧牲於胡亂的酒場生活而歸於滅亡了。

由於他的放蕩生活便可推知他的詩的風格。他對於象徵主義並沒有系統理論的供獻，但是他那奔放的熱情確是十分動人；奔放的熱情造成他那飄泊的生活，飄泊的生活則又助長他熱情的奔放。所以他的詩在行文字句間並不講求，激動人者全憑它的聲音，這也可算是一種僅有的精神了。有人說，凡爾倫的詩不訴於讀者之目，而訴於讀者之耳，不求人讚美而令人哭。這確是到家的話，在資本勢力宰制的社會中流浪者的哀號，還不是刺耳十足的聲音嗎？凡爾倫創出了詩的渾漠氣味，這是對於象徵主義的一大供獻；他主張抹出一種陰影，並且說，『不要色彩，只要陰影。』總之氣味的渾漠，情調的抒寫，算是他留與象徵派的遺產了。

下面一首詩，係借用田漢君譯文，讀者或可領悟到紙上的鏗鏘之聲。

『秋天裡

環瓏璘，

長咽聲。

孤調的，

沒精神，

傷我心。

聽鐘聲，

息爲窒，
色爲灰。
思往事，
不勝悲，
淚雙垂。
風冷冷
吹我魂，
無定棲。
如落葉
之飄零，
東復西。」

田譯雖可勉强讀去；然不能將作者着重聲音的表現達出。原文爲喚起秋天的哀愁，利用了許多鼻音，如 "Les sanglots longs-Des violons-Del' automne-Blessent mon Coeurd'une langueur—Monotoune"這聲音的妙處只有讀原文才能知道。

他的詩集有土星詩(Les Poems Satusniens)好的歌(La Boune Chanson)等作，都是運用着輕妙的音律，含蘊着沈痛的情趣的妙文。

其次便是馬拉梅，他和象徵派更是接近了。因爲象徵派的巨子中有些是他的門生，所以他便被呼爲象徵主義之父了。其實這時象徵主義這名詞還未出現，他還是屬於頹廢派的人物。

馬氏之影響於後人者，並非由於他的神秘流曳的詩歌，乃是在他對於詩的理論的講演。他研究詩的藝術與作法多年，後來便在巴黎某街裡一所屋內設了一個講座，每星期二夜間，屋內燈光黯淡，牆隅陰森，像是一座廟堂。他自在地坐在旋轉椅內，有時吸烟，有時左右旋轉，口若懸河的講述着。這是一件可以紀念的事情。

馬拉梅的主張在前章已經講過，他確是贈與了象徵派許多貴重的禮物，即是建設了一些象徵詩的中心理論，及至古爾蒙(Gourmont)，凡爾哈倫輩出的時候，眞正象徵主義的旗幟乃得高揭於歐洲的新文藝戰線之上了。

二、象徵派

在這種生承繼頹廢派的神秘主義的餘緒，將宇宙作爲精神分野中的一個謎而從事於較爲積極方面的探索與建設，這班較新的作家們乃在一八八五年以後將頹廢派改為象徵派（Symbolists）了。

『他們太紀念着外物而忘記自我了。盡量地念物而忘靈，就無異認為人是自然的奴隸。』這種呼聲乃是十九世紀後半期法國思想界與文藝界的一般氣氛，無疑地成就了自然主義的反動。

古典主義偏重理性與現實的結果，激起浪漫主義的主情運動；現在這象徵主義作家們，較之浪漫派反抗古典派更為着重地．來反抗自然主義了。在心靈的享樂上，這後起的一派較之前派（浪漫派）樂觀而且比較現實些，漸由靈魂美化進為生活美化；在中世紀的追慕一點上，則倚為批評當代生活的利器。莫里斯（Moris）在他的現代文學一書中，竟推崇中世紀的種種色相，如人們受着詩的感奮以及藝術占星術煉金術的感力等來做對比，以非難那具有「新聞紙，選舉與組閣」以及壓抑了「對於眞美善的愛」的「商工業喧噪的威力」的布爾喬亞文明，這確是一件有力的佐證。

代表這一派的人物，可以舉出羅登巴哈（G.Rodenba ch 1855-1892）梅特林（Maurice Maet-erlink 1862——）凡爾哈倫（Verhaeren 1855—1916）一列作家。他們都是比利時人。

由頹廢派到象徵派的一階段，法國的文運有着被比利時承襲的事實，這也不為無因。直到十九世紀後半期開始時為止，比利時還沒有牠自己的國民文學。一八三○年以革命的方法與荷蘭分離以後，這數十年間，比國的文學都是受着法國的培養的。十九世紀末期的資本主義的發達，與其自身之一切特徵的結果相並地在文學創作上也現出活潑的影響，於是在六十年代裏，比利時的國民文學乃得奠定。前述三家，正是資本主義濫觴期中的產兒，同時直接或間接地做爲了馬拉梅的弟子，於是象徵主義在這裏乃吐露其異樣的光芒。

在向前進展的資本主義的影響之下，推行了一切社會建築的改造，並且在這社會的破綻中，各個社會集團，都在文學中尋得自己的影子。受着社會經濟的進化而感到壓抑的貴族階級作家，可以羅登巴哈氏爲代表。他是一個寂寞的詩人，在他的呼吸氣裏是充溢着商業貴族時代的意味的。他懷念着昔日商業貴族的隆盛時代而作了故去的布魯紀（Bruges—la-Morte），布魯紀乃是中世紀的繁榮都市的故址，這詩人便住在這裏，鎮日地邪死一般的運河水流過頽圮的鐘樓與僧寺之間，使他懷念過去而成此作。這部詩的散文作的主旨乃說明一切都是幻，都是希望之後的泡影，冥想布魯紀的繁榮也是一樣，過去的不能以人力追回，只有悵惘。文中敘述一個死了妻的人，遷居到這廢都來過隱逸的生活，這主人公在這新地域裏和一個與他前妻相似的婦人相戀，乃一掃從前的懊喪，一切興會與企圖又復甦生起來，決意想改變他的新生活；但是等到悟及他的新戀人不過是一種幻影的時候，於是他乃甘願回到以死滅了的都市爲背景的社會裏去，而殺死了他的愛人。進一步在他的小說鐘樓看守（LeCorillonneur）中，對於新興的工業社會咒詛的以至要自殺了。布魯紀因爲要返回昔年的繁築，乃重行其商港的計劃，俾「港裏屯船舶，籠內滿黃金」的時代可以復見於當世，於是舊的建築如教堂一類東西乃漸被商館和倉庫所替代，鐵軌電車也敷設起來，這在該主人公看來，都是瀆神的，於是在住民慶祝開港紀念日的那一天，便憤極絕望極乃至跳鐘樓而自殺了。在他的作品裏雖然不能求得如梅特林與凡爾哈倫一般的高尚理想與深刻思索，而厭世的抑鬱氣雰確可代表了時代病，宣示了他的沒落貴族的立場。他那優美的藝術與厭世的情調，恰合近代人的意味，乃是無可爭論的事實。

梅特林和凡爾哈倫都是代表了小資產階級者來做描寫的作家。自然主義轉到了印象的象徵主義，在比利時的劇場上，自然要以梅特林爲代表的。米爾波（Octave Mirbeau）曾倡言梅特林高於莎氏比亞的說法而引起「梅特林即比國的莎氏比亞」的呼聲的事雖然近於誇大，但他的文名是如何顯赫於當日確是「於茲可見」的了。比利時的國語是依南北之分而不同的，北方是日耳曼語，南方是法蘭西語。梅特林生於南方，所以受着法國文藝的影響很大。我們研究這位作家，要先從他的思考和形式上着手。

神秘的劇作家梅特林在象徵派中達到了神秘的頂點。他以爲五官以內的現象或是爲自然派所重視的物質的現實，是不足以言人生的眞意義的；眞的人生須於耳所不聞，目所不見中求之，必如此，則人生纔見眞義，纔不平凡。由是他乃反對肉的感覺而注重心靈的交通，屏斥語言而力主沉默，謂「心靈相通，勿須啓齒即可洞悉一切」者，即是此意。心靈作用，不能用言語說明；欲通此心靈，則捨沉默沒有另外的途徑。「沉默」，梅特林的靜劇便是依此而起來的。

梅特林起初是一個宿命論者，這裏所謂宿命論和基於科學的機械的人生觀而產生的宿命論不同，乃是死的運命，這種神秘的運命絕不是人力所能挽回的，所以是絕對的悲觀。在他的前期作品中可以見到的便是闖入者（L'Intruse）裏遍滲着死之不吉的預兆；室內（Interieur）則表現了意外的驚人之死亡與人們跳脫不了死的預感的支配；白梨哀和梅李桑表現了人在神秘的死的威力之下與厄運鬬爭是無援無助的而倡導了「忍受」；丁臺基爾的死也顯示了難制的死之神力；在羣盲裏則表現的更其透骨，人類將要為自然力洩入滅頂的深淵，他不過如孤居荒島的待死之人一樣，在這島上，人們如盲者一般，覺似居於黑暗的林木中，風林作聲或落葉騷響都足以使他們驚心動魄，而造成每一秒鐘的死之恐怖。考之這種恐怖氣氛的戲劇也不外是時代生活的反映。比利時走入工業資本社會之門較遲，所以正可作為梅氏的時代前期，這時封建農村破產而造成都市狂，由於這種騷亂的氣氛喚起作者的神經，於是成就了這樣神經性的作品。後來，社會組織與生活漸形安定，神經系統漸和周圍的現實成了習慣時，這種神經性也便弛緩下來，因之梅氏的後期作品已失去了這種不安的表現，無特與恐怖的心理已消逝了。由於經驗的默示使他曉得運命並非有着絕對的權威，很可籍人力來鬥爭一下的。他說，運命並非絕對不能克服的；他並沒想到所謂這「運命」也逃脫不了因果律。怎樣克服呢？看他說，運命不在我們之外，而在我們之內，只要我們緊緊的握住了自覺，於是乃有「智」，由於「智」乃能自由地支配運命；總之，要勝過運命，只有堅信心靈之力便是不二的法門。由於這種主張，我們乃見出他是反抗近代物質主義與自然主義的機械觀的一個文學家了。在莫娜凡娜(Manna Vanna)裏便明明的表現了這心靈克服運命的思想，在加賽兒(Loyzell)裏他也相信和運命鬭爭是可能的。但是在聖安托尼的奇跡(Le Miracle de Saint Antonie)中則漸從家族關係中踱入社會關係中來，譏諷地描寫了布爾喬亞的罪惡，暴露了他的貪慾和利己，這是值得注意的；若青鳥(L'oisean Bleu)則是展望着將來的國家。後期的梅特林社會氣息較爲濃厚，以至『爲了掃除走向未來的道路，以破壞舊日所保存的一切』這樣的句子，也出現於他的論文之中了。

在形式方面，梅特林是靜劇的首創人，所謂描寫人物的性格與事格而顯示人生原狀的事，是他所屏斥而忽視的。將歷來戲劇的原素忽掉而只去注重情調，不作爲看的劇，而是感的劇，所謂閉了肉眼而張開靈眼來看的，便是此意。靜劇是反對描寫表面動作的，他在論文集貧者之實(Le Trésos des Humbles)中說：

『我嘆賞奧賽洛(Othello)，但是我以爲他的日常生活却沒有哈孟雷特一般的嚴肅。哈孟雷特因爲静穆不動，所以有生活的價值。奧賽洛的嫉妬是很好的，但是我們假使因爲他的激情和情熱，而以爲他在過最眞實的生活，都是一種舊式的謬見。我對於以下所說的事情，有了確實的相信，就是假定一個老人，坐在一張靠手椅子的上面，旁邊擺着一架燈臺，而很耐心坐着。將圍繞他家裏一切的永久法則，交給無意識的兩耳；在無知無識之中，解釋了窗門的靜寂和一切光波聲浪；垂着頭聽服他靈魂或運命的出現。——這一個老人，對於像很注意地走進他的屋子而替他守夜的僕人一般的世間一切力量；對於給他自己依靠着的小桌子與空間的太陽；對於天空一切星球和自己心裏所有一切力量的一瞬眼或一動念的動作；都毫不注意地坐着。——我以爲老人雖則毫不行動，但實際上他的生活，比較殺了情婦的情人，戰勝了强敵的將軍，或者「爲自己的名譽而努力的丈夫」的生活，更爲深刻，更爲普遍，更近人情。』——沈端先譯文。

要來理解這篇話語，恐怕也要用「感」用「神秘」吧，否則是不能窺其堂奥的。然而這種論調很能打動現代知識份子的心，雖至現在亦未見衰。的確不錯，現在社會的某層人物中，神秘象徵的力量還是很大，因爲實生活對於某一層人是覺得有些平凡了，所以要追究神秘，這也是生活背景使然；但是及至大夢醒來，則或悟到所謂「平凡」未必平凡，而「神秘」則恐怕比較素所蔑視的「平凡」更覺淺薄乏味了吧。

梅氏輕視動作，因之表演的工具只有偏重話語，特別是和必要的對話並列的話語。他在文中說：

『在實際，使我們從眞眞的優美的偉大的悲劇中，看出他的優美和偉大的，不是動作而是言語。但是這絕不是僅僅和動作相伴而說明動作的言語，而是表面上所視爲必要的言語以外的對話！實在，劇中眞有價值的說話，都是一見之下當做無用的說話。……和諸君所認爲必要的對話並列着，你們一定可以發現還有一種不論什麼時候都被人認爲贅語的其他對話，但是祇要仔細地研究，諸君就可以明白唯有這種對話纔眞是心靈所傾聽的言語。要和心靈會談，非有這種條件不可。在平常的戲曲中，最重要對話，絕不曾和現實相呼應。構成最優美的悲劇的神秘的美點的，正是在偏狹的眞實以外的對話。因爲這種對話，和更深的眞實相一致，而這種眞實又密切地和支持詩的生命的人目所不能看見的心靈相接近的原故。』——沈端先譯文。

以上所引乃是貧者之寶中的主文，也是梅特林劇的中心理論，象徵派戲劇皆以此理爲準繩，即是排斥動作與激情，尊重靜穆的情感和動作。

梅氏的作品依其思想的變動也可以分作前後兩期，前期的作品都是象徵死亡和黑暗的恐怖，後期的則象徵生活和光明的讚美。這種原因前已說明，無非根源於社會的變動與穩定和生活的潦倒與安適而已。屬於前期的有：阿格拉凡奴和賽利賽脫(Aglavaine et Sely stte)，闖入者，羣盲，七公主（Les Sept Princesses），白梨哀和梅李桑，阿拉顛和巴洛米（Alladine et Palomides），室內，丁臺基之死等；後期的則有：莫娜凡娜，加賽兒，聖安托尼的奇跡與靑鳥。

和梅特林並稱爲比利時文壇兩大明星的乃是凡爾哈倫（Emile Verhaeren 1856—1916）。凡氏雖然和梅氏同是小資產階級的代言人，但是在社會意義的一點上看來，凡氏確是進步的多了。凡氏不僅是諷意的譏評布爾喬亞的社會與文明，並且幾乎要拋開他自己的階級立場而轉向無產大衆一方面來了。他生在比利時農村破滅的時代，所以他所歌唱的都是當時的現實，在幻覺的農村（Les Village Illusoirel）和觸手的都市（Les Villes Tentaculaires）中可以見到農村社會向工業社會的轉化以及爲工場、商場、股票場、實驗室等所充斥的工業都市的昌盛。然而你要看他看做一個無產作家那就錯了，他確一個中間的小資產階級的知的傾向的代表者，他所描寫的東西，雖足以代表社會不安的騷動，却不過是個人的感覺與憤懣而已：他雖常在勞動者黨的隊列中過活，他却終是一個知者，而不是一個行者，這便是他的苦悶的來路，他不能不過着悲傷抑鬱的日子。弗里契批評他說：他一面站在無產階級的隊列中而又分有其理想，但他却不能與無產階級生活同一的生活及呼吸同一的生活。』所以他是一個社會中遊離的分子，沒有一定的階級的隸屬，日日演着良心與處境相衝突的悲劇，這正是當日的凡爾哈倫，也是今日的小資產階級知識者。因之，他在現實上捉不到人生之謎，在煩惱中乃改易其生活之動向，所謂煩惱已去重見光明的時侯，即是將生活的前路寄託於理想之鄉去了。關於此，我們可取他的生活實況來證明的。

凡爾哈倫最初不用說是一個現實主義者，他對於社會的印感和左拉是相差不多的，他最初的詩歌，也是毫不避忌的極盡醜惡的描寫，雖然遭受攻擊也是在所不計的。但是他這種物質主義的厭世觀不久也退去了，並且也如梅特林一樣的樹立了樂天的新人生觀。即如詩集途上現象便是表示這種轉變的，拋棄了悲傷凄凉的日子，而來和生活作積極的鬥爭了。這種積極的態度又有誰能說不好呢？但是像這般象徵主義的詩人所積極的又有什麼目的呢？造成一個新理想主義者當然他們的企望，而這種企望的結果所得的是什麼呢？這些疑問終是他們的難解之謎，而他們也便在這謎語式的生活中自求滿足了。於是「即令毫無結果，仍是專心專志的前去追求」，這乃成爲他們的人生眞味。這詩人能唱這樣自覺的歌：『這種族的人們，精神比牙齒還要堅硬，熱心而貪慾。願望達到了還要更多的要求，不會滿足。我們是這樣種族的兒子。』但是兒子便不能違反「父道」嗎？他不會描寫叛逆的羣衆，而只是象徵地，傳奇地，寫了一些神話式的英雄：如聖喬治(Saint Geolrge)描寫衝雲破霧而出的馬上英雄，作爲光明的希望，但是這種希望恐怕寫詩的人也要認爲是一張白紙吧！只能歌頌着光明思想而忘記了大衆的，正是已往詩人的特徵。

然而凡爾哈倫的詩畢竟是可觀，在社會的意義上，他那有着自然派作風的詩是較那有着象徵派作風的詩多有意義而切近實生活的。他那最著名的三部曲：幻覺的農村，虛幻的田園（Les Campagnes Hallucinées）和觸手的都市足以將近代社會生活的眞精神活現出來。如前章所引用的歌詠田園荒滅都市膨脹的詩例，直是當代社會轉化的縮影。他也歌唱大城市的騷擾、車站、鐵路、市場、酒館、種種浮囂的現象。

『呵，這些中了腐敗的黃金之毒的都市！
石的喧騷與烟煤的紛飛，
在震動的空間與活動的勞動間的，
傲慢的圓屋頂與塔以及危立着的柱石，
你愛這恐怖與深透的鬱悶嗎，
你呀，你這悲哀而深思地，
沿着那繞着世界的大的車站
旅行着的遊子呵？』

他對於都市的喧囂是嫌惡的，他時常想逃往農村，避去都市空氣的震盪。他咒詛都市裏的物質中心的惡行，他歌唱都市中心的證券交易所，是如此的神秘：

『呵！黃金！在那兒，有如高入雲端的塔……

多量的黃金呵！……

那兒，黃金三角形上的黃金立方體，

以及四週堆積於代數學上的

那些有名的財貨……

黃金呵！——喝黃金，吃黃金！』

再看那都市的喧騷怎樣感動他的心而生出反應的情緒，他幾乎和都市中的分子一樣的發瘋，簡直是拚命的活着了：

『闖入吧，我的心，

去到那以其暴怒，以其勝利之瘋狂

衝擊着首都的大羣裏去吧，

看呵，每一喧騷，每一瘋狂，

每一恐怖都在激盪而奮興着！』

凡爾哈倫在幻覺的農村中將世界上十二萬五千萬人的勞動生活的表相完全給我們描繪出來，所有城市，海上與農村的勞動場合上，都被他給洗染了新顏色。但是在他祇是抒寫所見而已，他並沒有所謂主義。他歌頌背叛的民衆大羣，也讚揚那決定海洋和帝國的運命的金融業者。他認爲社會不是一個齒輪組織成的，有勞動者，也有金錢支配者，都是美的，都是値得歌頌的。在他的背後還藏有社會協調的意味，只要大家不爭，保持和平便好。但是十二分狹義的講吧，在他的詩裏就見不出鬥爭的痕跡嗎？這，他是不去管的，他對於社會的因果律和矛盾律還沒有較深的認識，「詩人終是詩人」，讓我將這前人批評詩人的言語，加之於這前輩詩人的身上吧。

他和其他的理想主義者一樣的酷愛和平和反對戰爭。大戰發生，他的祖國首先遇刦，他公布了詩集戰爭的赤翼，責斥德意志帝國殘酷地虐殺和平建設時代的罪惡，不久，在他的一場演說完了的歸途中，便突然的喪身於他曾經用力歌唱過的鐵路、火車、和機械的鋼齒之間了。

三、唯美主義與唯美派

前章論享樂主義的時候，曾經述及在資本積聚社會的暫時安定的狀態之下，歐洲已成了享樂主義的天地了。唯美主義便是享樂主義的化身，因爲既欲享樂則不能不唯美的。這種藝術，乃是十九世紀中的新樣式，在世紀末文藝諸派別中，也算是消極之中較爲積極的一種。關於這種藝術樣式的化生與態度，弗里契的見解最爲透澈，他在歐洲文學史中講道：

『如果寫實主義是資產階級樣式，自然主義是小資產階級的樣式時，則上述的樣式（唯美主義）乃是十九世紀末的新資產階級的樣式，特別是其中許多寄生層（上流貴族階級和金利生活者的資產階級）的樣式。如果寫實主義（特別是自然主義）是努力描寫現實及人類之具體的世態時，則唯美主義是避開一切世態的東西和過於物質了的東西，而在這樣式化的形式及用技巧來調和了的形式上去描寫現實與人類。小資產階級的自然主義具有批判的悲觀氣氛，反之唯美主義，則充滿了對於人生的樂觀的態度，和無可懷疑之餘地的生活歡喜。在這種樣式的基礎上所橫存的原則是：對於世界完全取唯美的態度，人生的最高意義是美，藝術比生活還高，美學同時也是最高的唯一值得注目的道德。』

如將以前各部所論平心讀過時，則弗氏的議論自可明白。物質文明發達的結果，社會的缺陷更多，於是乃發生了寫實主義的暴露式的藝術；資本主義逐漸養成，階級的構生益加嚴厲，於是乃發生悲觀批判的自然主義的藝術；批判自批判，痛苦日益其多，則生活氣氛流於厭世悲觀而現頹廢；及至社會組織日見安定，階級劃分已成定局，隨欲而安，固似解嘲，杞人憂天，亦是無補，加之生活漸成習慣，乃有享樂主義發生。享樂必須趨重唯美，於是昔日之抑鬱生活一變而爲美化，因之細束生活行動的道德，也因爲生活態度的轉換而顯改觀的趨勢了。

崇尙享樂的結果，增强了個人主義的勢力，因爲只求個人生活的舒適快慰，其餘都是事不干已的了。唯美主義的文藝，就是對於人生創作上純全地取着個人主義的態度，反對一切持續而堅牢的東西，尊重瞬息千變萬化的東西，換言之卽是放棄理智而重感覺，極新奇之能事，將生活、戀愛、思想化爲不受任何物拘束的激戰，比德的快樂主義與王爾德的架空的藝術，乃是同出一源的。

唯美主義作爲自然主義的反動發生於十九世紀五十年代以後的英國，這時正是英國資本主義開花的時代，資產階級正在固定了他們的特權而過着舒服的日子，沉溺於快樂主義之壑的生活氣氛乃沾染到文藝上來了。英國的唯美主義雖然由王爾德集其大成，然其成因則仍是受有三種影響，(一)拉斯金的生活美化說(二)比德的快樂主義，(三)莫里斯的生活的藝術的口號，所謂這三種影響，也可視爲唯美主義的進化過程。

在英國，當十九世紀的六十年代到七十年代的時候，有哲學家拉斯金在他討論社會的，經濟的以及哲學的藝術的諸問題的論著中，提出人生之神秘與藝術的理論和生活美化的口號。他的講解雖然不免受有空洞之譏；但是在這工業資本主義的組織復歸於農業的職人組織和支配階級的單純化的時代，確能迎合那些堅信本身的牢固握有巨大產業的資產階級的心理。這種理論馬上便渲染到文藝上而成拉斐爾前派。這一畫派與文學派，前論已有所述及，其代表的詩人兼畫家便是羅塞蒂其人。他們的主張完全是爲純粹藝術和美而服務，屏絕一切功利的要求和社會的服務。但是這時候的唯美彩色還濃濃的包覆着一層加特力克的皮相，還是與道德相安共存着的；後來的唯美主義則由此中解放出來，和道德作對立的形式，甚至揚棄了道德而代以唯美的標準了。

比德（Walter Pater 1839—1894）是近代歐洲有名的批評家，在快樂主義者馬瑞斯（Marius the Epicurian）中發表了快樂主義。

所謂比德的快樂主義的中心，就是每一個人都應該使感覺靈敏，儘量的接受外界刹那間所起伏的刺激，由此而賞味個人每一刹那間的充實了的生活。十九世紀末葉因爲資本主義社會的暫時穩定造成隨欲而安的生活，因之有注重刺激與官能這回事，已在前文講過。痛苦麻醉了人的神經，不能不由無聊中求快樂，正是這種思想的根柢。

比德的快樂主義，就是一種感覺主義。他所主張使感覺銳敏而强有力地接受周圍的印象，將生命的焦點置於感覺的經驗之上者，正可見出他重視刹那的「目的」而忽視悠遠的「因果」了。他覺得在人生中值得留意的只是刹那間快樂的追求，至於過去如何以及將來怎樣是無方把捉的，所以只有現在，而且是刹那間的現在。他曾引用于果的死囚最後之日（Le Dernier Jon d'un Condamné）

中的『人們都是不定執行猶豫的死囚』的話語並且慨然興嘆道：『誠如于果所說，我們都是判決了死刑的囚徒，不過是得了不定的執行猶豫而已。』人什麼時候死，誰也不會知道，所以每一刹那的時光都不可輕易放過，要利用每一刹那的機會去尋求生命之火的焦點，這焦點的總滙，便是人生的大成，這乃是他態度積極的地方。

總之，他排斥了文藝上的知識要素而將感覺的要素當作了文藝的究竟，由此享樂人生寄生活於藝術之上，造成藝術至上主義。

以「生活」的藝術爲基礎，而去推進社會革命運動的，則是藝術的手工業作坊的主人，屬於拉斐爾前派系列的藝術家莫里斯（William Morris 1834—1896）。他是主張生活藝術化的，我們的生活非使之成爲一種藝術不可。所以他的思想出發仍是個人的，他注重人類創造的衝動得以自由的發展。但是在這樣階級懸殊的社會中，機構復雜的社會中，個人自由的享樂他的生活是談不到的，若欲達到此種目的，則非改造社會環境不可，於是他萌發了社會主義的思想，與烏托邦的希望。

在十九世紀的八十年代的時候，英國在海上與新興國家美國和德國競爭的結果，已失掉了在世界市場上的支配地位。國內的勞資協調，已因爲資本主義合理化下的矛盾事實，而陷於不能保持的狀態。生產過剩與失業率增加使和平的社會中顯示了鬥爭的激化，於是勞動羣衆中乃有革命的工會之組成了。知識階級的一部受了這種運動的影響，乃傾向於社會主義，大行翻譯馬克斯氏的資本論，產生了社會民主主義聯盟及其他社會主義的團體。以布爾喬亞的唯美主義自居的莫里斯在行年四十餘的時候，思想乃大轉變，不僅在文藝的內容上取得了新的社會意識而轉爲社會的唯美主義，並且還參加了社會主義的知識階級的隊伍。這種轉變，可以認爲是一種碰壁的結果。因爲，他原來的目的想要藝術化了各個人的生活，人們不僅是有藝術的情感、思索與想像，舉凡一切衣食住的物質生活的各面，都要美化起來；這樣的舉動豈不是說來容易其實與經濟問題有着極大的關係嗎？大衆的購買力怎能及於他的藝術作坊呢？於是莫里斯乃相信在資本主義的生產組織的條件之下，藝術是不能開花，所以他覺得這種組織是有去掉之必要的。他想機械生產必須廢除，勞動者化爲中世時代的手藝人與藝術家，美的感情成爲廣汎的大衆共有的東西的時候，藝術才能重新開花，要達到這種目的，則必須廢棄社會的階級之不平，減削人與人的搾取，使萬人之財產得以均分，於是勢不能不走向社會革命之一途了。取着這種目的的莫里斯，便不斷地去做一個街頭的宣傳家，以培植勞動者對於美和藝術的愛意的心情，以期在勞動者的心目中，使人生的美與麵包佔有同等的價值與地位。他也編輯共產主義的雜誌，以發放着對於未來的企仰的氣息。

然而，莫利斯在自己活動的時期中，仍不停止他對於過去所感覺的神秘幽深的愛，他對於中世紀的手工業時代仍有着不斷的追慕，對於過去，仍以爲是藝術的樂園，以至在他的著作虛無鄉的消息中，將英國的都市玄想爲安定的農村社會的類型了。所以他後半生雖然從事了社會革命，其實他的心中還是攪拌着共產主義的心境及志向與唯美主義的心境及志向，他終是一個理想主義的烏托邦的社會主義者。以上三家的唯美主義的思想到了王爾德乃集其大成。

王爾德（Oscar Wilde 1856－1905）

作爲英國唯美派的顯著代表者便是愛爾蘭的王爾德。

王爾德在表現「新浪漫」的這一點上，可說是在生活與作品上取着一致的態度的：他的作品不僅爲自己的生活思想作刻畫，也浮散着「世紀末」以降的整個知識階級生活的氣氛。他的生活觀與藝術觀是導源於拉斯金的，雖則他後來自己開闢了新的途徑，但是他終是傾佩拉斯金。他在牛津大學做學生的時候。去聽拉斯金的功課，便受了愛美觀念的薰陶；但是拉斯金的美學是依倫理學而作臺基的，所以早早地便和叛道的王爾德分離了。八十年代的時候，由於資本社會的穩定，他便成爲當時大部分文人的代表，唯美主義的實行者與使徒了。他大胆的拆毀已往的道德的土臺，而倡導自己的反道德的唯美主義，並且對於藝術與人生發出極新異而又極荒謬的議論說：『藝術較人生爲貴，並非人生創造藝術，而是藝術創造人生。』這種毫無社會科學知識的荒唐言論，簡直把當日的文人都震撼了。根據這種說頭，他創製了他的唯美主義的藝術論。依他之見，唯美主義即是以美爲絕對至上的意思，是離開了現實的技巧的美。

王爾德的唯美主義的藝術觀的主張，由本間久雄氏歸入下列三點：

第一、藝術應該從人生游離，應該從人生超脫。一爲人生所束縛，即不能得完全的藝術。他自己說：『現實的事故，都足以爲藝術之累。一切藝術上的壞處，都從實感產生。自然就是明白，明白的就不是藝術。』又說：『一切惡藝術都從復歸於自然和人生而產生。』『活動在實行的瞬間已經消亡，這是卑下的事實。這個世界，是由「歌唱的人」替「夢想的人」所造成的。』

第二、『藝術除出他自身之外，什麼都不表現。藝術有獨立的生命。祇在藝術自身的途上纔有藝術的發展。』所以藝術的目的祇有藝術，美的目的祇有美。這便是「藝術的藝術」說頭的基點。

第三、王爾德以爲藝術不是人生之鏡，而人生纔是藝術之鏡。就是說人生是藝術的模仿。叔本華批評和分解了近代思想的厭世傾向，但是造成這種思想的却不是叔本華而是莎氏比亞的哈孟雷特。有了哈孟雷特的厭世主義，現世纔有厭世的傾向。虛無主義起於屠格涅夫而完成於托斯退夫斯基。如此，藝術常常是先於人生。藝術不是人生的描寫和寫生，而是專爲藝術自己的目的而創造。有了這種創造，人生纔成爲這種藝術的樣子。這種事情，不僅人生，自然也是如此。現在的倫敦人都知道倫敦的霧。但是，他們不是因爲有霧而知道霧，乃是從來的詩人畫家使他們認識了霧的美感所以知道霧的。在倫敦，確是古來就有了霧，但是在藝術產生之前，誰都不認識。就是自然也要有了藝術的改造纔能存在，所以自然是藝術的模仿。

這種美至上主義極端地堅持着藝術與現實游離之說，乃是觀念論的苗裔，他們既然能堅信着『宇宙毀滅藝術也是不變的』之說，所以在實質上他們的藝術觀自然是探空的了。探空則蔑視自然，這種蔑視自然雖然有人謂爲「浪漫」，其實這種探空的程度實高出「浪漫」的水平線上。據此見解他批評自然主義說：

『從藝術的見地看來，左拉的作品差不多全無價值，祇是零分。他作品中的人物，都是頹廢而可憐的人們，罪惡之結晶的人們。這些人物的生涯，是毫無興味的記錄。誰能對於這些人去注意呢？我們對於藝術的要求，是珍奇、魅力、和想象，簡單地說，祇是美而已。所謂眞眞存在的人，就是這個實現世界上從來不曾存在過的人的意思。所以作家要從現實世界假用人物時，最少限度，也不該用現實世界人物的寫生而須改造這些人物。但是左拉的人物，却全是寫生。他的作品毫無價值，就因爲這緣故。』

唯美主義是怎樣純全地和自然主義取着相反態度，在這短短幾句話中已可概見：讓我們來討論王爾德的藝術觀三解說吧：

第一，他因爲『現實的事故，都足爲藝術之累，』現實就是自然，自然就是宇宙人生的實象，所以他主張『藝術應該從人生游離，應該從人生超脫，』而避免人生的束縛。這種理論，在他自己或要覺得標奇立異，而在我們看來則只有覺得好笑而已。藝術所表現的乃是感情與思想，即使王爾德的心目中只有「美」，「美」也是感情與思想的化生物；我們又知道感情與思想乃是圍繞着人們的現實所賦與的，因了現實的刺戟，在人的神經上發生了反應作用，這便是感情，進一步喚起觀察與批判的能力，這便是思想。所謂藝術爲社會現象者，即是因爲它不僅絕對的和個人生活黏合，也要絕對地接受社會一般生活狀態的刺戟。王爾德是十九世紀末的社會人，他的生存以及感情與思想都是受着當代社會條件與其所隸屬的階級的支配的。（縱是他不能自知，而覺得純全地和現實社會游離了；但是我們要問，爲什麼他在因男色關係而入獄了之後纔能作獄中記呢？）唯美派的人物多半都是要逃避社會的，究竟社會還要供養着他們，刺戟着他們，籍着他們的口舌心手曝露着當世的特色。我們批評他的話已儘够了，並且在這因果論與辨證法的唯物論流行着的時代，已無須爲這不成問題的問題而嘵舌了。所以，王爾德所謂『世界是由「歌唱的人」替「夢想的人」所造成的』，我們意見以爲，若是「歌唱的人」即屬於王爾德氏的流派，則莫如說是只有「歌唱的人」自己做夢想罷了。

因之，他的第二意見，藝術有獨立生命之說，也不能成立了。依前所論，藝術既爲人所經驗了的感情和思想而賦與它們以一定的形象的表現的東西，則離開現實便不能存在，這是不說自明的事情。無論是美的藝術或醜的藝術，都是社會的現實狀態所賦與的，它們都有着社會價值；然而，離開了現實，便只有消滅，遑論在『自身的途上』而『發展』？所謂「藝術的藝術」也不過是當時的一種藝術形態而已。

第三，他說到人生爲藝術之鏡，這算把他的觀念論完全表現出來了。觀念論者是基於思想的演變來論全般社會的發展的。所以王氏的意思，以爲思想家與藝術家不是時代的產物，而是和時代相對，或是先於未來的時代的：因之，巴爾扎克的人間喜劇創造了十九世紀，莎氏比亞創造了叔本華的時代，屠格湼夫發起了虛無主義，英國的詩人畫家創造了倫敦霧，若容我們再來替他推算一下，只好說王爾德的唯美主義創造了二十一世紀罷。這種信口雌黃的話柄，我們在前文已駁斥得夠了，並且只要有社會學常識的人，也就不會受他的騙了。

王爾德的社會背景在前文多有論及，無須辭費。他是一個觀念論的寵兒，這種線索可於聖西門，黑格爾，叔本華等思想流變中求之；這種思想是反物質的精神之下的產物，十九世紀末期又得以流行起來，讓我引用叔本華對於音樂的議論來印證一下吧：『音樂是完全地和現象的世界不生關係的，它絕對地不知道現象的世界，而且，即使宇宙是不存在了，它也會繼續存着的。』（作爲意志和表象的世界）這樣，我們便曉得觀念論爲了應合資產貴胄的需要又在「世紀末」時代復活了。

次之，當我們論到王爾德的藝術時，要曉得他是採取着印象主義的手法的，因爲一個唯美主義者也必是一個印象主義者。不僅他的主題的敘述形式如此，即是思想的表現形式也是如此。他以爲思想乃是唯美主義的游戲對象，抒情的源頭，所以藝術的一切只可以「美的技巧」包括之。因此，他有如下的警語：『人生第一義務便是要盡量的技巧』；『祗有偉大的形式主義者纔能是憂鬱的』；『在一切重要事物中的最本質的東西不是眞實，乃是形式』。凡此種空幻的警語，都潛藏在他那些架空作品之中。

代表王爾德唯美思想的作品，當首推他的長篇小說杜蓮格萊的畫像（The Picture of Dorian Gray）。在這篇裏王氏把反道德的唯美主義的敎義明白的化爲藝術的形象。他由貴族階級與上流紳士的環境中捉取他的主人公，而將自己的唯美主義的講話放在他們的口裏。亨利爵士是一個個人主義者，他也是王爾德的代言人，他以爲人生的目的在於自己的發展，在使全生活隨着個性的達發而展開。亨利是反對淸敎的異敎徒，他是快樂主義者，爲快樂而生，對於煩惱與悲哀都取着善避的態度。他因爲「苦惱」之過於醜惡可懼，所以說『我們同情一切的東西，而不能同情於苦惱，』又說，『

現代人對於苦惱的同情是一種病態，其實人類生活的暗面還是越少加注意越好。」杜蓮格萊便是承繼亨利的個人主義與唯美主義的一個青年。他服着華麗的衣裝，蒐集高貴的織物與飾品，極力講求奢華，極力講求着美，這是當時的荒淫的資產階級者之面影。及至走了岐路，做出許多醜穢的色情快樂的殘忍暴戾的事實，（即作者也認爲是一種道德的墮落，彷彿唯美主義的道德的權威已靠不住了。）用新的醜惡的記號打汚着友人美術家爲他畫的肖像。後來，他漸被恐怖和自憎所煩苦，終於想破棄昔年的畫像，在幻覺之中，因而戕殺了自身。

唯美主義本是王爾德打算建樹的新道德，但在這本書裏却承認是道德的墮落，雖然這本書以「人死而藝術不滅」的說法做爲結局要意；但已是有着弱點的了。

作者的抒寫手腕則因荒唐而更趨高妙，的確是有着才能的。首先我們看他藉着杜蓮的理解說明了新快樂主義，是和比德的尊重經驗本質而不計成果的快樂主義吻合着的：

『不錯，像亨利爵士所說一樣地，更新我們的生活，從現代漸漸復活起來的苦痛而卑汚的淸教主義中解脫出來，確是一種新的快樂主義。它爲着這種目的，非有知力的援助不可。但是，情熱的經驗，不論在何種式樣，對於要犧牲經驗的理論和體系，絕對不能接受。它的目的，是經驗的本身。不論他是甜是苦，總而言之，不能是經驗的成果。對於滅殺感覺的禁欲主義，和使感覺遲鈍的悖德和暴戾，對於新快樂主義絕無關係。新快樂主義是教人們的生活在自己的各種瞬間上集中的主義。』

關於他的享樂是如何地超越現實，是這樣寫着的：

『……他喜歡跪在冷的大理石上，看那舊教僧侶以莊嚴的姿態，徐徐地以高舉的兩手，拿開聖龕的幕，而供奉用寶石鑲鏤的提燈形狀的聖餐盤子的情景，穿梭花邊的絳衣的男童們聽點的香煙，像鍍金的花兒一般的在空中繚繞的光景，也使他覺得依賴的沉醉。……』

再看他描寫感覺生活與官能生活的一節吧：

『有時候，他非常熱心地研究各種香料和製造香料的秘訣。——就是蒸溜香油及焚燒東洋產的芳香樹脂而製造香料的方法。他曉得人類一切的心境，沒有一樣不和感覺的生活有密切的關係，所以他自己想要發現這種心境和感覺間的眞眞的關係。於是，他發見了乳香可以使人神秘，龍涎可以喚起情欲，香堇可以使人追憶，麝香能够使人的腦筋昏亂。』（上引三節均用沈端先譯文。）

如此則唯美主義的特點：所謂感覺、官能、美情、技巧、大概都已明白了吧。這唯美主義道德首創人在由不道德行爲而被投入獄中以後的王爾德，追悔之餘，又翻轉來將苦惱認爲是與快樂相對立的人生最高意義了；在異教主義之外，他承認了基督教義的存在。

總之，王爾德的觀念論的藝術論，和一般的觀念論一樣的不能替我們解釋什麽，因爲它對於社會現實，對於集團的混亂生活，漠然未見。然而在他的作品中，由反面，可見出享樂主義天地中的資產者與新貴族是怎樣的姿意享樂，又怎樣因爲此路不通，以至自戕了生命，而陷唯美主義於貧困之境，都是眞得注意的。

鄧南遮(Gabriele d'Annunzio 1863-)

在南歐和王爾德的唯美主義相呼應的便是鄧南遮其人。談及鄧南遮則不能不先將十九世紀末期的意大利文藝界概況略加說明。

十九世紀的意大利文學都是追隨着中歐的變遷而效顰的。但是在七十年代時，意大利發生了國民的解放鬭爭，這鬭爭包括(一)對於奴隸她並且榨取她的法蘭西的鬭爭，(二)對於國內絕對君主制的鬭爭；於是意大利的文學在這時便成了這種解放鬭爭的武器了。鬭爭的結果，爭得了國家的統一，和立憲君主制的確立，資本主義的資產階級之理想乃得以實現了。在這種暫告小安的氣氛之下，意大利也利歐洲其他諸國一樣，在社會的上層也有着美學的世界態度的確立，而一般的上層社會氣氛乃由政治的動機向着唯美主義而推移了。這種趨向可在大詩人加爾達西(Giosué Carducci)的創作上尋得其踪迹。他雖然是把近代精神裝入古典的形式的詩人，但是他却以進步的象徵來歌唱惡魔，完全是小資產階級之革命氣雰的表現。

但在意大利文藝上，最顯明而最澈底的唯美主義者則要以鄧南遮爲代表。他不僅是一個唯美主義者，也是一個道德的否定者；他注重官能享樂，特別是喜作性慾的描寫。他最初的詩風，很像英國的濟次，用如火的熱情，歌詠自然之美，詞藻富麗，音節諧調，隨處可以見到。其小說則以死的勝利一卷，享名於世。這卷書裏所描寫的都是當代意大利的，多情多感的，注重官能內感而以自我爲尊的青年，特別是其中的女主人公更是沉醉於肉感的戀愛之中而毫無其他顧慮的女子。及至醉戀初醒，青年男子覺得女人如蛇蝎且障礙他的崇高理想，而想置之於死地時，則以男女同墜危崖爲終結，以完成作者的玄想。

他描寫一切的人物，都以快樂的手法出之；所以凡是一切的人對於他，都不過是他快樂的手段，作爲他的創作的材料，即是他最親近的人也是一樣。但是在他的創作過程中也有着思想的動搖和變幻：在白斯加拉則有自然主義的樣式；在無辜的犧牲則似推崇基督教的道德；在光榮則是作象徵的描寫；在小說快樂及戲曲秋葉之夢則表現了以美及快樂爲人生的最高目的；及至最後，到了廿世紀，他便一化色情主義者、唯美主義者、判道者、爲意大利帝國主義的歌手，看他的海的頌歌等作，直是一個殖民地侵略者的代言人了。

（完）

敬啟

『民國專題史』叢書，乃民國時期出版的著名學者、專家在某一專題領域的學術成果。所收圖書絶大部分著作權已進入公有領域，但仍有極少圖書著作權還在保護期内，需按相關要求支付著作權人或繼承人報酬。因未能全部聯系到相關著作權人，請見到此説明者及時與河南人民出版社聯系。

聯系人　楊光
聯系電話　0371-65788063